LA TRAQUE
CARLOS

DU MÊME AUTEUR
AUX PRESSES DE LA CITÉ

AUX ÉDITIONS DU ROCHER

AUX ÉDITIONS DE VILLIERS

GÉRARD DE VILLIERS

LA TRAQUE
CARLOS

E D I T I O N S
•GERARD *de* VILLIERS•

Photo de la couverture : Michael MOORE
Arme fournie par : armurerie COURTY ET FILS, à Paris

© Éditions Gérard de Villiers, 1994.

ISBN : 2 - 7386 - 5669 - 2

ISSN : 0295 - 7604

PROLOGUE

Les deux grands chandeliers à cinq branches en argent massif éclairaient d'une lueur douce les boiseries de la salle à manger du château de Liezen. Les bougies se reflétaient dans les assiettes en porcelaine de Herrend et sur les couverts anciens de Dresde. Intimidé, Fitzroy Mac Coy, chef de station de la *Central Intelligence Agency* à Berlin, balaya du regard les tableaux de famille accrochés aux murs, qui représentaient quelques-uns des ancêtres les plus convenables du maître de maison, Son Altesse Sérénissime le prince Malko Linge, Margrave de Basse-Lusace, Chevalier de l'Ordre de la Toison d'or, Chevalier de droit de l'Aigle Noir, Chevalier d'honneur et de dévotion de l'Ordre souverain de Malte, pour ne citer que ses titres les plus impressionnants. Sans parler du plus récent et aussi du moins connu : barbouze hors cadre de la CIA.

– Je vous prends à ma droite, monsieur Mac Coy, proposa la comtesse Alexandra, moulée dans un ensemble Versace qui valait son poids d'or : le décolleté offrait deux seins bronzés si appétissants qu'on avait envie de mordre dedans, et la partie supérieure du pantalon pattes d'éléphant semblait cousue sur ses fesses rondes et cambrées.

Fitzroy Mac Coy, qui ressemblait vaguement au J.R. du feuilleton Dallas, avec sa haute stature et ses yeux bleus un peu proéminents, n'avait jamais vu de dîner aux chandelles qu'au cinéma et avait une expérience extrêmement limitée des châteaux. Il s'assit face à Malko.

– Vous avez une porcelaine superbe ! remarqua-t-il, les yeux englués au décolleté d'Alexandra.

La fiancée de Malko était éblouissante avec ses longs cheveux blonds cascadant sur ses épaules, ses grands yeux verts étirés jusqu'aux hautes pommettes slaves et sa bouche charnue. Elle ne dissimulait, très partiellement, son corps somptueux que pour mieux le mettre en valeur. Elle adressa un sourire tout aussi ravageur au quatrième convive, un homme de petite taille à la carrure de videur de boîte de nuit, au visage plat d'où émergeait un nez de boxeur, avec des yeux bleus très pâles, inexpressifs comme ceux d'un serpent. Tout en lui respirait la force brutale, sauf les mains, qui étaient fines, et soignées.

– *Herr* Lehr, venez donc là.

Otto Lehr, responsable pour Berlin du *Verfassungsschutz* (1), se cassa en deux à l'allemande avant de s'asseoir.

Les deux invités de Malko avaient été étonnés de se voir convier au château de Liezen. Et ravis de se retrouver en compagnie de la pulpeuse Alexandra. Il serait temps, après le dîner, de discuter des choses sérieuses. Malko était heureux de profiter de sa fiancée et de son château dont les vieilles pierres ne tenaient ensemble que par le sang versé au cours de ses nombreuses missions. Ses années de chef de mission à la CIA lui avaient permis de le retaper à peu près, mais c'était un gouffre sans fond à entretenir, à côté duquel le trou de la Sécurité sociale n'était qu'un modeste habitat de taupe.

Il n'était pas près de pouvoir raccrocher...

Une conversation très mondaine sur l'évolution de l'Europe démarra avec l'arrivée des écrevisses, présentées

(1) Service de protection de la Constitution. Equivalent de la DST.

par Elko Krisantem, légèrement voûté mais impeccable dans sa veste blanche. Servies avec un Taittinger Comtes de Champagne Blanc de blancs 1986.

L'ancien tueur à gages d'Istanbul, toujours prêt à reprendre son ancien métier aux côtés de Malko qu'il adorait, faisait un maître d'hôtel très convenable, lorsqu'il le fallait.

Aux écrevisses succéda un baron d'agneau exquis. Le Taittinger Comtes de Champagne fit place à un Château-La Tour 1978. Pure merveille. Malko ne participait à la conversation que distraitement, rêvant déjà à ce qu'il allait faire avec Alexandra, une fois ses invités partis. C'était à son intention qu'elle avait choisi sa tenue à la limite de l'attentat à la pudeur. Pour que la conversation « entre hommes », dans la bibliothèque, ne se prolonge pas trop longtemps. Le message était très bien passé auprès de Malko. La glace au moka à peine terminée, celui-ci lui adressa un signe discret et elle se leva.

– *Meinen Herren*, le café vous attend dans la bibliothèque, annonça-t-elle. Je vous abandonne.

Otto Lehr se cassa de nouveau en deux, Fitzroy Mac Coy lui serra la main en se disant qu'il ne reverrait pas de sitôt une créature pareille, sauf dans les pages de *Playboy*, et ils s'installèrent dans la petite pièce aux boiseries sombres, autour d'une table basse. Un superbe aigle de bronze supportait une dalle de verre, création de l'architecte d'intérieur Claude Dalle.

Tandis que Malko versait le café, Fitzroy Mac Coy entra dans le vif du sujet.

– Notre ami Otto travaille avec la *Company* depuis longtemps, expliqua-t-il. Nous avons fait pas mal de coups ensemble et c'est un homme de grande qualité. Un allié sûr.

Modeste, Otto Lehr baissa ses yeux de saurien.

– Je n'en doute pas, dit Malko en ouvrant un flacon de cristal de Gaston de Lagrange XO pour en verser à ses invités.

Instinctivement, il n'éprouvait aucune sympathie pour Otto Lehr. Il n'avait jamais aimé les Prussiens... Celui-ci prit son verre ballon et en huma le contenu, les yeux clos.

— *Wunderbar !* (1) fit-il. Il n'y a que les Français pour faire un bon cognac.

Tandis que Fiztroy Mac Coy allumait une Lucky Strike, Malko, qui n'avait pas envie de s'éterniser, demanda :

— Pouvez-vous me dire maintenant pourquoi vous avez effectué le voyage de Berlin jusqu'ici ?

Otto Lehr sourit, froid comme un cadavre.

— Nous ne le regrettons pas, *Herr* Linge. C'était un dîner magnifique. Avec une hôtesse... (il chercha le mot) absolument unique !

— Merci, répliqua Malko ; comme je souhaite vivement aller la rejoindre, livrez-moi vos petits secrets.

Evidemment, des gens aussi importants qu'Otto Lehr et Fitzroy Mac Coy n'avaient pas fait le déplacement seulement pour les beaux yeux d'Alexandra et les vieilles pierres de Liezen.

— Voilà, exposa l'Américain. Notre ami Otto se fait fort de « retourner » un agent très important du *Moukhabarat* (2) syrien. Un certain Nabil Tafik qui travaille en Allemagne et en Hongrie depuis une douzaine d'années, sous couverture diplomatique. Il était premier secrétaire à l'ambassade de Syrie à Berlin-Est. Celle-ci vient de fermer, mais il habite toujours Berlin, à Grunewald, et prépare l'ouverture de la future ambassade syrienne qui remplacera celle de Bonn, lorsque le gouvernement de la Bundesrepublik sera transféré à Berlin.

— C'est une bonne nouvelle, ne put que dire Malko. Il doit savoir beaucoup de choses.

— Enormément ! renchérit Fitzroy Mac Coy. C'est lui qui a « traité » le terroriste Carlos et son groupe durant

(1) Merveilleux.
(2) Services secrets.

toute la période où ils opéraient en Europe à partir de Berlin-Est, de 1979 à 1984.

– La Stasi (1) avait regroupé toutes ces informations sous un important dossier dont le nom de code est *Separat*, compléta Otto Lehr. Malheureusement, ses responsables ont eu le temps d'en détruire la plus grande partie. Ce que sait ce Nabil Tafik est sans prix.

– Je n'en doute pas, répliqua Malko, mais en quoi puis-je vous être utile ? Ce n'est pas la première fois que vous « tamponnez » un défecteur. Vous savez comment les traiter.

– Exact, admit Fitzroy Mac Coy, mais il s'agit d'un cas un peu spécial. Pour des raisons de haute politique, le gouvernement allemand ne souhaite pas ébruiter la collaboration entre le service de M. Lehr et nous-mêmes. Donc, dès que notre ami aura terminé les tractations avec ce Syrien, il entrera en contact avec vous. Vous viendrez à Berlin et il vous remettra Nabil Tafik. Ce dernier ne saura pas qui l'a « racheté ». Otto a tout fait pour qu'il pense au Mossad. Comme vous ne faites pas officiellement partie de la *Company*, si les Syriens protestent, le gouvernement Kohl pourra toujours jurer n'y être pour rien.

– Si je comprends bien, releva Malko, le rôle de M. Lehr dans cette affaire est officieux.

– Totalement ! martela Mac Coy. C'est un vieil ami et il nous rend service.

Un ange passa, jouant du violon. Otto Lehr n'avait certes pas une tête d'altruiste, mais ce n'était pas le problème de Malko. Intrigué pourtant, il se tourna vers l'Allemand, en extase devant son Gaston de Lagrange XO.

– Quels arguments avez-vous fait valoir à ce Nabil Tafik pour qu'il change de camp ? demanda-t-il.

Goguenard, Otto Lehr frotta l'un contre l'autre son pouce et son index droits.

---

(1) Services spéciaux d'Allemagne de l'Est *(Staatssichereit)*.

— Le dollar, *Herr* Linge. C'est une puissante motivation.

— C'est un retournement « soft », renchérit aussitôt Fitzroy Mac Coy. Une simple négociation d'affaires. Nabil Tafik parle parfaitement allemand. Vous connaissez bien ces problèmes. Votre mission consistera donc, une fois le contact établi, à le débriefer.

— Où ?

— Ici. Cela me paraît parfaitement correct.

Ce ne serait pas la première fois que Malko accueillerait des barbouzes dans son château, mais il ne le faisait jamais avec enthousiasme. Alexandra allait encore piquer une crise de fureur.

— Pourquoi ne l'emmenez-vous pas directement à la Ferme ? suggéra-t-il en songeant à la propriété, en Virginie, où la CIA traitait ses défecteurs depuis des dizaines d'années.

— Discrétion ! lança Fitzroy Mac Coy. Je vous ai dit que la *Company* doit rester officiellement à l'écart de cette affaire.

— Bien, se résigna Malko. Je vais préparer la cage. Mais dites à vos comptables que la pension sera *très* élevée. Je prends rarement des *paying guests*.

Les deux hommes s'esclaffèrent avec un ensemble touchant, avant de se replonger dans la dégustation de leur Gaston de Lagrange XO. Pour qu'ils n'aient pas envie de s'incruster, Malko, ostensiblement, alla ranger le flacon de cristal dans le bar. Il attendit quand même qu'ils aient vidé leur verre pour dire :

— J'attends donc de vos nouvelles, *Herr* Lehr.

L'Allemand se leva avec la raideur d'un sous-officier prussien, imité par Fitzroy Mac Coy.

— Vous n'attendrez pas longtemps, *Herr* Linge.

Malko raccompagna ses hôtes jusqu'au hall donnant sur la cour pavée du château, où était garée une Mercedes 560 noire aux glaces fortement teintées. Otto Lehr s'excusa quelques instants pour aller se laver les mains et Fitzroy Mac Coy en profita pour glisser à Malko :

– C'est une affaire *très* importante pour la *Company*. Je n'ai pas tout dit à Otto. Comment le trouvez-vous ?

– Glauque ! répliqua Malko au moment où l'Allemand ressortait des toilettes.

Après des poignées de main chaleureuses et répétées, il regarda les deux hommes monter dans la Mercedes qui s'éloigna en direction de Vienne...

Alexandra l'attendait dans leur grand lit à baldaquin, une création spéciale de Claude Dalle, qui remplaçait l'original tombé en poussière, victime des ans et des étreintes passionnées dont il avait été le complice.

Alexandra était occupée à lire un ouvrage galant du XVIIIᵉ illustré de gravures frisant la pornographie, tout en savourant un Cointreau Caïpirinha, mélange de Cointreau, de citron vert écrasé au pilon avec son écorce et de glace.

– Ils sont partis ?

– A l'instant, dit Malko. Comment les trouves-tu ?

– L'Américain, je n'ai pas d'opinion, fit-elle. Je n'ai jamais pu capter son regard, il était collé à mes seins. L'autre fait peur. On dirait le croisement d'un reptile et d'un crocodile.

Otto Lehr était habillé pour plusieurs saisons... Malko n'était pas loin de partager l'opinion d'Alexandra. Il se dit que cette mission de tout repos à Berlin n'était peut-être pas aussi innocente qu'elle le paraissait.

CHAPITRE PREMIER

Helmut Weiss poussa la grille rouillée qui émit un grincement strident et s'engagea dans la petite allée menant au pavillon d'un étage dont tous les volets étaient fermés. Le jardin qui l'entourait était envahi par les hautes herbes. Depuis deux mois, une alternance de pluie et de chaleur lourde avait rendu Berlin encore plus verdoyante que d'habitude. Contrairement à la plupart des immeubles de l'ex-Berlin-Est, noircis par la pollution, le petit pavillon arborait une façade blanche immaculée. Ses volets clos cependant n'avaient plus que des traces de peinture, et le toit était en piteux état, plusieurs tuiles manquant, ainsi qu'un grand morceau de gouttière. La maison paraissait abandonnée. Pourtant, sans hésiter, Helmut Weiss monta les deux marches du perron et appuya sur la sonnette. Trois fois, puis une fois et encore deux.

Ensuite il recula un peu, afin que l'occupant éventuel du 8 Majakowskiring puisse l'apercevoir par le mouchard, presque invisible dans le battant. Un calme étonnant régnait dans cette allée circulaire dont l'entrée se trouvait sur Grabbeallee, au cœur du quartier de Pankow. Jadis, avant la chute du Mur, seuls les favoris du régime habitaient cette petite voie paisible bordée d'arbres qui ne comportait que des maisons individuelles : des apparatchiks de la DDR qui n'avaient pas envie d'aller se perdre à Wandlitz, une banlieue à une quinzaine de kilomètres plus au nord, surnommée « Volvograd » car presque tous ses habitants possédaient des Volvo, *status symbol* éclatant, au milieu des Trabant et des Warburg aux pétarades nauséabondes.

Depuis novembre 1989, certains habitants de Majakowskiring s'étaient éclipsés, comme Misha Wolf, le maître espion de la Stasi, d'autres étaient en prison, et les derniers se faisaient tout petits.

Helmut Weiss attendit, caressant machinalement sa barbe noire impeccablement taillée qui tranchait avec la pâleur de son visage.

Presque une minute s'écoula avant qu'un verrou ne tourne avec un bruit sec et que la porte s'entrouvre. Helmut Weiss se glissa dans la pénombre d'une minuscule entrée envahie par une puissante odeur de suri. Comme si on avait fait bouillir à feu doux un mélange de choux, de vieilles chaussettes et d'excréments... Impossible de savoir si ce fumet venait de la pièce mal éclairée par une ampoule jaunâtre qui, dans ses meilleurs jours, ne devait pas dépasser vingt-cinq watts, ou de l'homme qui avait ouvert.

Le propriétaire du pavillon, Gunther Frölich, bien que très à l'aise, économisait sur tout.

– *Herr Oberst-lieutenant !* s'exclama-t-il. Quelle bonne surprise. Je ne m'attendais pas à vous revoir avant longtemps ! *Komme ! Komme !*

L'Oberst-lieutenant Helmut Weiss avait été condamné six mois plus tôt à une peine de huit ans de prison, en raison de ses activités au sein du MFS (1). Il y dirigeait la section 8 du département XX, officiellement chargée de la lutte antiterroriste. Son procès avait été commenté par toute la presse, ainsi que son incarcération à la prison de Moabit.

Gunther Frölich fit entrer son visiteur dans un salon un peu plus clair, qui donnait sur l'arrière du jardin. Les

_____

(1) Ministrum für Staatssichereit.

volets étaient ouverts, mais l'odeur demeurait tenace...
Helmut Weiss, du coin de l'œil, examina son hôte. Toujours aussi repoussant.

Une tête d'oiseau de proie au teint cireux, couronnée
de quelques rares cheveux blancs, une silhouette d'échassier voûtée, à la poitrine creuse. Il ressemblait à un épouvantail flottant dans de vieilles hardes noirâtres, luisantes
de crasse, raccommodées à la va-comme-je-te-pousse.
Mais plus répugnantes encore étaient ses pustules, des
boutons rougeâtres qui semblaient prêts à cracher leur
pus, et parsemaient son visage, son cou et la plus grande
partie du corps. Un staphylocoque tenace contre lequel il
avait renoncé à lutter depuis longtemps en était la cause.
De temps en temps, le vieil homme se grattait machinalement, et regardait ensuite avec intérêt ce qu'il avait
ramené sous son ongle.

Gunther Frölich se laissa tomber dans un fauteuil dont
le tissu à fleurs datait du Kaiser Guillaume, et souleva
une des jambes de son pantalon, pour tâter précautionneusement une grosse varice bleue zigzaguant sur son
mollet. Ses yeux très enfoncés dans leur orbite lui donnaient l'air d'un cadavre. Mais un mort aux prunelles
pétillant de méchanceté, de vice, de cynisme. Il porta de
nouveau la main à sa jambe, et fit une grimace.

– *Ach !* Dès qu'il fait chaud, je gonfle...

Helmut Weiss s'était assis avec dégoût au bord du
vieux siège défoncé. Un sourire plaqué sur ses lèvres
minces dissimulait sa répulsion. Frölich était un des personnages les plus abjects que ses activités au sein du
MFS lui aient donné l'occasion d'approcher. Certes, il
avait des excuses... Communiste, il avait été enfermé dans
différents camps, pour finir à Auschwitz, où il avait passé
deux ans. Torturé, les mollets déchirés par les crocs des
bergers allemands lancés sur lui par les SS. Epuisé, il
avait fini par se pendre au fond d'une mine de sel ; mais
un SS, sadique ou compatissant, l'avait sauvé.

Huit jours plus tard, l'armée soviétique libérait le camp de concentration, et Frölich, aux trois quarts mort.

Helmut Weiss l'avait rencontré en 1985, par un collègue de la section 12, chargée de la « recherche fondamentale », autrement dit le « traitement » des hommes politiques ou des businessmen étrangers de passage en Allemagne de l'Est. Après un dîner bien arrosé de *sekt* (1) au *Brecht Keller*, ce dernier lui avait fait une étrange proposition.

— Si cela t'amuse, je vais te présenter un des plus étranges collaborateurs de la section 12. On l'appelle « le Doigt de Dieu ».

— Pourquoi le « Doigt de Dieu » ? avait demandé Helmut Weiss.

— C'est un vieux type particulièrement immonde, avait répondu son collègue de la section 12. Un bon communiste, sûr à cent pour cent. Pendant des années, il a travaillé pour Markus Wolf, à débusquer les ennemis du régime. Depuis peu, on lui a trouvé une nouvelle spécialité. Il « teste » les filles que nous utilisons ensuite pour retourner nos cibles. Il faut qu'elles soient totalement fiables, qu'elles ne reculent devant rien. Alors, pour les former, on les met en pension chez Frölich, pendant quelques mois. Il est chargé d'en faire des putes bien douces et bien dociles, prêtes à subir n'importe quel caprice de ceux qui nous intéressent. Frölich a carte blanche pour les former. Il les soumet à toutes les perversions sexuelles imaginables. Certaines s'enfuient au bout de quelques heures. L'une a tenté de le tuer à coups de ciseaux... Mais celles qui acceptent de rester sont des « hirondelles » de choix. Rien ne peut plus les rebuter.

Le repas terminé, son collègue avait emmené Helmut Weiss à la petite villa blanche de Majakowskiring. Quand il s'était trouvé en face de Gunther Frölich, le « Doigt de

(1) Mousseux infâme dont les Allemands raffolent.

Dieu », il avait compris. Aucune femme normale ne pouvait laisser cet homme l'approcher sans devenir folle...

Le MFS avait fait le bon choix.

Bien de l'eau avait coulé sous les ponts de la Spree, depuis. L'univers de Helmut Weiss et de Gunther Frölich s'était écroulé. Cela faisait près de deux ans que les deux hommes ne s'étaient pas vus.

Gunther Frölich, après avoir rabaissé la jambe de son pantalon, demanda :

– Vous avez eu une remise de peine ? Ils vous ont relâché, ces salauds ! Ce n'était pas trop dur ?

– C'était dur, laissa tomber Weiss. Très dur. J'étais avec des criminels.

– Répugnant ! commenta Gunther Frölich.

Comme tous les membres du défunt MFS, ils considéraient n'avoir fait que leur devoir, avoir servi l'Etat dans le cadre de la loi, même si leurs activités ressemblaient furieusement à celles de la Gestapo nazie.

Helmut Weiss n'avait jamais tué personne de ses mains, mais il avait organisé des meurtres, des attentats, fait arrêter des innocents, uniquement parce qu'ils n'approuvaient pas le régime Honecker. Après la chute du Mur, en novembre 1989, et la réunification des deux Allemagnes, il s'était posé des questions sur son avenir, sans trop s'angoisser parce qu'il continuait à être payé.

Puis, un jour, quatre inspecteurs du BKA (1) avaient débarqué dans son modeste appartement de Lichtenberger Strasse, qui ne lui coûtait que vingt marks par mois. On l'avait emmené, interrogé sur ses activités passées et finalement, le procureur du Land de Berlin l'avait inculpé de complicité d'actes terroristes ayant entraîné la mort de plusieurs personnes.

Lui qui avait toujours obéi aux autres !

Un an plus tard, il était condamné à passer huit ans dans la sinistre prison de Moabit, en plein cœur de Berlin.

_____

(1) Bundes Kriminal Amt.

Il partageait sa cellule avec un Turc qui avait exterminé sa famille à coups de marteau et un trafiquant de drogue polonais. Après six mois de ce régime, il aurait fait n'importe quoi pour sortir de Moabit...

— Maintenant que justice vous a été rendue, demanda Gunther Frölich, qu'allez-vous faire, *Herr Oberst-lieutenant*?

Helmut Weiss eut un sourire amer.

— J'ai une pension de 880 marks par mois ! Juste de quoi me nourrir dans les *Imbiss* (1). Et encore. Quand l'Etat reprendra mon appartement, je n'aurai plus qu'à aller vivre dans un WG (2), avec des Alternatifs (3) !

— *Herr Oberst-lieutenant*, il y aura toujours une chambre pour vous ici ! fit Gunther Frölich, dans un élan de compassion réel ou simulé. En plus de la *Sonderzimmer* (4), il y en a deux vides.

— *Danke schön*, *Herr* Frölich, remercia Helmut Weiss, en souhaitant ne jamais en arriver à cette extrémité.

Depuis le début de la collaboration de Gunther Frölich avec le MFS, le Service avait aménagé, au premier étage de la villa blanche, une « chambre d'amour » avec un vaste lit à baldaquin, des tentures de velours rouge, un combiné Akaï-Samsung télé-magnétoscope permettant de projeter des films X sur un écran descendant du plafond, une malle d'accessoires pour les sadomasos, et surtout, beaucoup de caméras et de micros permettant d'enregistrer les ébats des participants.

Une grande glace sans tain, face au lit, complétait le dispositif, permettant à une personne dissimulée dans un cagibi de tout observer en temps réel. C'est là que les « hirondelles » du MFS amenaient leurs proies consentantes. Après chaque séance, un coursier de la section 12

(1) Snack-bars.
(2) *Wohngenunschaft* : communauté, phalanstère.
(3) Marginaux d'extrême-gauche.
(4) Chambre spéciale.

venait chercher la cassette vidéo. Et le chantage pouvait commencer.

Parallèlement à sa collaboration avec le MFS, Gunther Frölich avait développé une clientèle d'habitués, qui, eux, venaient seulement se distraire avec une « hirondelle » choisie sur photo. Cela procurait un appréciable supplément de revenus au vieil homme... Evidemment, après la chute du Mur, tout avait changé. Le MFS dissous, Gunther Frölich ne pouvait plus compter que sur sa clientèle privée. Terrifié, il avait « fermé » près d'un an, craignant le pire.

Mais, apparemment, il était passé à travers les mailles du filet. Ni le BND (1), ni le BKA, ni le *Verfassungsschutz* ne s'étaient intéressés à lui. Ne figurant pas dans l'organigramme du MFS, il n'avait pas attiré l'attention. De toute façon, se disait-il, si le BND finissait par retrouver sa trace, il pourrait lui rendre les mêmes services qu'au MFS. Tous les Services sont friands du même miel... Comme cadeau de bienvenue, il offrirait le double de toutes les cassettes enregistrées pour le MFS. Des documents bien intéressants sur des gens généralement haut placés, et si convenables...

En attendant, sollicité par ses anciens clients, il avait repris ses activités. Ses « hirondelles » avaient faim et lui, besoin de gagner sa vie. Il avait même recommencé sa formation, grâce à des jeunes immigrées russes, polonaises ou ukrainiennes, mais seulement à des fins commerciales. Cette activité, si elle ne lui rapportait pas grand-chose, lui permettait de vieillir moins vite. La transformation d'une ravissante jeune femme en esclave docile lui apportait une immense satisfaction d'amour-propre.

— Votre visite est donc purement amicale, *Herr Oberstlieutenant*, conclut Gunther Frölich. J'en suis extrêmement flatté.

---

(1) *Bundes Nachrichten Dienst*. Service de renseignement équivalent à la DGSE.

– Pas tout à fait, *Herr* Frölich, pas tout à fait, répliqua Helmut Weiss. J'ai peut-être une petite opération spéciale pour vous.

Une lueur d'intérêt passa dans les yeux chassieux de Gunther Frölich. Le terme « opération spéciale », dans leur jargon, recouvrait jadis ses prestations pour le MFS. C'était généralement aussi immonde que tordu. Salivant déjà, il répondit d'une voix servile :

– *Immer zu befehl, Herr Oberst-lieutenant.* (1)

Bien que la DDR ait sombré corps et biens, tous les réseaux de la Stasi n'avaient pas disparu. Il restait encore des centaines de caches disséminées dans l'ancien Berlin-Est, toujours contrôlées par d'anciens membres. Les Russes avaient réembauché les meilleurs éléments, d'autres services puisaient dans ce vivier plein d'agents encore en possession de secrets encombrants. Tous les dinosaures de l'ère communiste étaient liés par une solidarité amère qui les portait à s'entraider. Beaucoup n'avaient pas renié leurs convictions, même confrontés à la réalité de leur échec. Helmut Weiss faisait partie de ceux-là. Il haïssait l'Allemagne de l'Ouest et les Etats-Unis. Avant d'être arrêté, il se hasardait rarement dans la partie ouest de la ville, qu'il considérait comme défigurée, avec son luxe tapageur et ses habitants, les « Wessies », étaient à ses yeux des porcs trop gras, face aux faméliques « Ossies ». D'ailleurs, presque cinq ans après la chute du Mur, « Wessies » et « Ossies » continuaient à ne pas se mélanger.

– Voilà de quoi il s'agit, commença-t-il...

Il s'arrêta brusquement en entendant un bruit dans la cuisine dont la porte était fermée. Son regard interrogea Frölich qui montra aussitôt ses dents gâtées dans un sourire qui se voulait radieux.

– *Kein problem, Herr Oberst-lieutenant.* C'est Aldona. Un cadeau de Vladimir Polski, vous vous souvenez, le

_____

(1) Toujours à vos ordres, mon lieutenant-colonel.

« Rezident » de la SB (1). Il me l'a amenée avant de partir. *Ein kleines Wunder !* Vous allez voir comme je l'ai bien formée.

Il appela d'une voix stridente :

– Aldona ! *Komme, bitte. Sofort.* (2)

Une fille blonde qui ne devait pas avoir plus de seize ans pénétra dans la pièce. Une beauté aux grands yeux bleus de porcelaine, un peu écarquillés, qui lui donnaient l'air étonné et candide, aux hautes pommettes slaves, avec une bouche à la lèvre inférieure épaisse. Son apparence était étonnante : un haut noir décolleté en carré et fermé par des lacets offrait ses seins laiteux comme sur un plateau et une jupe très courte, en tissu assez raide, s'évasait sur deux jambes fines gainées de noir. Une sulfureuse Lolita déguisée en pute. A sa ceinture était accroché un Walkman dont les écouteurs étaient fixés à ses oreilles. Elle posa un regard absolument vide sur Helmut Weiss. Ses cheveux séparés en deux nattes blondes accentuaient son aspect juvénile.

– Voici Aldona, *Herr Oberst-lieutenant !* annonça Gunther Frölich avec la fierté d'un professeur présentant la gagnante du concours général. Polski l'avait amenée ici pour qu'elle apprenne l'allemand avant de retourner à Varsovie. C'est un sujet exceptionnel.

– Je n'en doute pas, approuva poliment l'Oberst-lieutenant du MFS.

Une lueur perverse alluma brièvement le regard torve de Gunther Frölich.

– Rien ne vaut une démonstration, *Herr Oberst-lieutenant. Aldona, komme hier, bitte.*

Il l'appelait comme un chien. La jeune Polonaise avança jusqu'à son fauteuil. Elle se pencha et, sans la moindre hésitation, l'embrassa ! Helmut Weiss vit sa lan-

---

(1) Service de renseignements polonais de l'époque communiste.
(2) Viens, tout de suite.

gue rose flirter avec les chicots du vieillard, tandis que
Frölich plongeait dans son décolleté, jouant avec la pointe
d'un sein. Son autre main disparut sous la jupette. Assis
en contrebas, Helmut Weiss vit le long index décharné
de Frölich tâtonner, puis s'enfoncer d'un coup dans le
sexe de la Lolita ! Elle ne broncha pas, perdue dans sa
musique.

Gunther Frölich, satisfait de la démonstration, la repoussa, s'essuya la bouche d'un revers de la main et d'un
geste autoritaire fit signe à Aldona de s'agenouiller. Ce
qu'elle fit docilement. Helmut Weiss avait beau connaître les effets du dressage du « Doigt de Dieu », il fut
quand même stupéfait lorsqu'il vit Aldona défaire calmement les boutons du pantalon maculé et en sortir un
long sexe blafard, lui aussi marbré de rougeurs et de
coupures, et terminé par une sorte de champignon mauve.
Gunther Frölich poussa un soupir de bien-être lorsque
son membre flasque disparut dans la bouche pulpeuse
d'Aldona. Sans retirer ses écouteurs, ni manifester le
moindre dégoût, elle entreprit une lente et talentueuse
fellation, ne gardant parfois que le gland mauve dans sa
bouche, pour le mordiller habilement, tout en masturbant
la hampe.

Malgré son dégoût, Helmut Weiss était fasciné par
cette démonstration. L'adolescente continuait sa fellation
comme s'il n'existait pas. Il lui fallut plusieurs minutes
d'effort pour que le vieux sexe se déploie, d'abord mollement, puis avec une rigidité impressionnante. Aldona
avait de plus en plus de mal à l'enfoncer dans sa belle
bouche rouge. Le pantalon sur les chevilles, dévoilant ses
jambes couvertes de poils gris, de varices et de pustules,
Gunther Frölich contemplait avec satisfaction sa vestale.
Soudain, Helmut Weiss réalisa avec horreur que son propre sexe commençait *aussi* à gonfler. Détail qui n'avait
pas échappé à son hôte. Attrapant Aldona par ses nattes,
il l'arracha à son membre et lui jeta :

— *Unserer Freund, bitte !* (1)

Docilement, la jeune Polonaise se releva. Le regard toujours aussi vide, elle s'agenouilla sur le parquet poussiéreux à côté de Helmut Weiss et ouvrit son pantalon, puis écarta son slip. Le sexe comprimé se détendit aussitôt. Il faillit pousser un soupir ravi quand la bouche d'Aldona l'engloutit. A Moabit, sa vie sexuelle avait été réduite à sa plus simple expression. Il ferma les yeux. La langue dansait un ballet endiablé et délicat autour de son méat. Aldona enfonça le membre au fond de sa gorge. Helmut Weiss éprouva une sensation exquise et explosa sans pouvoir se retenir.

Tranquillement, Gunther Frölich se rajustait.

— *Prima ! Nicht war, Herr Oberst-lieutenant ?* (2)

Helmut Weiss, en train de se répandre dans la bouche complaisante, sous le regard lubrique du vieillard, fut dans l'impossibilité de répondre. Encore ébloui, il vit la jeune Polonaise se relever, toujours aussi distante, le regard mort. Non seulement elle était d'une docilité à toute épreuve, mais ce vieux saligaud de Frölich l'avait formée aux meilleures techniques. Si le MFS avait encore existé, elle aurait fait des merveilles.

Honteux, l'Oberst-lieutenant se rajusta hâtivement, s'interrogeant sur la technique de Gunther Frölich. Comment arrivait-il à briser la volonté d'une femme ? Avec son physique, Aldona aurait brillamment réussi à Berlin comme call-girl de luxe, et subi infiniment moins de contraintes.

— Nous n'avons plus besoin de toi, lança Frölich.

Sans même un mot, Aldona sortit de la pièce.

Gunther Frölich arborait le sourire triomphant de l'heureux propriétaire dont le pur-sang vient de gagner le prix de l'Arc de Triomphe. Helmut Weiss, encore sous le coup du plaisir, parvint à retrouver son sang-froid. Il n'était

(1) Notre ami, s'il te plaît.
(2) Super, n'est-ce pas ?

pas un fou de sexe, mais une gâterie de cette qualité laissait des traces...

— Tout ce qu'Aldona veut, ce sont des cassettes, expliqua Frölich. De la musique pop. Elle garde son Walkman toute la journée. Parfois, elle danse toute seule. Mais vous avez été interrompu alors que vous aviez commencé à m'expliquer quelque chose, *Herr Oberst-lieutenant*...

— Votre clientèle vous est toujours fidèle, *Herr* Frölich ?

Gunther Frölich réussit à prendre l'air malheureux.

— Oh, cela ne marche plus comme avant... Mais certains vieux clients sont restés fidèles. Il n'y a pas beaucoup d'endroits de cette qualité à l'ouest...

— Je m'intéresse à un de vos très bons clients, dit Helmut Weiss. (Il lui donna son nom.) Il vient toujours ici ?

Gunther Frölich se dit que s'il posait la question, c'est qu'il connaissait déjà la réponse.

— De temps en temps. *Warum ?*

— Il a toujours les mêmes goûts ? s'enquit calmement Helmut Weiss.

Gunther Frölich savait pertinemment que son interlocuteur possédait des fiches sur *tous* ses vieux clients. Il sentait une affaire juteuse se profiler à l'horizon.

— *Jawolh !* fit-il, tout émoustillé.

C'était si bon de renouer avec les vieilles habitudes.

— Il vient souvent ? demanda Helmut Weiss.

— Au moins une fois par mois.

— Quand est-il venu pour la dernière fois ?

— Il y a trois semaines environ.

— Il utilise Aldona, je suppose ?

— Bien sûr, répondit Gunther Frölich, rayonnant de fierté.

— *Sehr gut !* J'aimerais visionner la cassette vidéo de la dernière séance.

Gunther Frölich eut soudain l'air d'une première communiante surprise la main dans la culotte de son voisin.

– Mais, *Herr Oberst-lieutenant*, je ne...

La voix sèche de l'ancien officier du MFS coupa net sa tirade.

– *Herr* Frölich, *bitte* !

Le vieillard s'ébroua et se leva.

– Je vais essayer de la retrouver.

Cinq minutes plus tard, ils visionnaient la cassette, dans une petite pièce encombrée. Le film terminé, Helmut Weiss se tourna vers le vieillard.

– Je pense que cela ira parfaitement, dit-il. Je vais vous expliquer ce que j'attends de vous, *Herr* Frölich.

Gunther Frölich grattait furieusement les pustules de son menton. Chaque fois qu'il entrevoyait la possibilité de gagner une importante somme d'argent, cela le mettait dans un état de transe proche de l'ivresse. Il appréciait les joies du sexe en professionnel, mais ce n'était rien à côté de toutes les petites satisfactions qu'apportait l'avarice. Voler des morceaux de sucre dans un café, aller aux toilettes et emporter tout le papier, faire main basse sur une boîte d'allumettes oubliée, sans parler des petits larcins dans les épiceries turques qui n'avaient pas de protection électronique... Or, là, il s'agissait d'une somme énorme.

– 200 000 marks, s'entendit-il prononcer. Je ne peux pas descendre plus bas.

– 100 000, répéta pour la quinzième fois Helmut Weiss. Mes commanditaires n'iront pas plus loin.

– Qui sont-ils ? demanda doucereusement Frölich.

Helmut Weiss lui expédia un regard glacial.

– Ne posez pas de questions stupides, *Herr* Frölich. C'est oui ou c'est non ?

Il s'était levé pour donner plus de poids à ses paroles. Gunther Frölich paniqua. Il avait beau savoir qu'il était le seul à Berlin à pouvoir satisfaire Helmut Weiss, l'idée de voir lui échapper une somme pareille lui brouillait le raisonnement.

– Cinquante mille avant, céda-t-il. Le reste, après.

– D'accord, approuva Helmut Weiss. Dès que votre client vous téléphone, vous m'appelez. Voici mon numéro. Si je ne suis pas là, il y a un répondeur. Je viendrai avec les 50 000 marks. J'aurai besoin d'un reçu...

– *Sehr gut, sehr gut*, fit machinalement Frölich.

Voyant son visiteur se lever, il s'exclama :

– *Mein Gott !* Je ne vous ai rien offert !

– La prochaine fois, *Herr* Frölich, dit Helmut Weiss.

Le vieux grigou était toujours aussi radin ! Il entendit les verrous claquer derrière lui. Frölich s'enfermait comme s'il avait déjà les 100 000 marks.

*
**

L'ex-officier du MFS s'éloigna dans Grabbeallee d'un pas égal, tournant ensuite à gauche dans Heinrich-Mann-Strasse. Dès qu'il eut franchi le coin, il s'arrêta et attendit, collé au mur. Au cas où le vieux Frölich aurait eu la mauvaise idée de le suivre... Il demeura immobile cinq minutes, personne n'apparut et il repartit. Trente mètres plus loin, il rejoignit une Audi 80 grise arrêtée sur l'aire d'une station-service Minol. Deux hommes se trouvaient à l'avant. La quarantaine fatiguée, vêtus sans recherche, ils avaient les mêmes épaules larges, des doigts boudinés comme des saucisses, des visages un peu empâtés avec des yeux très mobiles. Helmut Weiss ouvrit la portière arrière et monta. Le véhicule repartit aussitôt. Le voisin du conducteur se retourna et demanda :

– Tout s'est bien passé, *Herr* Weiss ?

– Tout à fait, fit-il sans plus de commentaires.

Ce n'était pas à des subalternes qu'il allait rendre des comptes.

Vingt minutes plus tard, l'Audi s'arrêta dans Alt-Moabit Strasse, en face de la porte coulissante en verre blindé de la prison de Moabit. Escorté par un des deux hommes, Helmut Weiss y pénétra. Seul son compagnon en ressortit.

CHAPITRE II

Gunther Frölich avait les mains moites. L'oreille aux aguets, il guettait le bruit de la sonnette. Son « client » avait déjà presque une heure de retard. S'il ne venait pas, il serait obligé de rendre les 50 000 marks. De si beaux billets bleus... Pour tromper son impatience, il alla au pied de l'escalier et héla Aldona.

– Tu es prête, *Katzie* ?

– *Jawohl, Herr* Frölich, répondit placidement l'adolescente, qui, exceptionnellement, avait ôté son Walkman.

Elle ne l'appelait jamais autrement. Il retourna s'asseoir, et alluma un cigarillo volé dans un cendrier de l'*Hôtel Maritim*, le nouveau palace de la Friedrichstrasse. C'est là qu'on récupérait les plus beaux mégots...

La sonnerie stridente expédia une giclée d'adrénaline dans ses vieilles artères, à les faire péter... Il glissa jusqu'à la petite entrée, colla son œil au mouchard. C'était lui !

Il ouvrit précautionneusement et son visiteur se glissa dans l'entrebâillement. Avec sa petite taille et sa silhouette menue, il avait l'air d'un enfant. Ses cheveux noirs frisés, même écrasés de gomina, persistaient à rebiquer, ce qui l'affligeait profondément, car il était très soucieux de sa tenue. Mince, ses costumes cintrés le faisaient ressembler à un play-boy italien miniature. Seul un nez important déparait un visage non dépourvu de

charme. Il leva son regard myope sur Frölich qui le dépassait d'une bonne tête.

– Tout va bien, *Herr* Frölich ? demanda-t-il anxieusement.

– Tout va bien, assura Frölich, onctueux comme une
crème fouettée. *Fräulein* Aldona vous attend.

Il y eut un moment de gêne. Gunther Frölich barrait
l'accès de l'escalier. Nabil Tafik se souvint à temps qu'il
ne faisait jamais crédit. Il tira de la poche intérieure de
sa veste une enveloppe et la lui tendit.

– Deux mille, annonça-t-il.

Frölich prit l'enveloppe et l'ouvrit. Non qu'il n'ait pas
confiance, mais c'était plus fort que lui. Les billets comp-
tés, il désigna à son visiteur l'escalier étroit.

Nabil Tafik se précipita. Son fantasme l'attendait en
haut des marches branlantes : Aldona, somptueuse et sulfureuse comme une créature surgie de l'enfer. Ses cheveux blonds tirés sur la nuque lui donnaient un air dur,
accentué par le maquillage forcené de ses yeux bleus et
le dessin de la bouche. Elle était entièrement vêtue de
cuir, d'un soutien-gorge à balconnet en cuir très souple
qui découvrait ses seins, d'un slip assorti clouté d'argent,
et de cuissardes à talons aiguilles qui montaient jusqu'à
mi-cuisses. Des bracelets entouraient ses bras. Campée
sur ses jambes écartées, elle jeta un regard méprisant à
Nabil Tafik, leva sa cravache en cuir noir et l'interpella :

– *Halt, Schweinhund !*

Le regard plongé dans le superbe décolleté, le Syrien
se sentit monter au paradis. Il avait toujours raffolé des
grosses poitrines. Celle d'Aldona, ferme et laiteuse à sou-
hait, le comblait. Le sang se ruait dans ses artères. Il fit
un pas en avant et la cravache le cingla aussitôt.

– *Moment !*

Aldona pivota, lui offrant le spectacle de ses fesses
uniquement protégées par un ruban de cuir noir disparaissant entre elles. Nabil Tafik était au bord de la syncope. Le vieux Frölich lui offrait vraiment un divertisse-

ment de qualité ! Il tendit la main, effleurant un globe ferme. Aldona se retourna comme un serpent et la cravache cingla ses doigts.

– *Nein !*

Les yeux bleus courroucés le liquéfièrent. Maintenant, il ne rêvait plus que de la seconde partie du show, lorsqu'elle serait douce et soumise et qu'il lui ferait subir toutes les humiliations possibles. Mais il fallait d'abord observer le rite.

Il ôta sa veste, la posa avec soin sur une chaise et accéléra pour se débarrasser du reste de ses vêtements, sous l'œil glacial de sa dominatrice. Quand il fut nu, elle s'approcha de lui, un rictus retroussant ses lèvres épaisses, et posa le bout de sa cravache sur son sexe qui pendait encore avec modestie.

– Tu es un porc impuissant ! lâcha-t-elle, avant de le cingler de toutes ses forces.

Nabil Tafik poussa un cri de douleur, mais son érection fut quasi immédiate. Il fit un pas en avant. Aldona recula, la cravache haute.

– A genoux ! Lèche !

Le son de sa voix était étouffé par le velours rouge tapissant les murs et l'épaisse moquette de même couleur. Le luxe de cette pièce contrastait avec le délabrement du reste du pavillon. Ici, l'éclairage était assuré par des lampes aux abat-jour de tissu, mais le grand lit recouvert d'une couverture en guanaco, un lit à baldaquin où le ciel de lit était remplacé par des miroirs, comme sur le mur d'en face, était sous le feu de plusieurs spots. Des fauteuils et une duchesse brisée permettant quelques figures intéressantes, ainsi qu'un haut tabouret où on pouvait sodomiser sans fatigue une femme assise, complétaient l'ameublement.

Nabil Tafik rampa sur la moquette, jusqu'aux pieds de sa dominatrice. Il leva les yeux sur l'entrejambe gainé de cuir, rêvant d'y enfoncer son membre à présent tendu à lui faire mal. Il esquissa le geste de se redresser, mais

aussitôt, la cravache cingla sa nuque. Puis la voix doucereuse d'Aldona demanda :

– Tu as envie de me baiser ?

– Oui, répondit Nabil dans un souffle.

– *Komme !*

Il se redressa d'un bond, le nez dans le décolleté par-
fumé. Il ne voyait plus que les seins gonflés, d'une blan-
cheur extraordinaire, où se dessinaient quelques veines
bleues. Aldona vint se coller à lui et commença à frotter
son pubis gainé de cuir contre son érection. Lentement
et sadiquement. Le contact du cuir sur la peau délicate
chauffée à blanc était un supplice délicieux. Nabil Tafik
imaginait l'intérieur moite qui l'attendait. Il voulut glisser
un doigt sous le cuir, mais Aldona le repoussa brutalement, empoignant son sexe de sa main gantée.

– Non, ne me...

– *Maulen zu !* (1) gronda l'adolescente.

En quelques mouvements de poignet, elle le vida et la
semence blanche se répandit sur ses bottes. Sonné, Nabil
regarda stupidement son sexe inutile en train de mollir.
Les yeux bleu porcelaine s'emplirent de mépris.

– Tu ne sais pas te retenir, cochon ! Maintenant, nettoie !

Lentement, Nabil Tafik s'agenouilla sur la moquette
rouge et commença à lécher les bottes.

*
**

Gunther Frölich, assis sur un tabouret dans un cagibi
dissimulé sous l'escalier, contemplait sur un petit écran
vidéo les ébats du couple. Oh, pas par vice ! Simplement
pour s'assurer du bon déroulement des choses. Il en allait
de 100 000 marks. Aldona était parfaite, bien qu'elle
n'eût pas répété souvent son personnage de dominatrice.
Frölich était fier de son dressage. A chacune de ses élè-

(1) Ta gueule !

ves, le « Doigt de Dieu » apprenait la gamme complète des déviations sexuelles, afin qu'elles ne soient jamais surprises. Parfois, on s'attachait des gens très importants, simplement en leur offrant spontanément ce qu'ils n'osaient pas demander... Un jour, le tout-puissant Markus Wolf, le roi des espions de la Stasi, avait dit de Frölich qu'il avait du génie... C'était un peu vrai.

Distraitement, le vieillard gratta une de ses pustules, tandis qu'Aldona faisait subir une nouvelle avanie à son client consentant. La première partie du show se terminait. Bientôt, Nabil Tafik allait prendre sa revanche. Et faire gagner 100 000 marks à Gunther Frölich.

*
**

Nabil Tafik contemplait Aldona allongée à plat ventre sur les draps de soie noire. Il l'avait dépouillée de ses vêtements de cuir, ne lui laissant que ses cuissardes. Les poignets de l'adolescente étaient attachés aux montants du lit et son visage reposait de profil sur le drap, bouche entrouverte.

— Ecarte les jambes, ordonna Nabil Tafik.

Docilement, Aldona ouvrit davantage les cuisses, découvrant mieux son intimité. Nabil ne quittait pas des yeux ses fesses rondes, dures et cambrées. Il mourait d'envie de s'y enfoncer. Son sexe gorgé de sang, légèrement recourbé, battait contre son ventre, raide comme un mât. Depuis longtemps, il avait récupéré de sa première éjaculation.

— Encore plus ! ordonna-t-il.

Aldona obéit, exhibant la bosse blonde de son sexe renflé. Aussitôt, Nabil Tafik abattit la cravache dessus. Aldona sursauta, poussa un gémissement. Nabil faillit en exploser de plaisir. Il se mit à frapper comme un fou, abattant la mince lanière noire en travers de ses fesses, les striant de traces rouges. Ensuite, il passa aux cuisses, cherchant toujours à atteindre le sexe. Aldona se tordait sous les coups, criait, suppliait. Cela faisait partie du jeu et de toute façon, Nabil Tafik avait payé. D'avance.

Il tournait autour du lit, cherchant les meilleurs angles pour frapper. Soudain, il enfonça le manche de la cravache dans le sexe ouvert, et se mit à fourrager à l'intérieur, le plus loin possible, jusqu'à ce qu'un cri aigu d'Aldona lui apprenne qu'il risquait de l'éventrer en forçant davantage. Ce n'était pas compris dans le prix. Il éprouvait presque autant de plaisir à la fouiller ainsi qu'à enfoncer son sexe en elle. Il arracha enfin la cravache et en cingla encore un peu la jeune femme. Son pouls s'était accéléré. Il arrivait au bout du voyage. Encore une petite fantaisie et il allait sodomiser sa victime, se répandre dans ses reins. Le sang battait dans ses tempes à cette idée. Il se pencha et lança en allemand :

— Tu es une salope et je vais te punir.

— *Nein, nein*, gémit Aldona.

— Si.

Il lança la cravache à terre et tendit la main vers une petite étagère à côté du lit. Ses doigts rencontrèrent tout de suite la crosse d'un revolver. Un Colt au canon de 4 pouces qui avait déjà beaucoup servi. La respiration rapide, il le prit, se pencha vers les fesses rondes d'Aldona et souffla à son oreille :

— Je vais t'enculer comme tu ne l'as jamais été.

— *Nein*, supplia-t-elle.

Tenant solidement l'arme, il posa l'extrémité du canon sur l'ouverture des reins d'Aldona.

— Avec ça ! lança-t-il.

Il pesa de toutes ses forces. Aldona poussa un cri, et le canon s'enfonça dans ses reins. Depuis longtemps, Gunther Frölich avait limé le cran de mire, pour éviter des blessures à la victime, et le canon était extérieurement graissé d'une épaisse couche de vaseline. Il fournissait l'arme, mais pas question d'abîmer une collaboratrice aussi précieuse...

Les yeux hors de la tête, Nabil pesait toujours, regar-

dant le canon du revolver violer l'intimité d'Aldona. Il
éprouvait la même sensation que si c'était son propre
sexe. Ce dernier, droit contre son ventre, battait comme
un pendule. Nabil poussa encore, mais les quinze centimètres étaient rentrés. L'arme était engloutie jusqu'au
barillet... Aldona ne disait plus rien.

Le souffle court, Nabil Tafik enserra son sexe de sa
main droite et se masturba, les yeux fixés sur les fesses
rondes d'Aldona. En même temps, il faisait aller et venir
le revolver entre ses reins, comme un membre humain.
Les deux mouvements étaient parfaitement synchrones.
On n'entendait plus dans la pièce que le léger grésille-
ment d'un projecteur et la respiration courte du couple.
Les hanches d'Aldona bougeaient légèrement et Nabil
Tafik eut l'impression qu'elle prenait un certain plaisir à
cette union contre nature. Mais comment savoir ce qui
se passait derrière ses yeux bleus ?

Il serra plus fort son sexe, sentant la sève monter.
Chaque fois c'était la même chose : il se promettait de
ne pas aller jusqu'au bout, de se contenter d'être bien
excité, pour ensuite s'enfoncer, *lui*, dans les reins de sa
« victime ». Puis l'exaltation était trop forte, une force
inconnue s'emparait de lui, il ne se contrôlait plus. Il
grogna.

– Salope ! Je vais te remplir !

Son doigt était crispé sur la détente du revolver. Il
poussa un léger gémissement, tout son corps fut secoué
d'un tremblement convulsif, et il jouit avec un plaisir
venant de très loin, une grande chaleur qui montait de
ses reins, coulait le long de son sexe et se matérialisait
par la coulée blanche qui jaillissait et se répandait sur les
fesses offertes.

Du même mouvement réflexe, il serra son sexe encore
plus fort et crispa son index sur la détente.

La détonation le fit sursauter, à peine assourdie dans
l'anus de la jeune femme. Pendant un instant, Nabil Tafik éprouva un bien-être extraordinaire, qui se transforma

d'un coup en apathie. Il mit quelques secondes à réaliser
que quelque chose d'anormal s'était produit. La tête lui
tournait. Aldona criait, gigotait, gémissait. Elle roula sur
le côté et avec horreur, Nabil aperçut une tache en train
de s'élargir sur le drap. Le sang jaillissait d'une plaie au
bas-ventre, au rythme d'une artère, par pulsions puissan-
tes, effrayantes.

Le Syrien, abasourdi, comprit que le revolver, au lieu
d'une cartouche à blanc tirée dans le canon bouché, avait
lâché un vrai projectile ! En plein dans le ventre d'Aldona ! Le regard de celle-ci était déjà vitreux. Affolé,
Nabil Tafik courut, nu comme un ver, jusqu'au palier, se
pencha sur la rampe d'escalier et hurla :

— Gunther ! Gunther ! *Komme sofort !*

— *Ich komme*, répondit la voix placide du vieillard.
Was ist los ?

Nabil se retourna. Se presser était inutile. Aldona avait
l'immobilité d'un cadavre. Il venait de la tuer.

CHAPITRE III

Un orage brutal avait fait s'abattre sur Berlin une averse d'une violence inouïe. Le quartier de Pankow en paraissait encore plus sinistre. Helmut Weiss se hâtait dans Grabbeallee, les mains dans les poches de son imperméable, le visage fouetté par la pluie. Il était à peine 8 heures, mais la circulation était déjà dense, avec les vieux tramways brinquebalants, typiques de l'ancien Berlin-Est. Sous la pluie, Majakowskiring était particulièrement lugubre.

Pas un chat en vue. Le pavillon blanc de Gunther Frölich était maculé de traces humides, le jardin inondé. Sachant que le « Doigt de Dieu » l'attendait, l'ex-officier du MFS frappa trois coups sur le battant vermoulu, détachant des écailles de peinture. Gunther Frölich ouvrit aussitôt, à croire qu'il guettait derrière la porte. Il portait les mêmes vêtements que la veille et exhalait une odeur aussi abominable. Helmut Weiss le suivit jusqu'au salon aux volets clos. Sans ôter son imperméable, il s'assit au bord de son fauteuil habituel et demanda d'une voix égale :

– *Alles gut ?* (1)
– *Alles gut ! Sehr gut !* croassa le vieillard.

La voix de Gunther Frölich tremblait légèrement. Il

_____

(1) Tout va bien ?

gratta une pustule particulièrement répugnante sur le dessus de sa main et demanda presque timidement :

– Vous avez l'argent, *Herr Oberst-lieutenant* ?

Le regard de l'ex-officier du MFS s'enfonça comme un laser dans celui de Gunther Frölich.

– *Ein moment, bitte !* fit Weiss. Tout s'est totalement bien passé ?

La perversité du vieux Frölich s'éveilla immédiatement. Il frotta ses vieilles mains l'une contre l'autre, le regard luisant.

– *Ja !* Comme vous l'aviez demandé, *Herr Oberst-lieutenant.*

– Le sujet a réagi comme prévu ?

– *Jawohl.*

Une seconde de silence, puis Helmut Weiss demanda d'une voix neutre :

– La fille est...

– *Tot* (1), *Herr Oberst-lieutenant.* Que faut-il en faire ?

Etant donné la puanteur qui régnait dans le pavillon blanc, on pouvait y conserver un cadavre plusieurs semaines.

– Je vais vous donner des instructions, *Herr* Frölich. Mais d'abord, parlez-moi des réactions du sujet.

Un sourire bien ignoble illumina les traits ridés de Gunther Frölich. Nuire à ses semblables était presque aussi jouissif que s'enrichir.

– J'ai cru qu'il allait me tuer ! fit-il. Heureusement, il n'y avait qu'une cartouche dans le revolver... Je lui ai juré que je ne comprenais pas, que c'était Aldona qui chargeait l'arme ; qu'elle avait dû commettre une épouvantable erreur. Que j'étais prêt à lui rendre ses 2 000 marks...

– Vous l'avez fait ?

– Non, avoua Gunther Frölich.

(1) Morte.

– Il vous a cru ?

– Je ne sais pas, avoua le vieillard... Il était affolé. Il s'est sauvé comme un fou.

– Il n'a pas téléphoné ?

L'accident avait eu lieu la veille au soir. Si le Syrien n'avait pas donné signe de vie, c'est qu'il subodorait quelque chose de louche... Ce qui n'avait pas vraiment d'importance.

– Non, pourtant, je n'ai pas bougé.

Helmut Weiss contemplait le plancher poussiéreux. Il se sentait soudain fatigué. Il avait monté tellement de coups tordus au cours de sa longue carrière que cela ne l'amusait même plus. Il leva les yeux vers Frölich.

– La cassette ?

– Je l'ai, *Herr Oberst-lieutenant*.

– Elle est bonne ?

– Je ne l'ai pas regardée, mais l'appareil fonctionne toujours très bien.

– Passez-la.

– L'argent...

Helmut Weiss haussa à peine la voix :

– *Herr Frölich*, je ne suis pas d'humeur à plaisanter. *Schnell, bitte.*

Maté, Gunther Frölich s'arracha à son fauteuil et trottina jusqu'à l'escalier. Il ouvrit les deux portes du cagibi dissimulé sous les marches. Un magnétoscope Samsung était posé sur une télé de même marque. Frölich enclencha quelques touches et poussa la cassette dans le lecteur. Les premières images apparurent presque aussitôt. Excellentes !

Deux caméras filmaient alternativement, sous le puissant éclairage des spots. Ce n'était pas de plus mauvaise qualité que les films porno tournés sous le manteau. On reconnaissait parfaitement les traits de Nabil Tafik.

Patiemment, l'ex-officier du MFS regarda toute la séance sadomaso, en se disant qu'Aldona était vraiment très belle. Le son était parfait et le dialogue pas triste. Enfin, ils arrivèrent à la fin du film.

Un gros plan au ralenti : une main masturbait un sexe tendu, l'autre était crispée sur la crosse du revolver. Puis l'index écrasait la détente. Détonation, le sursaut d'Aldona et l'expression d'abord ahurie de Nabil Tafik, puis paniquée et enfin, furieuse. Helmut Weiss songea qu'il faudrait couper l'expression ahurie. Le reste était parfait. N'importe quel jury du monde condamnerait Nabil Tafik pour le meurtre sadique de cette malheureuse jeune fille. La dernière image montra le Syrien en train de se rhabiller fiévreusement.

– Vous êtes satisfait, *Herr Oberst-lieutenant* ? demanda servilement Gunther Frölich.

– Où est le revolver ?

– Il est resté en haut. Dans...

Il se tut, mais Helmut Weiss comprit.

– Allez le chercher. Ne touchez pas la crosse.

Celle-ci portait forcément les empreintes de Nabil Tafik. Gunther Frölich disparut dans l'escalier et redescendit quelques instants plus tard, tenant le Cobra par le canon. Helmut Weiss l'enveloppa dans un mouchoir et l'enfouit dans sa poche, d'où il sortit une grosse enveloppe marron, qu'il posa près du magnétoscope.

– Rembobinez la cassette, *bitte*, ordonna-t-il.

Gunther Frölich était déjà en train d'ouvrir l'enveloppe. Quand il vit les billets bleus de 100 marks, son angoisse s'envola tout d'un coup. Il crut quand même utile d'essayer une petite pleurnicherie.

– Cela ne va pas remplacer Aldona, renifla-t-il. Maintenant, qu'est-ce que je vais faire ?

– Continuez avec les autres, répliqua froidement Helmut Weiss.

Gunther Frölich n'insista pas.

– Et Aldona ? demanda-t-il, qu'est-ce que j'en fais ?

– Rien. Dès que je serai parti, téléphonez à la

Kripo (1). Vous leur expliquerez que vous avez prêté votre maison à un ami et que vous avez découvert le cadavre d'Aldona en rentrant.

— Je ne risque rien ? demanda anxieusement Gunther Frölich.

— Rien.

— Et s'ils me demandent à qui j'ai prêté la maison ?

— Il faut le leur dire, *Herr* Frölich. Il faut toujours aider la police.

Le visage fripé de Gunther Frölich s'éclaira d'un sourire pervers. Voilà l'humour qu'il appréciait.

— Bien sûr ! *Herr Oberst-lieutenant*.

— Vous ne comptez pas les billets, *Herr* Frölich ?

— J'ai confiance, *Herr Oberst-lieutenant*.

— On ne sait jamais, parfois il y a des comptables malhonnêtes, fit Helmut Weiss...

Gunther Frölich sortit les liasses de billets de 100 marks et mouilla son pouce. Il en était au trente-neuvième billet quand Helmut Weiss appuya sur sa nuque le canon d'un Walther PPK prolongé d'un silencieux et lui fit exploser la tête.

*
**

La fouille avait été intéressante. 350 000 marks en billets dans le freezer du vieux réfrigérateur et des centaines de cassettes soigneusement étiquetées, avec la date et le nom des participants ; plus un carnet d'adresses. Helmut Weiss empocha le carnet et laissa les cassettes. A regret, car elles valaient une fortune. En plus, il était certain de n'avoir pas tout trouvé : Gunther Frölich était un vieux renard et habitait cette maison depuis trente ans. Il devait y avoir des planques partout, mais il n'avait pas le temps de chercher. Il répartit l'argent dans toutes ses poches et ressortit.

(1) Kriminal Polizei.

Il traversa le jardin et se retrouva dans Majakowski-ring. Une grosse Mercedes 560 noire, aux vitres si tein-tées qu'elles se confondaient avec la couleur de la car-rosserie, stationnait au coin de Grabbeallee. Il arriva à sa hauteur et ouvrit la portière avant droite. Un seul homme se trouvait à l'intérieur. La cinquantaine, le visage plat comme une limande, les cheveux très courts, un nez cassé de boxeur et une carrure qui dépassait le siège. Il tourna des yeux pâles vers l'ex-officier du MFS qui s'asseyait à côté de lui.

– *Alles gut, Oberst-lieutenant ?*

– *Jawohl, Herr Doktor* Lehr, répondit Helmut Weiss respectueusement.

Il avait toujours été respectueux de la hiérarchie, quelle qu'elle soit. Or, l'homme à côté de lui occupait un poste très important. Il tendit la main droite.

– La cassette.

Helmut Weiss la sortit de la poche de son imperméa-ble et la lui donna. Otto Lehr la posa sur l'accoudoir et réclama de la même voix placide :

– Le revolver aussi, *Herr* Weiss.

L'arme qui avait servi à tuer Aldona. Helmut Weiss la prit dans sa même poche et la tendit à Otto Lehr. Ce dernier écarta le mouchoir pour y jeter un coup d'œil, avant de la poser sur l'accoudoir.

– Le pistolet que je vous ai prêté, aussi, *Herr* Weiss, *bitte*.

A regret, Helmut Weiss sortit d'une autre poche le Walther PPK qui avait expédié Gunther Frölich dans un monde meilleur, le tenant par le canon. Après l'exécution de Frölich, il avait soigneusement essuyé la crosse. Inu-tile de laisser des preuves contre lui. Otto Lehr plaça l'arme dans un vide-poches.

– *Sehr gut...* Nous allons regarder cette cassette, con-clut-il.

Il recula, prit Grabbeallee vers le sud. Quarante-cinq minutes plus tard, il entra dans la cour d'un immeuble

discret de quatre étages de Auf dem Grat, une petite voie
tranquille donnant dans Clayallee, au sud-ouest de Berlin.
Le siège du *Landverfassungsschutz* de Berlin. Un planton
en civil salua respectueusement les deux hommes. Otto
Lehr ouvrit la porte d'une petite salle de projection, au
rez-de-chaussée, et après avoir donné un tour de clé, enclencha la cassette dans un magnétoscope couplé à une
télé Akaï grand écran. Dans un silence glacial, les deux
hommes virent apparaître la silhouette gainée de cuir noir
d'Aldona accueillant Nabil Tafik. C'était à peu près convenable, cela le fut moins après. Otto Lehr regarda l'in-
tégralité de la cassette sans exprimer le moindre senti-
ment. Helmut Weiss était tout aussi impassible.

Les deux hommes avaient connu trop d'horreurs pour
s'émouvoir. Aldona n'était qu'une victime de plus de la
guerre impitoyable que se livraient les grands Services...

Le film terminé, Otto Lehr se tourna vers Helmut
Weiss avec un sourire satisfait.

– *Sehr gut.* Vous avez rempli votre contrat. Je remplis
le mien.

Il prit dans sa poche un document plié en quatre et le
tendit à l'ex-officier du MFS. C'était une décision du
parquet de Berlin concluant à la mise en liberté de Helmut Weiss. Otto Lehr, qui avait été magistrat avant d'occuper son poste actuel, avait gardé de nombreux amis
dans la magistrature.

Helmut Weiss empocha le précieux document avec un
soulagement indicible. Il ne retournerait pas à Moabit.
Otto Lehr arrêta le magnétoscope, récupéra la cassette et
lui tendit la main.

– Rentrez chez vous, *Oberst-lieutenant* et profitez de
la vie. *Auf wiedersehen.*

– *Auf wiedersehen, Herr Doktor* Lehr, répondit Helmut Weiss.

Dans la rue, marchant jusqu'à un arrêt d'autobus, il se
sentit un peu étourdi. Il était libre et à la tête d'une petite fortune : 450 000 marks sans impôts. Cela allait net-

tement arrondir sa retraite... Dès qu'il aperçut une cabine téléphonique jaune, il y entra et composa le numéro de sa vieille maîtresse, Hildegarde Dietrich. Une grande blonde au type slave et à la poitrine généreuse qui habitait une petite maison à Rudow. Après avoir été présentatrice à la télé est-allemande, elle était à présent monteuse pour CNN...

– C'est moi, je suis sorti ! annonça Helmut Weiss.

Hildegarde poussa un cri de joie.

– *Das ist wunderbar !* Qu'est-ce qui s'est passé ?

– J'ai été gracié, annonça Helmut Weiss. Ce soir, je t'invite à dîner, fais-toi belle. Je t'emmène au *Koenig Frederikus*.

Elle se récria :

– Mais tu es fou ! C'est horriblement cher.

– J'ai envie de fêter cela, dit Helmut Weiss avant de raccrocher.

*
**

Le 15, Lichtenbergstrasse n'avait pas changé : un modeste immeuble en brique rouge de six étages, sans ascenseur. Helmut Weiss habitait au troisième. Sur son palier, au moment de mettre la clé dans la serrure, il eut une brève hésitation. Il n'avait pas été pour rien dans le Renseignement pendant tant d'années. Une phrase du *Doktor* Lehr lui revint brutalement en mémoire. « Rentrez chez vous et profitez de la vie. » Une phrase totalement innocente... Pourtant, le sixième sens de Helmut Weiss était en alerte. Il examina attentivement sa porte et découvrit près de la serrure plusieurs griffures. Elle avait été forcée avec soin. Après quelques instants de réflexion, il tourna précautionneusement la clé dans la serrure. Elle fonctionna très bien. Millimètre par millimètre, le cœur battant, il ouvrit peu à peu. Lorsque celui-ci fut entrebâillé d'une dizaine de centimètres, il s'arrêta, examinant tout ce qui était dans son champ de vision.

Le fil lui sauta aux yeux !

Un fil de pêche en nylon incolore, tendu à une dizaine de centimètres du sol. Helmut Weiss, d'une main, le suivit jusqu'à une extrémité. Celle-ci était accrochée à l'autre face du battant, enroulée autour d'un clou.

— *Schweinhund !* (1) murmura-t-il pour lui-même.

Il referma la porte, redescendit et, dans une épicerie voisine, acheta des ciseaux. Revenu chez lui, il entrouvrit la porte et trancha le fil.

Le battant grand ouvert, il découvrit le piège. Trois grenades M26 américaines fixées ensemble par du ruban adhésif auraient explosé à un mètre de lui.

Une seule suffisait largement à le tuer. Sa charge détruisait tout dans un rayon de quinze mètres.

Il s'assit et alluma une cigarette, sonné. Ce n'était plus une vie paisible qui l'attendait... Il avait été fou de croire qu'on le laisserait vivant, avec ce qu'il savait. Certes, il était en liberté officielle, il disposait d'argent, mais le *Herr Doktor* Lehr ferait tout pour le liquider. Il n'avait qu'une toute petite longueur d'avance.

En une demi-heure, il réunit tout ce qu'il voulait emporter, y compris les trois grenades. Sa petite valise à la main, il sortit et prit la direction du S-Bahn (2).

Sa première impulsion avait été d'aller se réfugier chez sa vieille maîtresse, Hildegarde Dietrich. Elle aurait évidemment accepté de le cacher et il était absolument sûr d'elle. Mais le BND et le *Verfassungsschutz* connaissaient son existence. C'est la première piste qu'ils vérifieraient.

Partagé entre la panique et la fureur, il céda d'abord à cette dernière. Il alla acheter plusieurs cartes de téléphone à 12 marks et s'installa dans une cabine à l'écart. Chez lui, il avait récupéré un petit carnet dissimulé sous une lame de plancher. Les numéros de téléphone qu'il contenait étaient très très sensibles...

(1) Chien de cochon !
(2) Le métro aérien.

Il en composa un, donna le nom de code et attendit. On lui en communiqua un autre qu'il appela aussitôt. Là, ce fut plus compliqué. Son code n'était plus valable. Il dut insister, donner le numéro de la cabine pour que son interlocuteur consente à promettre de le rappeler. L'attente dura quarante-cinq minutes. Enfin, Helmut Weiss entendit la voix d'un homme qu'il connaissait bien et qui le connaissait aussi. A lui, il pouvait dire la vérité. Ce qu'il fit.

Lorsqu'il raccrocha, il se sentit soulagé. Ce porc de *Doktor* Lehr ne l'emporterait pas au paradis. Sa vengeance assurée, Helmut Weiss se remit en route. Il avait vraiment envie de rester vivant, et ça ne serait pas facile.

CHAPITRE IV

Nabil Tafik se réveilla en sursaut, trempé de sueur, le cœur cognant contre ses côtes. Il tendit l'oreille et n'entendit que quelques cris d'oiseaux. Sa villa dans Koenigsallee, au cœur de Grunewald, le quartier résidentiel de Berlin, baignait dans la verdure. Pour se calmer, il attrapa un paquet de Lucky Strike sur sa table de nuit et en alluma une. Depuis qu'il s'était enfui de Majakowskiring, il ne vivait plus.

Il ne lui avait pas fallu plus de dix minutes pour renifler un coup tordu, derrière le prétendu « accident ». Gunther Frölich n'était qu'un comparse. Il devait répondre à deux questions. Qui avait monté cette manip, et pourquoi ?

La réponse à la seconde était simple. On voulait le rendre vulnérable pour le faire chanter. Le meurtre involontaire d'Aldona avait sûrement été filmé. C'était l'ABC du métier, les deux mamelles du Renseignement étant l'appât du gain et le chantage.

Mais qui ?

Il connaissait évidemment les liens de Gunther Frölich avec le MFS. Mais ce dernier n'existait plus. Le vieillard avait pu être récupéré par un autre grand service : BND, CIA ou Mossad.

Même en se creusant la tête, il ne voyait pas pourquoi le BND lui monterait un coup. Il n'y avait pas de con-

tentieux récent entre Bonn et Damas. D'ailleurs, depuis
plusieurs années, Nabil Tafik n'avait pas eu à traiter d'affaires vraiment *sensibles*. Avant, c'était une autre histoire... Dès lors, il voyait se profiler le Mossad. Tout à
fait dans leur manière. Le service israélien entretenait
d'excellentes relations avec ses homologues du BND. En
plus, il devinait ce qui pouvait intéresser le Mossad...

Arrivé chez lui, il n'avait pas perdu de temps. Il avait
ouvert le grand coffre de sa chambre et y avait pris sept
grandes enveloppes jaunes fermées par du Scotch, rapa-
triées lorsqu'il avait fermé l'ambassade de Syrie en Allemagne de l'Est, au 3, Otto-Grotewohl-Strasse, redevenue depuis Wilhelmstrasse, de son nom d'avant-guerre.
Ensuite, il avait repris sa voiture pour s'arrêter à la première cabine téléphonique sur son chemin.

Quelle que soit l'heure, dès qu'elle entendait sa voix,
Lydia Voigt, contrebassiste dans un orchestre symphoni-
que, ronronnait de bonheur. Pour une raison qu'il n'avait
jamais vraiment éclaircie, elle était folle de lui, depuis
qu'elle l'avait rencontré à la fin d'un concert. Bête de
sexe, elle partageait sa vie entre ses concerts, les magasins de lingerie et de brèves séances de baise avec son
amant. Son visage était banal, mais son corps épanoui,
et toujours harnaché d'une façon infiniment provocante.

Cette fois, bien qu'il soit une heure du matin, elle
demanda tout de suite :

– Tu viens me voir ?

– Si tu veux...

– Bien sûr que je veux, fit-elle. Je me suis encore
caressée en pensant à toi avant de m'endormir. Tu es
loin ?

– Près de chez moi.

– Ça va, j'ai le temps. A tout de suite. Je me fais
belle.

Il raccrocha. Lydia habitait à Rudow, un des quartiers
résidentiels de l'Est. C'était la personne idéale à qui confier des documents secrets. Elle ignorait le véritable mé-

tier de Nabil Tafik, le croyant diplomate, et était totalement fiable. Si c'était le Mossad, c'étaient justement ces documents-là qu'ils cherchaient.

Lydia l'avait accueilli avec une bouteille de Taittinger Comtes de Champagne rosé 1986, en guêpière noire, avec un petit tablier blanc de soubrette auquel Nabil Tafik, en dépit de sa soirée épuisante, n'avait pas pu résister. Une heure plus tard, il repartait, laissant les enveloppes jaunes. Le cœur un peu plus léger.

Deux jours s'étaient écoulés. Le lendemain, il s'était jeté sur le *Berliner Zeitung*. Rien. Le surlendemain, l'affaire était sortie. « Double meurtre à Pankow ». La liquidation du vieux Frölich n'avait fait que renforcer Nabil Tafik dans ses convictions... Il y avait un grand service derrière, et pas le BND : ils étaient trop formalistes pour se livrer à ce genre de plaisanterie...

Evidemment, les journaux émettaient quantité de supputations, toutes plus fausses les unes que les autres. Quant à la Kripo, elle demeurait muette. Cela aussi était hautement suspect...

Pendant quelques heures, Nabil Tafik s'était demandé s'il n'allait pas tenter de fuir. Il lui était facile de quitter l'Allemagne, avec son passeport diplomatique. Mais pour aller où ? S'il retournait à Damas, il faudrait qu'il donne au *Moukhabarat Al Quuwa*, le SR de l'armée de l'air syrienne dont il dépendait, de bonnes explications. Impossible. Et, à Damas, ceux qui voulaient le faire chanter le retrouveraient. Il pouvait aussi s'enfuir en Colombie, où un de ses cousins s'était installé. Dans ce cas, il aurait tous les services syriens aux trousses. Ce n'était pas une solution d'avenir. Lui-même avait participé à la traque de trop de défecteurs pour se faire des illusions. Il finirait la gorge tranchée.

La moins mauvaise solution consistait à attendre que les auteurs de la manip se manifestent. Et, qui sait, peut-être à traiter. Son père lui avait toujours répété qu'il valait mieux être un chien vivant qu'un lion mort...

S'apercevant qu'il n'était que 6 heures du matin, Nabil Tafik essaya de se rendormir. Il y parvint si bien que sa bonne tchèque dut crier pour l'arracher au sommeil. Il faisait grand jour.

— Deux messieurs vous demandent, annonça-t-elle. Ils n'ont pas voulu donner leur nom. Je crois qu'ils sont de la police...

Nabil Tafik s'habilla, l'estomac tordu par la peur, incapable d'avaler une goutte de café. Deux hommes attendaient dans son salon. L'un d'eux s'avança en souriant très poliment.

— *Guten Tag, Herr* Tafik. Nous appartenons au *Verfassungsschutz. Herr Doktor* Lehr, qui dirige le *Landverfassungsschutz* de Berlin, aimerait s'entretenir avec vous.

— Maintenant ?

— Si c'est possible, *Herr* Tafik. Je crois qu'il s'agit d'une affaire urgente.

Nabil Tafik faillit brandir son immunité diplomatique, puis se dit que c'était reculer pour mieux sauter.

— Très bien, dit-il, attendez-moi quelques minutes, j'arrive.

Tout en suivant la voiture de ses anges gardiens, Nabil Tafik se posait des tas de questions. Que venait faire le *Verfassungsschutz* dans une affaire de meurtre ? Il aurait dû être interpellé par la Kripo. Il risquait donc bien de se trouver en face des auteurs de la manip.

Il se gara dans la cour du 2, Auf dem Grat et suivit les deux policiers. Ceux-ci le firent pénétrer dans une pièce dont un des murs était recouvert d'un écran de projection, où l'accueillit un homme trapu au visage plat, avec des yeux bleus très pâles et une carrure de lutteur. Il se cassa en deux à l'allemande devant Nabil Tafik, lui serra la main et dit :

– Je suis heureux que vous ayez pu vous déplacer, *Herr* Tafik. Il s'agit d'une visite informelle, *nicht war ?* Mais importante. Je suis le *Doktor* Otto Lehr, responsable du *Landverfassungsschutz* de Berlin.

– Enchanté, fit d'une voix blanche le diplomate syrien.

D'un signe, Otto Lehr congédia ses deux subordonnés, et se tourna avec un sourire froid vers Nabil Tafik.

– Avant de bavarder, *Herr* Tafik, j'aimerais vous projeter un petit film. Asseyez-vous.

Nabil Tafik obéit, les jambes coupées. Ses ennuis commençaient *vraiment*.

*
**

Nabil Tafik ferma les yeux au moment où, sur l'écran, son doigt pressait la détente du revolver enfoncé dans l'anus d'Aldona. On aurait dit que la détonation explosait dans la pièce. Quelques secondes plus tard, le film se terminait...

Otto Lehr arrêta le magnétoscope, retira posément la cassette et se tourna vers le diplomate syrien.

– Vous êtes-vous reconnu, *Herr* Tafik ?

Le gorge nouée, le Syrien demeura muet. Otto Lehr proposa de la même voix :

– Allons donc dans mon bureau.

Nabil Tafik le suivit comme un zombie et ils se retrouvèrent dans un bureau froid et confortable au quatrième étage. Otto Lehr s'installa dans un des deux fauteuils de cuir et offrit l'autre à son visiteur. Il alluma une Lucky Strike qui semblait minuscule dans ses grandes mains, souffla la fumée comme pour chasser les miasmes de la vision d'horreur d'Aldona et demanda, de la même voix doucereuse :

– Pouvez-vous nous dire, *Herr* Tafik, ce qui vous a poussé à tuer cette adolescente – d'après son passeport, elle venait d'avoir dix-sept ans – de cette façon particulièrement *ungemutlich* (1) ? La Kripo vous avait déjà fiché comme pervers, mais personne ne pensait que vous iriez jusqu'au meurtre. Et vous étiez protégé par votre immunité diplomatique.

– Je le suis toujours, remarqua le Syrien.

Otto Lehr lui adressa un sourire glacial.

– Je pense que pour une affaire semblable, le gouvernement de votre pays n'hésitera pas à lever votre immunité. Ce sont des gens civilisés, *nicht war ?*

Un peu terroristes, mais civilisés.

Nabil Tafik attendait la suite. Car il y avait forcément une suite. Après vingt ans passés au *Moukhabarat*, il savait reconnaître une manip au premier coup d'œil. Mais d'habitude, c'est lui qui les montait. Otto Lehr, la cigarette entre ses doigts, répéta :

– Pourquoi avez-vous tué cette jeune femme ? Vous ne pensiez pas être filmé, *nicht war ?*

Nabil Tafik ouvrit la bouche et la referma. A quoi bon clamer son innocence ? L'homme qui l'interrogeait savait parfaitement à quoi s'en tenir. On était entre professionnels. Devant un jury d'assises, cela serait différent, mais heureusement, des gens comme Nabil Tafik se retrouvaient rarement devant un jury d'assises.

Devant le mutisme prolongé du Syrien, Otto Lehr sortit de son bureau une bouteille de scotch *Defender Success*, un verre et en versa une solide rasade.

– Mon scotch préféré, commenta Otto Lehr, et je suis très difficile.

Nabil Tafik s'empara du verre et le vida d'un coup. Ce qui lui donna le courage de répondre :

– *Das ist richtig*. J'ignorais que j'étais filmé. Mais je n'ai pas tué volontairement cette jeune femme. Je peux vous prendre une cigarette ?

Otto Lehr lui tendit le paquet de Lucky Strike.

(1) Déplaisante.

Une chose intriguait Nabil Tafik. Pour qui le *Verfassungsschutz* avait-il monté cette manip ?

Otto Lehr enchaîna d'une voix grave.

— Vous n'ignorez pas, *Herr* Tafik, que chez nous, en Allemagne, ce genre de crime est puni avec une grande sévérité. Vous êtes passible d'une peine de vingt ans de pénitencier.

Nabil Tafik eut un geste d'impuissance. L'autre salaud n'allait pas lui réciter le Code pénal... Il avait brutalement envie d'en finir, et contre-attaqua :

— Pourquoi ne pas me remettre à la Kripo ? suggérat-il. Votre service ne s'occupe pas des crimes... crapuleux.

Son aplomb prit Otto Lehr à contre-pied. Il s'attendait à voir le Syrien s'effondrer, oubliant qu'il avait en face de lui un vrai professionnel. Nabil Tafik sentit ce changement d'attitude et enfonça le clou en se levant.

— Je rentre chez moi, dit-il.

Otto Lehr se leva également. Massif comme un buffet, il lui barra le chemin, enfonçant dans son estomac un index raide comme un canon de pistolet. Cette fois, sa voix était lourde de méchanceté contenue.

— *Herr* Tafik, ne faites pas l'imbécile. Il suffirait que je donne un ordre à mes hommes. Ils ouvrent une fenêtre et tshitt... Vous n'êtes pas un oiseau, *Herr* Tafik.

La menace laissa le Syrien complètement froid. Il explosa d'un coup :

— *Maulen zu !* (1) Et dites-moi ce que vous voulez *vraiment*. Cessez de me prendre pour un con.

Otto Lehr vit dans ses yeux noirs que ce n'était plus la peine de feinter. Il se rassit et dit calmement :

— *Herr* Tafik, la Kripo a ouvert une enquête sur la mort d'Aldona Rivenko. Un dossier sans coupable, à l'heure actuelle. Le propriétaire du pavillon, Gunther Frölich, a été trouvé tué d'une balle dans la tête. Il est pos-

_____

(1) Fermez votre gueule !

sible que ce soit vous, mais nous n'en avons pas la preuve. Donc, je ne vous poserai pas la question. Mais il suffit que je communique à la Kripo la cassette que nous venons de projeter ainsi que l'arme du crime avec vos empreintes digitales pour que leur enquête fasse un pas de géant ! Surtout, si vous êtes dans la cassette, ajouta-t-il lourdement. Les gens de la Kripo ne sont pas toujours futés, mais quand on leur apporte un coupable et une preuve accablante, ils arrivent à ne pas se tromper. Vous êtes d'accord ?

— Absolument, admit Nabil Tafik.

Jusque-là, l'autre ne l'« enfumait » pas. Sauf au sujet de la mort de Frölich. C'était sans doute les auteurs de cette plaisanterie qui s'en étaient chargés, mais il ne voyait pas les policiers du *Verfassungsschutz*, légalistes, propres sur eux et timorés, se livrer à un coup monté incluant la mort d'une innocente. Ou alors, la DDR avait déteint sur la Bundesrepublik. Curieux. Il lui manquait encore un morceau du puzzle... Otto Lehr l'observait en tirant à petits coups sur sa Lucky Strike.

— Il y a un moyen d'éviter une solution aussi désagréable pour vous, suggéra-t-il.

Nabil Tafik retint un sourire. On arrivait enfin aux choses sérieuses. Il tendit la main vers le paquet de cigarettes.

— Puis-je avoir une autre cigarette, *Herr Doktor* ?

Il prit le temps d'allumer la Lucky avant de s'enquérir :

— Que me proposez-vous ?

— Des gens importants s'intéressent à vous, annonça d'une voix solennelle Otto Lehr.

Nabil Tafik eut envie de lui rire au nez.

— Ah bon ! Lesquels ?

— Vous le saurez en temps utile, si vous acceptez la proposition que je suis chargé de vous transmettre.

Le Syrien souffla tout l'air de ses poumons. Qu'allait-on lui demander ? Les réseaux syriens en Allemagne ? Ce serait l'occasion de régler quelques comptes sans faire de mal à personne.

— Je vous écoute, *Herr Doktor*, fit-il avec une pointe d'ironie.

L'Allemand, lui, n'en avait aucune.

— Sans la cassette et le revolver, souligna-t-il, le meurtre de cette prostituée polonaise sera classé par la Kripo, faute d'éléments. Donc, si on vous les remet, vous êtes tranquille.

Nabil Tafik sourit.

— Avec quelques garanties. Comme le classement définitif du dossier. Mais continuez. Que voulez-vous ?

— Tous les documents que vous possédez sur les activités du groupe terroriste Carlos, entre 1980 et 1986. Vous étiez l'officier traitant de Carlos, pour le compte du gouvernement syrien.

Nabil Tafik, perplexe, répliqua aussitôt :

— Mais *Herr Doktor*, le MFS, à l'époque, a tout collationné. Ecoutes, filatures, témoignages. Ils ne lâchaient pas Carlos d'une semelle. Je le sais, mon homologue, l'*Oberst-lieutenant* Helmut Weiss, m'en a souvent parlé. C'était la section 8 du département XX qui traitait ce problème, vous ne l'ignorez certainement pas. Tous les documents étaient répertoriés sous le nom de code *Separat*. Ces archives ont assurément été saisies par vos services. Et le responsable, Helmut Weiss, a récemment été condamné à huit ans de prison. Il se trouve à la prison de Moabit. Il vous est facile de l'interroger.

— Tout ceci est exact, concéda Otto Lehr. Mais d'abord, nous ne sommes pas entrés en possession de la totalité du dossier *Separat*. Le MFS en a soustrait une partie. Ensuite, *Separat* concernait les activités de Carlos en Europe, grâce à l'exploitation des services hongrois ou roumains. Certes, c'est instructif, mais dépassé. Les gens qui s'intéressent à vous veulent autre chose.

Nabil Tafik commençait à se sentir mieux. Il pouvait livrer une grande partie de *Separat* sans nuire à personne.

– Alors que voulez-vous exactement ? demanda-t-il.

La réponse d'Otto Lehr le fouetta comme un jet d'eau glacée.

– Vous possédez les preuves de l'implication précise et au plus haut niveau du gouvernement syrien dans les activités criminelles du groupe Carlos. D'abord par votre témoignage, ensuite par les documents que vous avez conservés. C'est cela que l'« on » veut.

Le Syrien demeura muet. Son interlocuteur faisait allusion à une réalité connue des services occidentaux, mais sans preuves. Illitch Ramirez Sanchez, plus connu sous le nom de Carlos, avait commencé sa carrière de terroriste en travaillant pour Wadi Haddad, le numéro 2 du FPLP (1) mouvement marxiste palestinien. Mais, dès 1982, il s'était mis aux ordres de la Syrie et avait commis différents attentats dans plusieurs pays pour le compte d'Hafez el-Assad. Lorsqu'il avait été grillé, Carlos s'était replié à Damas où il jouissait d'un statut particulier grâce à la protection du président syrien. Or, lui, Nabil Tafik, avait été pendant des années la courroie de transmission entre Hafez el-Assad et Carlos. Lui transmettant ordres, armes, faux papiers et argent. Toutes les pièces relatives à ces opérations ultra-secrètes se trouvaient dans les sept enveloppes jaunes confiées à Lydia Voigt. Une par opération.

Nabil Tafik sentit le sang se retirer de son visage. En une fraction de seconde, il venait de voir un piège mortel se refermer sur lui. S'il envoyait promener son interlocuteur, celui-ci aurait le loisir de l'expédier en prison pour de longues années. Une fois la procédure judiciaire

---

(1) Front Populaire de Libération de la Palestine, dirigé par Georges Habbache.

engagée, plus rien ne pourrait l'arrêter. Mais ce qu'on lui demandait de faire revenait à se suicider. Pour avoir occupé longtemps une place de choix dans les services syriens, il n'ignorait pas que le président Hafez el-Assad, supervisait lui-même le châtiment des traîtres. Jusqu'à ce qu'il soit accompli.

Rien ni personne ne pourrait le sauver. Comme le Mossad, le *Moukhabarat* syrien avait le bras très long. Il avala difficilement sa salive.

La Bundesrepublik n'avait pas de politique au Moyen-Orient, l'Etat syrien n'avait rien à échanger contre son silence. C'était bien le Mossad !

Otto Lehr consulta sa montre.

— *Herr* Tafik, dit-il, j'ai besoin de votre réponse d'ici ce soir, 6 heures. Si elle était négative, je me verrais contraint de remettre cette cassette à la Kripo.

Nabil Tafik savait qu'il était inutile de finasser. Oppressé, il dit d'une voix blanche :

— *Herr Doktor*, je suis d'accord sur le principe. Mais les documents ne sont pas en ma possession. Il me faut un certain temps pour les récupérer. De plus, j'aimerais verrouiller notre accord d'une façon un peu plus précise.

Otto Lehr, grand seigneur, eut un geste apaisant.

— *Sehr gut, Herr* Tafik. Vous pouvez rentrer chez vous. Je garde la cassette et le revolver, aussi n'essayez pas de quitter le territoire allemand. D'ici deux à trois jours, vous serez recontacté pour un rendez-vous, afin de rencontrer une certaine personne. Vous vous y rendrez et ferez ce qu'il vous demandera. Si l'on vous demande pourquoi vous changez de camp, dites que vous avez peur de rentrer en Syrie, à cause de changements au sein du *Moukhabarat*. Tenez-vous-en à cette explication.

— Bien, *Herr Doktor*, dit passivement Nabil Tafik.

Il n'allait pas parler de la cassette, évidemment.

— Si tout se passe bien, l'affaire sera alors terminée

pour nous, enchaîna Otto Lehr. Comme vous l'avez sou-
ligné, ces informations ne nous intéressent pas.

Nabil Tafik lui serra machinalement la main. Il venait
de vendre son âme au diable, qui présenterait la note, tôt
ou tard.

CHAPITRE V

Une agréable pénombre baignait la bibliothèque du château de Liezen. Elko Krisantem venait de se retirer après avoir soigneusement fermé les deux panneaux de la grande porte de chêne. La lueur des flammes de l'âtre se reflétait sur les boiseries et dans la grande glace vénitienne accrochée face au canapé. Le reflet d'Alexandra y dansait aussi, et Malko s'amusait à contempler sa fiancée assise à côté de lui, entourée de flammes, et semblable à une créature sortie de l'enfer.

Jezabel ! son regard s'attarda sur le sillon profond séparant ses seins épanouis, révélés par le tailleur étroitement ajusté sur ses longues jambes dénudées jusqu'à mi-cuisses par la jupe très courte. Ignorant qu'il l'observait, elle décroisa les jambes et il aperçut l'ombre en haut des cuisses, avec la sensation délicieuse d'être un voyeur.

Il adorait ce moment de la soirée, après le départ des invités. Le château de Liezen ne vivait plus que de quelques craquements dus à son âge, un silence de bonne qualité. Le Taittinger Comtes de Champagne rosé 1986 lui faisait la tête légère et il avait accumulé du désir pendant toute la soirée, jouissant de la beauté de sa maîtresse et fiancée de si longue date...

Alexandra termina son Cointreau Caïpirinha, ne laissant au fond du verre que quelques rondelles de citron vert et un peu de glace pilée.

Dès qu'elle eut posé son verre, Malko posa une main sur sa cuisse et ses doigts remontèrent doucement, faisant crisser le bas, atteignant la chair nue. Bien que l'on soit en juin, elle portait de longs bas gris, peut-être à cause de la fraîcheur relative du château. Il suivit la progression de ses doigts dans la glace comme si c'était la main d'un étranger. Alexandra ouvrit légèrement les cuisses, autant que sa jupe étroite le lui permettait, et il effleura la chair au-dessus des bas. La jeune femme se rejeta en arrière et demanda à voix basse, comme si on pouvait les entendre :

– Caresse-moi les seins.

Il réalisa qu'elle aussi se regardait dans la glace. D'elle-même, elle remonta sa jupe sur ses hanches en se soulevant légèrement, dégageant les serpents bleus des jarretelles et l'arachnéen triangle de dentelle, si minuscule qu'il semblait avalé par le sexe blond. Dans la glace, le spectacle semblait encore plus impudique... Malko posa la main sur le ventre bombé, glissa sous la dentelle, puis plus loin, enfonçant résolument un doigt dans le fourreau tiède, aussi profondément qu'il le put, avec la sensation de plonger dans un pot de miel.

Alexandra se cambra, ce qui fit jaillir sa poitrine. Malko prit la longue pointe d'un sein entre deux doigts et la roula, en serrant très fort. La jeune femme gémit de bonheur, le regard noyé. Sa main partit à tâtons, glissa sur le pantalon de smoking, s'arrêtant sur le renflement du membre tendu. D'une seule main, elle fit glisser le zip et s'empara du sexe, pour le manier à grands coups de poignet.

Dans la glace vénitienne, la scène était d'un érotisme fabuleux. Ils ne disaient mot, trop occupés l'un et l'autre à se donner du plaisir. Malko arracha le slip de dentelle des hanches et il tomba sur la moquette. Maintenant, ses mains couraient des seins jaillissant du décolleté au ventre inondé, tandis qu'Alexandra avait de toute évidence décidé de le faire jouir dans sa main.

Le téléphone les fit sursauter. Insistant. Inhibant Malko. A cette heure tardive, ses amis, bien élevés, ne l'appelaient pas. Ce ne pouvait être qu'autre chose... On avait déjà essayé de le joindre plusieurs fois dans la journée sans laisser de message. Il esquissa le geste de se lever pour décrocher l'appareil, dissimulé dans un meuble-bar de laque noire, dessiné spécialement pour lui par l'architecte d'intérieur Claude Dalle. Ne serait-ce que pour faire cesser la sonnerie. Au même moment, Alexandra lâcha son membre prêt à éclater et glissa un peu en avant, amenant sa toison blonde au bord du canapé. Elle dit d'une voix rauque :

— Baise-moi.

A l'instant où Malko s'enfonçait en elle jusqu'à la garde, la sonnerie cessa enfin. Comme s'il avait touché un bouton secret au fond de son ventre. Plus prosaïquement, Elko Krisantem avait dû répondre. Agenouillé devant le canapé, à moitié habillé, il prit Alexandra sous les genoux, lui soulevant les jambes et les repliant. De cette façon, il pouvait la pénétrer encore plus profondément. Elle lança ses jambes à la verticale, s'observant par-dessus l'épaule de Malko. Son sexe était si onctueux qu'il allait et venait sans difficulté. Alexandra fut soudain secouée par un violent orgasme et ses jambes retombèrent. Malko se retira, fit basculer un peu plus le bassin de sa maîtresse vers l'avant et son sexe se trouva juste à l'ouverture de ses reins. Raide comme une barre d'acier trempé. D'habitude, il sodomisait Alexandra dans une autre position, afin de jouir du spectacle de sa croupe somptueuse. Mais là, c'est son visage qu'il observa quand il poussa de toutes ses forces, forçant l'anneau refermé. Pourtant, il entra presque aussi facilement que dans son sexe. Alexandra poussa un petit cri, puis dès qu'il fut logé au fond de ses reins, se mit à haleter.

— Dieu que c'est excitant ainsi ! murmura-t-elle. Tu me fais un peu mal, c'est bon...

Il étreignait ses cuisses fuselées entre ses bras, prenant

appui sur elles pour la violer de plus en plus vite. Les ongles rouges d'Alexandra s'agitaient à l'entrée de sa grotte, à toute vitesse, disparaissant parfois à l'intérieur. Elle fixait toujours son reflet dans la glace, le regard chaviré. Lorsqu'elle sentit la sève monter des reins de Malko, elle pinça son clitoris pour exploser quelques fractions de seconde avant lui.

Ils s'arrêtèrent, en sueur, repus, émerveillés. Après tant d'années, c'était merveilleux de ressentir encore des sensations aussi fortes. Alexandra passa la main dans les cheveux de Malko encore enfoncé en elle, au plus profond.

– *Es war wunderbar*, dit-elle de cette voix rauque qui faisait bander tous les hommes.

Il n'avait pas envie de se retirer. Il avait connu beaucoup d'autres femmes, et elle l'avait trompé aussi. Pourtant, il restait entre eux une magie inoxydable, quelque chose d'incompréhensible qui renaissait de ses cendres comme un phénix.

Rajusté, Malko ouvrit la porte de la bibliothèque. La silhouette efflanquée et voûtée d'Elko Krisantem surgit aussitôt. Il essaya de ne pas regarder Alexandra qui montait directement à l'étage, ne portant plus que le haut de son tailleur, sa jupe et ses quelques grammes de dentelle à la main. Rien qu'à la voir ainsi Malko fut pris d'une violente envie de la culbuter dans le grand escalier. De la sodomiser à nouveau, agenouillée sur les marches. Elko Krisantem le rappela hélas à la réalité :

– Je me suis permis de répondre, *Sie Hoheit*, dit-il. C'était le monsieur qui vous a appelé trois fois aujourd'hui, quand vous étiez chez le comte Sieburg.

– Que voulait-il ?

– Il ne me l'a pas dit. Il doit rappeler.

Quand Malko rejoignit la chambre au grand lit à baldaquin où il avait si souvent attaché Alexandra, celle-ci dormait déjà en travers du lit, encore vêtue de ses bas et de sa veste de tailleur. Les orgasmes la fatiguaient toujours... Il n'avait pas éteint depuis cinq minutes que le téléphone se mit à sonner. Il décrocha très vite, pour éviter de réveiller Alexandra.

– *Herr* Malko Linge ?

Instantanément, il reconnut la voix froide d'Otto Lehr.

– Oui, c'est moi, *Herr* Lehr, dit Malko.

L'Allemand marqua un temps imperceptible. Surpris que Malko l'ait identifié si vite, il se reprit aussitôt :

– Je suis désolé de vous déranger à une heure aussi tardive, dit-il, mais je voulais vous dire que notre affaire a grandement progressé.

– C'est excellent, répliqua Malko.

– A vrai dire, je vous attends à Berlin demain. Je vous ai même réservé une suite à l'hôtel *Kempinski*. Vous connaissez sûrement...

– Absolument, confirma Malko.

C'était le plus traditionnel hôtel de Berlin depuis presque un siècle, sur le Kurfürstendamm.

– Je verrai demain matin quel avion prendre, fit Malko.

– Il serait souhaitable que vous veniez en voiture, *Herr* Linge. Avec *votre* voiture. Disons que cela passera davantage inaperçu...

Malko fut vaguement contrarié, Berlin étant quand même assez loin de Vienne. Mais pourquoi pas. Elko serait ravi de conduire la Rolls et de sortir un peu de Liezen.

– D'accord, dit-il, j'arriverai dans l'après-midi.

– *Danke schön*, *Herr* Linge. Notre ami commun est déjà prévenu. Inutile de le faire.

Il raccrocha. Malko réfléchit quelques instants dans l'obscurité. Il était évidemment plus simple d'utiliser sa voiture pour ramener le défecteur syrien à Liezen. Il ne restait plus qu'à prévenir Alexandra, elle allait être folle de rage. Eux qui s'apprêtaient à aller passer trois jours à Paris, avec les *miles* gagnés par Malko grâce au programme « Fréquence Plus », valable pour des liaisons

avec quatre-vingts pays. Leurs billets étaient pris, les ré-
servations, et même l'enregistrement, étant faits pour
l'aller comme le retour grâce au nouveau système Air
France... Elle qui détestait les barbouzes et les Arabes,
elle allait être servie. Malko n'était pas mécontent de se
rendre à Berlin. Depuis la chute du Mur, il n'y était allé
qu'une fois, et il était curieux de voir comment les choses avaient évolué. Berlin faisait partie des villes qui ont
une âme, il se réjouissait de prendre à nouveau son pouls.

*
**

Nabil Tafik, abruti de somnifères, mit plusieurs secondes à réaliser que le téléphone sonnait. Il avait l'impression d'être encore en pleine nuit, mais, quand il ouvrit
les yeux, il fut ébloui par le reflet violent d'un ciel très
bleu. Le soleil était revenu sur Berlin. Il décrocha, déjà
noué.

– *Herr* Tafik.

La voix d'Otto Lehr lui envoya une coulée glaciale le
long de la colonne vertébrale. Depuis leur rencontre, une
voiture banalisée, avec deux hommes à bord, stationnait
dans Koenigsallee en permanence, à quelques mètres de
chez lui. Comme pour lui rappeler qu'il avait vendu son
âme au diable...

– C'est moi, répondit le Syrien.

– J'ai une bonne nouvelle, annonça le chef du *Verfassungsschutz*. Les gens qui s'intéressent à vous arriveront
à Berlin aujourd'hui. Vous avez rendez-vous au bar du
Kempinski, à 8 heures.

– Comment vais-je les reconnaître ?

Otto Lehr hésita imperceptiblement.

– *Ils* vous reconnaîtront. Mais s'il y avait un contre-
temps, appelez la suite 430 et dites qui vous êtes.

– Et après ?

L'Allemand eut un rire froid.

– Après, cela dépend de vous, *Herr* Tafik. Si tout se

passe bien, vous n'entendrez plus jamais parler de moi. Ni de vos problèmes. La cassette sera détruite. Sauf si vous désirez en conserver une copie. Comme souvenir.

Nabil Tafik ne réagit pas à cet humour pachydermique. Après avoir raccroché, il se jeta sous sa douche, tâchant de se persuader qu'avec le Mossad, il pourrait toujours s'arranger. Il n'avait jamais participé à un attentat anti-israélien, donc ils ne voulaient pas sa peau. Ce qui l'inquiétait plus, c'étaient les passerelles secrètes jetées entre le service israélien et le *Moukhabarat* syrien. Pourvu que le Mossad, après l'avoir pressé comme un citron, ne le rende pas à ses chefs de Damas, dans le cadre d'une manip particulièrement tordue.

Le général Hafez el-Assad, patron de la Syrie, ne tolérait pas la trahison. Or, dès qu'il avait accepté la proposition d'Otto Lehr, Nabil Tafik avait commencé à trahir.

*
**

Le policier de l'immigration à l'aéroport de Vienne-Swchechat inspecta distraitement le passeport que lui tendait une grande jeune femme aux cheveux blonds coupés en frange, aux yeux très bleus, qui venait de débarquer du vol Air France en provenance de Paris, plein de touristes profitant des tarifs « coup de cœur » de la compagnie française. Le document indiquait qu'elle s'appelait Margot Zimmerman, de nationalité allemande, née le 3 juillet 1958 à Hambourg. Profession, décoratrice. Il jeta un regard rapide aux pages vierges du passeport, tandis que sa propriétaire le fixait d'un regard froid et absent. Il esquissa un sourire, avant de refermer le passeport et de le lui tendre.

– Bon séjour en Autriche.

Elle lui rendit son sourire, remit son passeport dans son sac et s'éloigna. Il suivit des yeux sa silhouette. Une grande et belle femme, moulée dans un pull collant noir

et un caleçon très ajusté, chaussée de baskets. Puis, ab-
sorbé par un flot de touristes, il se remit à son travail.

Margot Zimmerman récupéra un sac de voyage et prit
un bus qui la déposa en plein centre de Vienne, près de
Opera Platz. Elle s'arrêta dans un café, et commanda un
capucino. Elle n'avait pas faim, s'étant gavée des sand-
wiches variés, les nouvelles collations servies sur Air
France en classe Touriste. Elle regardait autour d'elle,
observant ses voisins. Lorsqu'elle fut à peu près certaine
que personne ne l'avait suivie depuis l'aéroport, elle paya
et s'éloigna à pied vers le grand parking souterrain joux-
tant l'Opéra. Avant de s'engager dans l'escalier, elle ouvrit un petit calepin et consulta l'annotation en haut de
la première page : Niveau -3, place C 24.

Elle descendit au niveau -3. Le parking était à moitié vide. A la place C 24 se trouvait une Ford Escort
bleue, avec des plaques de Munich. Margot Zimmerman
tourna un peu autour, s'assura que personne ne la voyait
avant de s'accroupir à l'arrière de la voiture. Elle enfonça
deux doigts dans le tuyau d'échappement et sentit aussitôt
un objet métallique. Tirant avec précaution, elle ramena
deux clés de voiture. L'une d'elles ouvrait la portière.
Margot Zimmerman s'installa au volant, et fit tourner le
moteur.

Le ticket de parking se trouvait devant le pare-brise.
La voiture était là depuis la veille.

Margot Zimmerman, laissant tourner le moteur, ressortit du véhicule et ouvrit le coffre avec la seconde clé. Il
contenait une mallette métallique, semblable à celles des
photographes. Elle l'ouvrit. A l'intérieur, dans les alvéo-
les de mousse, se trouvaient deux armes. Un Browning
automatique 9 mm à quinze coups et un pistolet automatique Glock, 9 mm également, court et carré, avec un
équipement de visée laser : un tube mince comme un
crayon, long d'une dizaine de centimètres, fixé sous le
canon. Vérifiant qu'elle était toujours seule dans le parking, elle braqua l'arme sur un mur à une quinzaine de

mètres et activa le dispositif. Un trait de lumière rougeâtre
jaillit du laser, se transformant en point lumineux sur le
mur. Si elle avait appuyé sur la détente de l'arme, le
projectile aurait frappé le point lumineux. Avec cela,
même atteint de la maladie de Parkinson, on ne pouvait
pas rater sa cible...

L'Allemande remit le Glock dans son alvéole, à côté
des boîtes de munitions. A proximité se trouvait un sac
de toile contenant quatre kilos de C 4, un explosif militaire très puissant, des détonateurs et des dispositifs de
mise à feu, dont un équipé d'une télécommande.

Laissant le coffre ouvert, elle tira de son sac de voyage
une longue jupe plissée qu'elle enfila sur son caleçon,
avant de se débarrasser de celui-ci. Ensuite, elle s'équipa
d'un holster de cuir trouvé également dans le coffre,
qu'elle fixa à sa ceinture et à sa cuisse droite. Elle prit
le Glock et le glissa dedans. Grâce à une ouverture sur
le côté de sa jupe, elle pouvait saisir l'arme, pratiquement
invisible sous la jupe, en quelques secondes.

Après avoir placé son sac de voyage dans le coffre,
elle se remit au volant, sortit de son sac le passeport qui
lui avait permis d'entrer en Autriche, le rangea dans une
trousse de maquillage et en prit un second qui se trouvait
dans la boîte à gants de l'Escort. Celui-là était au nom
de Magrit Staedelman, enseignante à Munich.

Enfin, elle se dégagea de sa place de parking et se
dirigea vers la sortie. L'organisation terroriste dont elle
faisait partie – le groupe Carlos – possédait encore un
excellent réseau logistique en Europe et venait de le prou-
ver. Pendant des années, Carlos avait eu des rapports
étroits avec les terroristes de l'extrême-gauche allemande : Bande à Baader, puis Rote Armee Fraktion. Elle-
même venait de cette mouvance. Ses membres les plus
dangereux avaient été mis hors d'état de nuire, mais une
bonne partie du réseau logistique subsistait.

Elle s'éloigna tout de suite du centre de Vienne, prenant l'*autobahn* de Linz, direction Nuremberg et ensuite

droit vers le nord, jusqu'à Berlin. Elle retrouverait là-bas
le second membre de son équipe, arrivé dans la capitale
allemande de son côté, via la Roumanie. Elle aurait pu
couper par Prague, mais il fallait traverser deux fois la
frontière, d'abord entre l'Autriche et la Tchécoslovaquie,
puis entre ce dernier pays et l'Allemagne. Or, celle qui
se faisait appeler Margot Zimmerman, ou Magrit Staedelman, avait horreur de franchir des frontières. C'était
le moment le plus dangereux de son activité de terroriste...

Une fois sur l'*autobahn*, elle se détendit et alluma une
cigarette. Grâce à un peu de cocaïne, elle ne sentait pas
la fatigue de son long voyage qui se terminerait à Berlin.

Le retour s'effectuerait par un autre itinéraire et sous
un autre patronyme, bien sûr. Mais elle ne se sentirait en
sûreté que de retour à Damas, sous la protection de son
amant et chef, le terroriste Carlos. Depuis douze ans, elle
travaillait avec lui. C'est elle qui avait conduit jusqu'à
Paris une Opel orange bourrée d'explosifs qui avait sauté
devant le journal antisyrien *Al Watan Al Arabi*. Depuis,
elle avait commis de nombreux forfaits, mais les services
de renseignements allemands, américains, français ou italiens ne les connaissaient pas tous. On ignorait même sa
véritable identité.

Elle avait passé quatre ans en prison, à Rome, après
s'être fait prendre à la douane en possession d'explosifs,
mais n'avait jamais desserré les lèvres durant les interro-
gatoires, ne donnant même pas son véritable nom. En
prison, elle ne recevait ni lettres, ni colis et n'adressait
pas la parole à ses codétenues.

Libérée avant l'expiration de sa peine, elle avait quitté
Rome pour Chypre, où on avait perdu sa trace. Plus tard,
l'agent d'un service occidental avait cru la reconnaître
dans un restaurant de Damas, en compagnie de Carlos et
d'une autre jeune femme, une Jordanienne.

Carlos, un des terroristes les plus dangereux du monde,
était théoriquement à la retraite, vivant des millions de
dollars extorqués à ses commanditaires, protégé par les

services spéciaux syriens. Ayant des intérêts dans plusieurs réseaux de trafiquants de drogue, il pouvait vivre indéfiniment sur ses réserves. L'inaction lui pesait et il buvait de plus en plus, vivant la nuit et dormant le jour, canalisant son énergie inutilisée dans d'innombrables conquêtes. Margot Zimmerman avait dû oublier d'être jalouse...

La vie était assez monotone à Damas, mais Carlos et ses amis proches n'avaient guère le choix. A part quelques escapades au Yemen, en Jordanie ou plus rarement en Libye, le reste du monde lui était interdit. Même s'il avait grossi et si ses cheveux avaient grisonné, tous les Services du monde occidental avaient son signalement et ses empreintes. Celui qui avait jadis fait trembler l'Europe en était réduit à vivre comme un paisible retraité, malgré ses passeports diplomatiques de différents pays arabes.

Le coup de téléphone d'Helmut Weiss à un intime de Carlos résidant dans la plaine de la Bekaa, sous contrôle syrien, avait fait l'effet d'un coup de tonnerre.

Si Nabil Tafik n'était pas éliminé d'urgence, la quiétude de Carlos et de ses complices se terminait. Brutalement. Car Hafez el-Assad n'était pas homme à faire de sentiments, si ses propres intérêts étaient en jeu. Même avec un fidèle mercenaire comme Illitch Sanchez Ramirez. Celui-ci avait tenu immédiatement un conseil de guerre. C'était trop dangereux pour lui de se rendre à Berlin. Margot Zimmerman s'était proposée. Allemande, elle pouvait plus facilement réussir. Et si elle échouait, c'était leur sort à tous qui était compromis...

Après Linz, elle eut un brusque coup de pompe. Avisant une aire de repos, elle s'y arrêta. Après avoir fait quelques pas dehors, elle regagna sa voiture. Les automobilistes ralentissaient en voyant cette belle jeune femme blonde, et pensaient à une pute. Margot Zimmerman ne voulait surtout pas d'incident. Elle verrouilla ses portières, s'assura que le Glock avait une balle dans le canon, rabattit son siège et s'assoupit. Jadis, Berlin représentait un havre de paix, du moins Berlin-Est... Cette époque était hélas révolue et le MFS n'existait plus. Heureusement, quelques réseaux clandestins du temps passé continuaient à fonctionner.

Elle en aurait besoin.

L'homme qu'elle était chargée d'éliminer était protégé par un des services les plus « pointus » de la Bundesrepublik.

CHAPITRE VI

Le pianiste installé sur une estrade, au fond du bar du *Kempinski*, créait une atmosphère carrément rétro, par le choix de ses morceaux. Malko entra par la porte donnant sur le salon de lecture prolongeant le hall. Il était 6 heures pile. Les deux barmen en veste blanche, derrière le comptoir d'acajou qui tenait toute la largeur de la pièce, bayaient aux corneilles. Seules deux tables étaient occupées. L'une par un couple qui se regardait dans les yeux, l'autre par Fitzroy Mac Coy, le chef de station de la CIA à Berlin.

A peine Malko avait-il eu le temps de pendre ses affaires que l'Américain l'avait appelé, lui fixant rendez-vous à 6 heures au bar, un des endroits les plus agréables de Berlin, avec ses boiseries, ses petites tables rondes isolées les unes des autres et son ambiance cosy. Hélas ! il y avait le pianiste, probablement payé à la note...

– Vous avez fait bon voyage ? demanda Fitzroy Mac Coy dès que Malko l'eut rejoint.

– Sans problème, affirma Malko.

Il était arrivé deux heures plus tôt de Liezen et avait eu le temps de s'installer dans la suite, composée de deux chambres et d'un sitting-room, réservée par Otto Lehr. La Rolls était au garage et Krisantem avait été louer une voiture plus discrète chez *Rent a car*, une nouvelle agence « discount ».

Celui-ci se dit que Mac Coy ressemblait plus que jamais à J.R., avec ses courts cheveux gris, son visage dur légèrement empâté et ses yeux proéminents à l'expression indéfinissable. En dépit de son apparence de bon vivant, il était dur comme du tungstène et retors comme un Iranien. Malko nota que sa bouche petite, aux lèvres minces, était disproportionnée par rapport à sa stature. Avec son mètre quatre-vingt-dix, il était impressionnant. Il héla le barman qui accourut ventre à terre.

– Pour mon ami, Stolichnaya glacée, commanda-t-il. Pour moi, Gaston de Lagrange XO. Double.

Le barman revint trois minutes plus tard, avec la vodka de Malko et un superbe flacon de cristal d'où il versa le cognac. Les choses sérieuses pouvaient commencer. Mac Coy leva son verre.

– A votre succès.

– Je ne pensais pas vous voir, remarqua Malko.

L'Américain eut un mince sourire.

– Je voulais faire le point avec vous. L'autre jour, c'était un peu succinct. Commençons par le commencement. Vous savez qui est Illitch Ramirez Sanchez, né à Caracas le 12 octobre 1949 ?

– Le terroriste Carlos.

– Exact.

– Quel est le lien avec notre défecteur, Nabil Tafik ?

– Il est étroit. Carlos est souvent venu à Berlin-Est du temps du MFS. C'était même une de ses bases favorites en Europe, grâce à la protection des services est-allemands.

Malko savait que Carlos, de 1975 à 1986, avait multiplié les actions terroristes. Depuis l'enlèvement des membres de l'OPEP à Vienne, jusqu'au meurtre de la rue Toullier à Paris : trois policiers de la DST assassinés d'un coup lors d'un rendez-vous avec leur indicateur. Carlos avait ensuite fait chanter le gouvernement français, exigeant la libération de sa femme, Magdalena Kopp, commis un attentat contre le centre culturel français de Berlin, jeté une grenade au drugstore Saint-Germain-des-Prés, et participé à de nombreuses actions terroristes. Toujours sans se faire prendre, avec une audace extraordinaire. Depuis de longues années, on n'entendait plus parler de lui. Avant l'écroulement du communisme, il avait souvent séjourné dans les pays de l'Est, en Hongrie et en Roumanie, où il était plus que toléré par les dirigeants d'alors. Il leur avait rendu de signalés services, comme de faire sauter, pour le compte de Ceaucescu, le dictateur communiste roumain, Radio Free-Europe.

Seul le KGB était demeuré officiellement à l'écart de ses activités. D'ailleurs, les Soviétiques n'avaient jamais aimé les terroristes. Ils s'en servaient pour affaiblir les pays occidentaux, les aidaient, les formaient, mais ne se mêlaient jamais directement de leurs opérations.

– C'est une période révolue, dit Malko.

– C'est vrai, mais il en reste des traces, corrigea l'Américain. Toutes les activités terroristes de Carlos en Europe ont été espionnées à l'époque par le MFS. Précisément son département XX, chargé officiellement de la lutte contre le terrorisme. En réalité, il assurait la liaison avec les différents réseaux terroristes arabes opérant en Europe, dont le groupe Carlos. Grâce aux liens du MFS avec les autres services de renseignements d'Europe de l'Est, hongrois, polonais et roumains, les Allemands de l'Est savaient tout sur Carlos, qui était suivi, écouté, surveillé en permanence. De tous ces pays, les dossiers remontaient ensuite au MFS, à Berlin-Est, dans Normannenstrasse. Cela sur l'ordre des Soviétiques, qui avaient la haute main sur les services de l'Est. D'ailleurs, le MFS envoyait les doubles de ses dossiers à Moscou, où ils sont toujours. Lorsque le Mur est tombé, en novembre 1989, le BND s'est précipité pour récupérer tous les dossiers « sensibles ». Celui de Carlos nous intéressait au plus haut point. Pas pour lui, mais pour ses commanditaires. Car il n'a jamais agi sans des ordres précis.

– De qui ?

Fitzroy Mac Coy but une gorgée de Gaston de Lagrange XO avant de répondre :

– Des Syriens. Nous le savions depuis longtemps, mais il n'y avait pas de preuves. Seulement ce que nous appelons des *circonstential evidences*, des indices. Le BND a bien retrouvé le dossier des opérations menées par Carlos, sous le nom de code de *Separat*. Seulement, les gens du MFS avaient eu le temps d'en déménager l'essentiel. Ce n'était plus qu'une coquille vide. Sans intérêt. C'est là qu'entre en scène notre ami Otto Lehr...

– Vous semblez lui porter une grande estime, remarqua Malko.

Fitzroy Mac Coy lui adressa un regard complice.

– C'est un des meilleurs *assets* (1) de la *Company*. Depuis plusieurs années, il est sur notre *pay-roll*. Et cela n'a pas été de l'argent gaspillé. Nous l'avons recruté lorsqu'il était magistrat, avant qu'il n'entre au *Verfassungsschutz*.

Un agent double. Après tout, les Soviétiques avaient bien infiltré toute la haute administration de la Bundesrepublik... Voilà qui expliquait l'intimité visible des deux hommes.

– Je comprends mieux pourquoi il vous a amené Nabil Tafik sur un plat d'argent, conclut Malko.

L'Américain hocha la tête.

– Il a eu du mérite. Il a fallu qu'il dépouille des tonnes de documents trouvés dans les vingt-six immeubles de Normannenstrasse, le cœur du MFS. C'est là que se trouvaient les restes du dossier *Separat*. Et le lien entre Carlos et Nabil Tafik. Dans ce fouillis, il a d'ailleurs trouvé la trace d'une des premières opérations terroristes menées par Carlos. En septembre 1973, un groupe palestinien se baptisant « Commando de la Révolution palestinienne » a kidnappé des juifs russes en transit en Au-

(1) « Actifs. »

triche, afin d'exiger la fermeture du camp de transit du château de Schonau. C'était Carlos.

– C'est une vieille affaire, remarqua Malko.

– Exact, reconnut Mac Coy, mais ce qui n'est pas une vieille affaire, c'est la présence à Berlin de Nabil Tafik. Ce qui a permis à Otto Lehr de le « retourner » en douceur. Lorsque la Syrie a fermé son ambassade en DDR installée dans Otto-Grotewohl-Strasse, il y a un an, Nabil Tafik s'est installé dans une somptueuse villa de Grunewald, au bout du Kurfürstendamm. Pour attendre l'ouverture de la prochaine ambassade, puisque Berlin est redevenue la capitale de l'Allemagne.

– Qu'attendez-vous de ce défecteur ? demanda Malko, après une gorgée de Stolichnaya glacée. Tout le monde sait que la Syrie a toujours abrité et encouragé des organisations terroristes, de Georges Habbache à Ahmed Jibril, responsable du sabotage du vol 107 de la Panam, en passant par les frères Abdallah, Abu Daoud et beaucoup d'autres.

– Je ne suis pas naïf, rétorqua l'Américain. Mais les Syriens se sont toujours défendus en prétendant qu'ils n'avaient rien à voir avec les activités de leurs « protégés ». A ce jour, nous ne possédons pas de preuves formelles de l'implication directe des autorités syriennes dans un acte terroriste. Même si nous, nous savons à quoi nous en tenir.

– Si vous parveniez à obtenir ces preuves, objecta Malko, ce ne serait qu'une satisfaction intellectuelle. Les dirigeants syriens se moquent éperdument d'être montrés du doigt.

Une lueur rusée passa dans les yeux globuleux de Fitzroy Mac Coy.

– Se moquaient, mon cher Malko. Lorsque la Syrie avait comme allié inconditionnel l'Union soviétique, elle se sentait très forte. Aujourd'hui, il n'y a plus d'Union soviétique et la Russie actuelle se moque de la Syrie comme d'une guigne. Finies les livraisons d'armes à crédit, l'aide économique et toutes les petites gâteries. Durant la guerre du Golfe, Hafez el-Assad a volé à notre secours, pour grappiller quelques dollars. Pour demeurer une puissance régionale, en face de l'Irak qui le hait, il a besoin de l'appui d'une grande puissance. Le choix est limité...

— Vous, les Etats-Unis, conclut Malko.

— Hé oui ! De plus, vous faites une erreur en croyant que des pays comme l'Iran, la Syrie ou la Libye, mouillés dans le terrorisme jusqu'au cou, se moquent de leur réputation. Chaque fois qu'on est arrivé à les coincer, avec des dossiers solides, à partir d'une instruction judiciaire, comme dans les affaires du DC 10 d'UTA ou de l'assassinat de Chapour Bakhtiar, ils en ont été malades. C'est comme les gros bonnets de la Mafia qui jurent sur leur lit de mort, la main sur le cœur, qu'ils sont innocents comme des agneaux.

— Bien, admettons, répondit Malko, que grâce à Nabil Tafik, vous parveniez à clouer Hafez el-Assad au pilori ? C'est un louable projet, mais hélas, cela ne changera pas le monde...

Fitzroy Mac Coy hocha la tête.

— Je pourrais vous répondre que cela flanquera la frousse aux autres, et c'est déjà un bon résultat. Mais nous avons une raison précise et importante de prendre M. Hafez el-Assad par les couilles et de les lui tordre jusqu'à ce qu'il cède...

— Laquelle ? demanda Malko.

— Depuis 1986, le terroriste Carlos s'est réfugié en Syrie, à Damas. Il habite dans le quartier résidentiel, nous connaissons son adresse et même son numéro de téléphone. Mais c'est comme s'il se trouvait sur une autre planète... Il est intouchable, parce que protégé par Hafez el-Assad. En remerciement des services que Carlos lui a rendus. Lorsqu'on demande *officiellement* des nouvelles de Carlos, les Syriens répondent qu'ils ne savent pas où il se trouve.

– Il en va de même pour l'ancien criminel de guerre Alois Brunner, remarqua Malko. Tout le monde sait qu'il vit à Damas, mais les Syriens prétendent qu'il n'y a jamais mis les pieds...

– Exact, confirma Mac Coy. Aussi, nous avions renoncé à récupérer Carlos. Jusqu'à la découverte d'Otto Lehr concernant Nabil Tafik. Maintenant, nous allons peut-être avoir un levier pour faire pression sur Hafez el-Assad. Dès que nous aurons Tafik et les documents qu'il a concernant la période Carlos, nous pourrons faire chanter les Syriens.

– Pour qu'ils livrent Carlos ? interrogea Malko, sceptique.

– Non, cela ils ne le feront jamais. Mais s'ils l'expulsent vers un pays où on peut le cueillir, cela revient au même.

– Pourquoi les Syriens céderaient-ils ? contra Malko. Le monde entier sait qu'ils protègent et soutiennent des terroristes.

– Tout à fait, reconnut Fitzroy Mac Coy. Mais avec Tafik, nous pouvons monter un dossier *officiel* contre la Syrie, avec des preuves valables devant un tribunal. Imaginez que Hafez el-Assad ou son frère, Rifaat, ou d'autres Syriens très haut placés, se retrouvent avec des mandats d'arrêt internationaux. Dans l'impossibilité de sortir de leur pays. Comme le beau-frère de Kadhafi inculpé dans l'affaire du DC 10 d'UTA...

« En plus, ces pays sont très soucieux de leur image. Devant des preuves aveuglantes, le Conseil de sécurité des Nations unies pourrait décider de sanctions contre la Syrie. Pour éviter cela, je suis presque certain que les Syriens accepteront de se débarrasser de Carlos... Il n'y a plus qu'à boucler l'opération Nabil Tafik. A le débriefer à fond et à obtenir les documents qu'il détient. C'est votre job.

« Et vous rendrez un fier service au monde en le débarrassant de Carlos.

Un ange aux ailes d'un blanc immaculé passa, s'enfuyant à tire-d'aile, épouvanté. Le monde n'avait guère changé depuis l'âge des cavernes. Un dictateur aux mains couvertes de sang était prêt à trahir un homme qui l'avait servi fidèlement, pour préserver sa réputation...

Il restait un point obscur aux yeux de Malko.

– Ce Nabil Tafik est un membre de longue date des services syriens, remarqua-t-il. Il s'est laissé retourner facilement ?

Fitzroy Mac Coy tordit légèrement sa petite bouche charnue.

– Si vous appelez « facilement » dix millions de dollars, alors, oui. Notre ami Otto vous l'avait dit à Liezen. Nous l'avons racheté. En douceur. D'ailleurs, c'est une des raisons de ma présence ici.

Il sortit de sa poche une enveloppe non cachetée qu'il tendit à Malko en lui demandant de l'ouvrir. Celui-ci y découvrit un ordre de virement irrévocable de cinq millions de dollars au profit d'une *Anstalt* du Lichtenstein, Globus Trust.

– Dès que Nabil Tafik sera sous votre contrôle, expliqua Fitzroy Mac Coy, vous postez ceci. Globus Trust lui appartient. Lorsque nous aurons tout, il en recevra autant. C'est Otto Lehr qui a arrangé tous les détails financiers.

– Et lui ?

– Il recevra une prime conséquente, assura l'Américain. Mais comme je vous l'ai dit, nous le payons au mois. Le mieux serait que vous repartiez demain matin pour Liezen avec Tafik. Je vous y joindrai. N'oubliez pas que le BND n'est absolument pas au courant de tout cela. Dès qu'ils s'apercevront de la disparition de Tafik, les Syriens vont hurler. Nos homologues allemands pourront jurer la main sur le cœur qu'ils n'y sont pour rien. Donc, même vis-à-vis de Tafik, laissez entendre que vous travaillez pour le Mossad.

– Parfait, dit Malko.

– Il nous faut tous les documents impliquant directement Hafez el-Assad, insista Mac Coy.

Le temps de terminer son Gaston de Lagrange XO, il était debout. Presque 7 heures. Malko était songeur. La CIA qui comptait d'habitude au dollar près était soudain bien généreuse. Avec dix millions de dollars, lui-même aurait pu terminer la réfection de son château, faire une razzia des plus beaux meubles de Claude Dalle et vivre de ses rentes avec Alexandra sans risquer sa vie plusieurs fois par an.

*
**

Margot Zimmerman attendait devant l'hôtel *Metropole*, dans Mittelstrasse, parallèle à Unter den Linden. L'hôtel, jadis un des endroits favoris de Carlos, était fermé. Elle avait donné rendez-vous dans le hall à l'homme qui devait accomplir la mission avec elle : Adolf Weimar, arrivé du Liban par Bucarest.

Vingt-cinq minutes de retard ! Elle scrutait l'étroite rue bordée d'immeubles en travaux, à s'user la vue. De plus en plus angoissée. Soudain, une voiture s'arrêta derrière elle et Adolf Weimar en sortit. C'était un grand costaud avec une moustache de danseur mondain. Il allait dépasser l'Escort lorsque Margot le héla.

– Adolf !

Il se retourna brusquement, les traits figés. Un sourire apparut sur son visage quand il reconnut sa complice. Il la rejoignit aussitôt.

– Excuse-moi, dit-il. J'avais des tas de choses à organiser. On y va ?

– Tu as l'adresse ?

– Oui, Koenigsallee, dans Grunewald. Ça fait plaisir de revenir ici...

– Tout a bien changé, remarqua avec tristesse Margot Zimmerman.

Il n'y avait plus de Mur pour les protéger, ni de MFS,

ni de communisme. Ils étaient les derniers enfants perdus
du terrorisme, sans espoir ni futur. Des automates formés
à tuer, pour une cause qui n'existait plus. Ils roulèrent à
deux voitures jusqu'à Unter den Linden, où Adolf Weimar gara la sienne sur le terre-plein central, en face de
l'*Opern Café*.

*
**

Il était 8 heures moins 5. Assis non loin du pianiste,
Malko surveillait les deux entrées du bar du *Kempinski*,
celle du couloir et celle du salon de thé. Elko Krisantem,
à tout hasard, s'était installé à l'extrémité du bar, tout
près de l'entrée du couloir. En face d'un ouzo.

Un homme de petite taille, le cheveu noir et frisé,
sanglé dans un costume cintré clair de play-boy italien,
s'encadra dans l'entrée côté couloir. Sa moustache était
si nette qu'elle en paraissait dessinée. Il se tenait très
droit et Malko remarqua qu'il portait des talonnettes pour
se grandir.

Il jeta un coup d'œil circulaire avant d'aller s'asseoir
à une table proche de celle de Malko. D'après les photos
et la description qu'on lui avait faite, il s'agissait bien de
Nabil Tafik. Le Syrien semblait tendu et nerveux. Il commanda, le garçon lui apporta un scotch *Defender* avec
des glaçons.

Sur ses talons étaient entrés deux hommes en imperméable, portant le mot « flic » sur le front. Massifs, l'air
de garçons bouchers. On les aurait très bien imaginés
portant le manteau noir de la Gestapo. Ils s'assirent à
trois tables du Syrien et commandèrent des bières. Malko
se dit qu'il s'agissait sûrement des « baby-sitters » du
Verfassungsschutz. Ils devaient avoir l'ordre de rester
avec Tafik tant que Malko n'en aurait pas pris livraison.

Le Syrien avait allumé une cigarette. Malko attendit
quelques instants, puis voyant que l'homme ne bougeait

pas, il quitta sa table et rejoignit la sienne. Il croisa un regard noir affolé. L'autre était blanc comme un linge.

— *Herr* Tafik ?

— *Jawohl.*

Malko attira à lui un fauteuil et s'assit en face du Syrien. Avec un sourire, parlant fort pour dominer le bruit du piano, il annonça :

— Je suis celui avec qui vous aviez rendez-vous.

— Qui êtes-vous ?

Malko réussit à ne pas sourire.

— Appelez-moi Moshe... conseilla-t-il.

Il lui sembla qu'une légère lueur de soulagement détendait les traits de son interlocuteur. Celui-ci but d'un coup la moitié de son *Defender* et reposa son verre en le cognant à la table.

— Je crois que nous avons beaucoup de choses à nous dire, remarqua Malko. Je pense quitter Berlin avec vous demain matin.

— Comment ? demanda aussitôt Tafik.

— En voiture. Dans ma voiture. Je vous emmène dans un endroit parfaitement sûr. Mais auparavant, vous avez certainement des affaires ou des... papiers à récupérer. J'ignore si vous reviendrez à Berlin.

— Je ne le pense pas, fit Nabil Tafik.

Il semblait aussi à l'aise qu'un renard pris au piège. Avec les défecteurs, c'était toujours pareil. L'appât du gain les motivait, mais quand il fallait franchir le Rubicon, ils se liquéfiaient. Nabil Tafik ne dérogeait pas à la règle. Il se pencha sur Malko et, criant presque pour couvrir le *Boléro* de Ravel massacré à une allure de TGV, demanda :

— Vous croyez que je serai obligé de passer le reste de ma vie en Israël ?

Décidément, l'intox avait bien pris. Malko, pour rire, décida de l'« enfumer » un peu plus.

— Notre pays n'est pas si désagréable que cela, affirma-t-il. Il n'y aura pas toujours la guerre et il y a du soleil, de belles plages...

A voir son expression, Nabil Tafik se moquait du soleil et des plages. Brutalement, Malko réalisa qu'il ne l'écoutait plus. Son regard était fixé sur une grande jeune femme brune arrêtée à l'entrée donnant sur le salon de thé. Des cheveux très noirs coupés en frange, une grande bouche rouge, un pull collant moulant une petite poitrine et une longue jupe multicolore descendant jusqu'aux chevilles.

Elle ressemblait plus à une intellectuelle du *Café Einstein* qu'aux créatures à l'élégance tapageuse du *Kempinski*. En tout cas, Nabil Tafik la dévorait des yeux. Malko se pencha vers lui.

– Vous la connaissez ?

– Non, affirma le Syrien.

Toute son attitude disait le contraire.

L'inconnue se dirigea vers le bar et grimpa sur un tabouret. Elle commanda puis se retourna, examinant les tables comme si elle cherchait quelqu'un. Les deux « baby-sitters » du *Verfassungsschutz* s'étaient intéressés à elle quelques secondes, avant de replonger dans leur bière, l'air de s'ennuyer profondément.

Quelques minutes s'écoulèrent. Le silence n'était rompu que par le pianiste terminant son *Boléro* en un temps record. Puis, la brune glissa de son tabouret, laissant sa pochette sur le bar, et se dirigea vers l'entrée du couloir. Elle passa devant les deux « baby-sitters ». Malko se dit qu'elle allait aux toilettes. Cette femme l'intriguait. Il se pencha à nouveau vers Nabil Tafik.

– Vous êtes certain que vous ne la connaissez pas ? Vous ne la quittez pas des yeux...

Le Syrien parut soudain moins sûr de lui. Il était visiblement partagé entre l'envie de se confier à Malko et une réticence certaine.

– Je ne sais pas, je ne crois pas...

La brune avait disparu. Quelques minutes s'écoulèrent

puis elle rentra dans le bar. Arrivée à la hauteur des deux
policiers allemands, elle s'arrêta. Malko vit sa main droite
plongée dans une fente de sa longue jupe. La main ressortit, fermée sur la crosse d'un pistolet automatique très
compact, prolongé par un gros silencieux. La femme tendit le bras, pointant l'extrémité du canon à vingt centimètres du crâne chauve du policier le plus proche d'elle.

Il y eut un « plouf » qui se perdit dans les ultimes
notes du *Boléro* de Ravel. Une tache de sang apparut sur
la nuque du policier dont la tête fut projetée en avant.
Foudroyé, il tenta de se lever, mais retomba aussitôt.

Son collègue n'eut pas le temps de réagir. Avec le
même sang-froid, la brune venait de lui loger une balle
dans l'oreille. Personne n'avait rien remarqué. Les deux
barmen continuaient à secouer leurs shakers. La femme,
son arme tenue à bout de bras, pratiquement invisible
dans la pénombre du bar, avança d'un pas calme vers la
table où se tenaient Nabil Tafik et Malko.

Celui-ci réalisa alors qu'il n'était pas armé.

CHAPITRE VII

Nabil Tafik croisa le regard de la femme brune et sentit son estomac devenir lourd comme du plomb. Elle s'était arrêtée à deux mètres de lui et son regard fixait sa poitrine, là où elle allait tirer. Encore deux pas : elle glissait sans bruit sur l'épaisse moquette comme un fantôme, son arme à bout de bras. Enfoncé dans son fauteuil, le Syrien la regardait venir, paralysé comme un lapin face à un cobra. Derrière lui, un des deux barmen, un gros homme rougeaud, d'habitude figé comme une porcelaine, réalisa enfin ce qui se passait et plongea derrière son bar en poussant un cri étranglé.

Le pianiste cessa de jouer. Les occupants des autres tables de cet endroit sélect – un des plus élégants de Berlin –, médusés, n'avaient même pas le réflexe de s'enfuir. Les cadavres des deux policiers effondrés sur leur siège semblaient irréels.

Soudain, Margot Zimmerman leva son bras à l'horizontale. Son pouce appuya sur le déclencheur du mini-laser dissimulé dans la culasse du Glock et un fin pinceau de lumière rouge jaillit de l'arme pour se fixer sur la poitrine de Nabil Tafik.

Celui-ci poussa un cri aigu de belette et plongea au sol, filant à quatre pattes jusqu'à une grosse colonne rectangulaire qui coupait la salle en deux. Le pinceau lumineux le suivit et heurta la colonne. Margot Zimmerman était obligée de se déplacer. Elle avança vers l'accès au salon de thé, ignorant Malko resté à la table.

Celui-ci, partagé entre l'impuissance et la fureur, enrageait de ne pas avoir d'arme. Sur sa table, il n'y avait aucun objet lourd qui puisse servir de projectile. Pour attraper une bouteille, il fallait aller jusqu'au bar. La tueuse brune le repérerait et l'abattrait aussitôt. Son regard chercha Elko Krisantem et une bouffée de soulagement lui dilata la poitrine.

Le Turc s'était levé. Malgré la pénombre, Malko distingua dans sa main droite un pistolet, son vieil Astra, qu'il était en train d'armer. La culasse revenant en avant claqua avec un bruit sec.

La tueuse brune tourna aussitôt la tête et vit l'arme braquée sur elle. Sans hésiter, elle pivota et le rayon lumineux du laser se posa sur Elko Krisantem, au moment précis où il appuyait sur la détente de son vieil automatique. La détonation de l'Astra se répercuta dans le bar, assourdissante.

La femme brune fit un bond de côté. Le projectile ne l'avait pas touchée.

Nabil Tafik bondit de derrière son pilier, comme propulsé par un ressort, et fila, pratiquement sans toucher terre, jusqu'à la porte donnant sur le couloir. Margot Zimmerman tira, mais gênée par la présence d'Elko Krisantem, rata sa cible. Le bruit sourd de l'Astra acheva d'affoler les clients du bar. Certains se jetèrent à terre, une femme se mit à hurler d'une voix hystérique.

Elko, prudent, avait plongé derrière un des piliers, dans l'angle du bar, et menaçait Margot Zimmerman. Il visa une seconde fois et tira, sans plus de succès. A plus de cinq mètres, son vieil Astra n'avait guère de précision. Mais son intervention avait permis à Nabil Tafik de s'enfuir.

La tueuse battit alors en retraite vers le salon de thé. Le rayon laser se posa sur le bar qui dissimulait Elko

Krisantem et le Glock cracha un projectile avec un
« plouf » sourd.

Tandis que le Turc s'abritait, la tueuse brune disparut
dans le salon de thé.

Malko fonça derrière elle. Il eut le temps de la voir
sortir dans Fasanenstrasse. Lorsqu'il franchit à son tour
la porte à tambour, elle avait disparu. Comme Nabil Tafik... Sa mission paisible commençait bien...

Folle de rage, Margot Zimmerman se laissa tomber sur
le siège avant de la Ford Escort et arracha sa perruque.

– J'ai loupé ce fils de pute !

Adolf Weimar, garé sur l'emplacement des taxis, avait
déjà démarré.

– Comment ça, il était armé ? demanda-t-il.

Déjà, il avait atteint le Kurfürstendamm et tourné à
droite.

– Non, mais il n'était pas seulement protégé par les
deux porcs qu'on a vus. Il y avait un autre type. Ce fu-
mier m'a allumée.

Arrivé à Berlin avant elle, Adolf Weimar avait établi
une surveillance discrète autour de la villa du Syrien, et
remarqué aussitôt qu'elle était déjà l'objet d'une planque.
Des policiers, avait-il vite deviné. Ils se relayaient toutes
les six heures et se contentaient de suivre Nabil Tafik
dans ses rares déplacements.

Dès qu'il eut rejoint Margot Zimmerman, il l'avait
conduite à la villa du Syrien. Juste à temps pour le voir
partir dans sa Mercedes, suivi de la Golf des policiers.

Et tout le monde s'était retrouvé au *Kempinski*.

Tandis qu'il remontait le Kurfürstendamm vers l'ouest,
Margot Zimmerman alluma nerveusement une cigarette
pour apaiser sa fureur. Elle n'avait jamais encore raté une
exécution. D'un regard distrait, elle regardait les bouti-

ques de luxe qui se succédaient sur la grande avenue, les
Champs-Elysées de Berlin-Ouest.

Adolf Weimar demanda :

– Où s'est enfui ce salaud ?

– Pas la moindre idée, il a détalé comme un lapin.

– Il est peut-être allé chez lui ? suggéra Adolf Weimar.

Margot Zimmerman secoua la tête.

– Ça m'étonnerait, mais on peut toujours essayer. On
n'est pas loin.

Grunewald – une sorte de bois de Boulogne – commençait en haut du Kurfürstendamm. Ils y étaient presque. Adolf adressa un sourire rassurant à sa complice.

– On le retrouvera ! promit-il. Berlin est une *toute
petite* ville...

Une cité six fois grande comme Paris ! Si Berlin s'était
trouvée en Belgique, la ville aurait atteint Anvers ! Mais
pour un fugitif comme Nabil Tafik, c'est vrai, il y avait
peu d'endroits où se réfugier.

La sirène d'une voiture de police, derrière eux, fit brutalement monter leur pouls. Une Golf vert et blanc de la
Polizei remontait le Ku'Damm à toute allure, avec gyrophare et sirène, en utilisant la voie réservée aux bus. Elle
les doubla et tourna dans une voie transversale. Fausse
alerte. A Berlin, les gens appelaient la police pour un oui
ou pour un non.

Dix minutes plus tard, l'Escort arrivait au début de
Koenigsallee. Ses deux occupants remarquèrent aussitôt
l'animation autour de la villa de Nabil Tafik : trois voitures de police ! Adolf Weimar jura entre ses dents.

– *Scheiss !* (1)

Brutalement, il tourna dans Herbertstrasse. Inutile d'aller se jeter dans la gueule du loup.

(1) Merde !

*
**

Le *Kempinski* grouillait de policiers. Certains en uniforme, veste blanche et pantalon vert, beaucoup en civil, munis de téléphones cellulaires. Les corps des deux policiers assassinés étaient restés dans leurs fauteuils, des serviettes dissimulant leur visage.

Tous les occupants du bar avaient été regroupés dans la partie du fond, autour du piano, et des policiers recueillaient leurs témoignages. Deux policiers de la Kripo avaient passé les menottes à Elko Krisantem, que le barman leur avait désigné comme un des tireurs. Malko commençait à se faire du souci lorsque la silhouette trapue d'Otto Lehr s'encadra dans la porte. Sans perdre de temps, il fonça sur Malko.

— Je viens d'être averti que mes hommes chargés de veiller sur Nabil Tafik avaient été abattus. Que s'est-il passé ?

Malko le lui expliqua brièvement.

— Sans Elko Krisantem, Tafik serait mort, conclut-il. Pouvez-vous le faire libérer immédiatement ?

Otto Lehr fonça comme un bulldozer vers le commissaire de la Kripo qui se trouvait sur place. Après une courte discussion, un policier ôta ses menottes au Turc. Il fallut encore quelques palabres pour qu'il récupère son Astra, vidé de ses cartouches. Otto Lehr revint vers Malko.

— Heureusement que les témoins ont déclaré qu'il avait tiré sur la meurtrière de mes deux hommes. Bien. Connaissez-vous cette femme ?

— Non, dit Malko, mais Nabil Tafik semblait la connaître. Il n'a pas eu le temps de m'en parler. Elle a agi comme une professionnelle.

— Nous allons établir un portrait-robot et le comparer à nos archives, dit le patron du *Verfassungsschutz*. Mais ce n'est pas le plus important. Nabil Tafik n'a pas reparu chez lui.

— Il a eu peur. Il a peut-être cru qu'on le trahissait, supposa Malko. Il va sûrement vous donner signe de vie...

Otto Lehr se dandinait, le front plissé, comme un ours furieux.

— Qui pouvait être au courant de ce rendez-vous ? demanda-t-il.

— De mon côté, personne, répliqua Malko. Mais j'ignore si Tafik n'a pas été trop bavard.

— Cela m'étonnerait, grommela l'Allemand. Mais ne nous affolons pas. Il va sûrement me donner de ses nouvelles. Allez vous reposer. Je vous retrouve ici, demain matin pour le breakfast. A 8 heures. J'espère bien venir avec Tafik.

Il salua d'un bref signe de tête et alla rejoindre les autres policiers.

Malko regagna sa suite, Elko Krisantem sur les talons. Catastrophé.

— J'ai raté cette salope ! se plaignit-il. Je n'ai plus assez d'entraînement.

— Sans vous, elle parvenait à ses fins, corrigea Malko. Bravo. Mais pourquoi étiez-vous armé ?

Elko Krisantem s'autorisa un sourire respectueux.

— *Sie Hoheit*, vos voyages se passent rarement de façon pacifique. J'ai même pris la liberté d'emporter *votre* pistolet et quelques munitions. Si vous souhaitez l'utiliser...

— Pas encore, et j'espère qu'il restera là où il est, dit Malko.

Abhorrant la violence, il l'utilisait le moins possible. Mais il aimait bien son pistolet extra-plat, calibre 22, avec un silencieux incorporé et des cartouches perforantes ; si plat et si léger qu'on pouvait le glisser dans une ceinture de smoking.

A peine dans sa suite, ce n'est pas sur son arme qu'il se précipita, mais sur le téléphone. La ligne directe de

Fitzroy Mac Coy répondit immédiatement. L'Américain laissa à peine parler Malko.

– Je sais ce qui s'est passé, fit-il. Un correspondant m'a alerté. Passez demain vers midi. Nous en parlerons.

Visiblement, il ne tenait pas à s'étendre au téléphone. Malko regarda sa montre. 9 heures. Il avait vaguement espéré que le fugitif se manifeste.

Où pouvait être passé Nabil Tafik ? Il subodorait une sombre magouille dont il ne connaissait pas tous les ingrédients. Le Syrien n'avait rien à craindre de lui. Pourquoi n'avait-il pas reparu, le danger passé ?

Nabil Tafik n'avait retrouvé un pouls normal qu'en arrivant à la gare du S-Bahn du Zoo, à quelques centaines de mètres du *Kempinski*. Il s'était mêlé à la foule des marginaux, des punks et des citoyens ordinaires retournant chez eux. Il avait un point de côté d'avoir couru tout le long de Kantstrasse, et la bouche sèche. Après avoir pris son ticket et être monté sur le quai, il s'arrêta pour acheter une bière qu'il vida d'un trait au goulot, avant de jeter la bouteille vide dans une poubelle. La rame arrivait : six wagons rougeâtres qui filaient vers l'est. Le Syrien monta dans le second et examina du regard ses compagnons de voyage. Rien de suspect. Des Teutons moyens, mêlés à quelques « alternatifs » : des filles et des garçons sales comme des peignes, en jeans troués et déchirés, hirsutes, traînant des besaces informes. Une des filles avait le crâne rasé, à l'exception d'une crête peinte en orange, et les ongles assortis.

Les autres passagers ne semblaient même pas la voir. Les Berlinois étaient blasés. Berlin était, depuis longtemps, le creuset des « alternatifs » qui sévissaient partout, chômeurs volant, vivant de rapines et de trafics de drogue. Dans cette ville gauchiste, la police était impuissante et se contentait d'éviter les débordements trop graves.

Le Syrien se laissa tomber sur la banquette, regardant défiler d'un œil atone le paysage. Des grues et encore des grues. Tout Berlin était en travaux. Le métro était lent, plus rapide quand même que les énormes embouteillages en contrebas. La circulation, ralentie par les multiples chantiers, se traînait à une allure d'escargot...

Nabil Tafik essuya son front, réalisant qu'il devrait être mort. Puis son cerveau, paralysé par la terreur animale de la mort, se remit à fonctionner. Et la panique le submergea.

Il avait vu la femme brune pénétrer dans le bar du *Kempinski* et il avait compris qu'il était trahi. Sans savoir par qui. Otto Lehr et les Israéliens n'avaient aucun intérêt à le tuer, bien au contraire. La brune, il l'avait identifiée immédiatement, et pour cause : elle faisait partie du groupe Carlos et, dans le passé, il lui avait procuré de faux papiers, obtenus par son homologue du MFS, l'Oberst-lieutenant Helmut Weiss. Or, celui-ci se trouvait en prison pour encore quelques années.

Nabil Tafik avait beau se creuser la tête, il ne voyait pas d'où venait la fuite.

La rame du S-Bahn s'arrêta en grinçant à la station de Friedrichstrasse. Jadis, c'était Berlin-Est. Nabil Tafik descendit. Juste en dessous de la station se trouvait un petit restaurant, *Zum Nolle*, où on pouvait manger rapidement. Il y trouva une table dans un coin, commanda un double scotch *Defender* et une *Wiener Schnitzel*, puis commença à réfléchir.

L'incident du *Kempinski* prouvait que Carlos était déjà au courant de sa trahison. Margot Zimmerman n'agissait pas de son propre chef. Son propre service ne devait pas l'ignorer non plus. Donc, aux yeux des siens, il était grillé.

La logique aurait voulu qu'il se tourne vers Otto Lehr. Lui ne voulait pas sa peau. Seulement, tant qu'il ne saurait pas d'où venait la fuite, il s'exposait à de mauvaises surprises. Un homme pourrait peut-être l'aider : Helmut Weiss, son ancien correspondant. Mais le joindre à Moabit était délicat.

Dernière inconnue : il ignorait si, furieux de sa disparition, Otto Lehr n'allait pas le balancer à la Kripo.

Donc, tant qu'il n'aurait pas vérifié un certain nombre de choses, il lui fallait trouver une planque dans Berlin et se garder de la police comme de l'équipe envoyée par Carlos pour le liquider... Lorsqu'il eut terminé sa Schnitzel, il se sentit un peu mieux et une idée germa dans sa tête. Il lui fallait une arme, de l'argent et surtout un refuge sûr pour voir venir. L'idée d'aller chez Lydia Voigt l'effleura, mais il ignorait si, à la suite des innombrables surveillances dont il avait fait l'objet, aussi bien de la part du MFS que du BND, le nom de la concertiste n'était pas inscrit quelque part.

Il gardait cette solution-là pour le cas où il ne trouverait rien de mieux. Après avoir payé, il reprit le S-Bahn jusqu'à Alexander Platz où il changea pour descendre ensuite à Kottbusser-Tor.

*
**

Otto Lehr posa sa serviette de cuir sur la table et se servit un grand verre d'eau au réfrigérateur, après avoir mis en route la climatisation. L'appartement qu'il occupait au cinquième étage d'un vieil immeuble de Tempelhofer Ufer se transformait en serre dès le premier rayon de soleil. Son verre d'eau à la main, il s'installa à côté de la fenêtre ouverte donnant sur le canal, pour tenter de mesurer les conséquences de ce qui venait de se passer.

La première était évidente. Malko Linge avait conservé par devers lui le chèque de cinq millions de dollars devant être expédié au Liechtenstein, sur un compte appartenant au directeur du *Landverfassungsschutz* de Berlin. La catastrophe ne s'arrêtait pas là.

S'il ne remettait pas la main sur Nabil Tafik, c'était un autre versement de cinq millions de dollars qui lui passait sous le nez.

Lui qui avait souhaité prendre sa retraite après cette affaire !

Il voyait très bien ce qui s'était passé. Pour une raison qu'il ignorait, l'attentat destiné à le débarrasser de l'Oberst-lieutenant Helmut Weiss avait échoué. L'autre avait dû se méfier et était dans la nature. Une bombe à retardement. S'il allait raconter, soit au BND, soit à la CIA, le véritable rôle d'Otto Lehr, ce dernier était mal. Très mal, même.

Donc, il fallait le retrouver, et encore plus vite que Nabil Tafik. Impossible de lancer des poursuites officielles contre lui. Il était officiellement libre.

Peut-être avait-il déjà filé, mais Otto Lehr en doutait. Helmut Weiss avait toujours vécu à Berlin, il avait un peu d'argent, peut-être même beaucoup, car le vieux Frölich devait en avoir planqué dans sa villa. Donc, il se terrait quelque part.

Comment le débusquer ?

Ce n'est que beaucoup plus tard dans la soirée qu'Otto Lehr échafauda un plan. Soulagé, il reprit sa Mercédes garée sur le trottoir et fila jusqu'au restaurant *Hardt*, dans Meinekestrasse. Il dégusta un estomac de truie à la bière avec une choucroute légère, son plat favori. Depuis qu'il était veuf, il partageait ses loisirs entre la bouffe et de très jeunes putes qu'il trouvait à Oranienburgerstrasse, ou sur le Kufürstendamm. Une rapide fellation dans la voiture lui suffisait.

*
**

Un « alternatif » aux cheveux verts lavait le pare-brise d'une Porsche mauve décapotable, arrêtée au feu de Kottbusser-Tor. L'éphèbe qui la conduisait, tout de cuir noir vêtu, semblait ne pas sentir le froid de gueux. Il abandonna une pièce de 5 marks au garçon qui retourna s'affaler sur le trottoir, à côté d'un kiosque n'affichant que des journaux turcs. Le S-Bahn qui avait amené Nabil Tafik repartit dans un grondement sourd, ébranlant les immeubles de *Kleine Ankara*, la partie envahie par les Turcs du quartier de Kreutzberg. Seuls, quelques îlots d'« alternatifs » crasseux, des anneaux aux oreilles, dans le nez, et partout où on pouvait en mettre, traînant des besaces au contenu incertain, le visage ingrat et le regard noyé de hasch, résistaient encore.

Nabil Tafik contourna le marché en plein air occupant toute la demi-lune de Kottbusser-Tor, à l'entrée d'Adalbertstrasse, où tous les commerçants étaient turcs. Des femmes en *hijab* et longues jupes multicolores faisaient leurs courses, surveillées par des moustachus à l'œil farouche. On se serait cru sur le Bosphore. Ils étaient près de 400 000 Turcs regroupés à Kreutzberg, avec leurs magasins, leurs cinémas, leurs restaurants. Ici, les *Mac Do'* étaient inconnus, on ne servait que du *chawerma* dans tous les *Imbiss* du quartier.

Nabil Tafik, avec son type oriental, se fondait parfaitement dans la foule et les odeurs lui rappelaient les souks de Damas. Il s'enfonça dans Adalbertstrasse, passant devant un vieil immeuble mauve à la façade délavée qui arborait, à une de ses fenêtres, le drapeau noir et rouge des « alternatifs ». Un immeuble squatté que la police ne se pressait pas de faire évacuer... Les murs étaient couverts d'affiches dénonçant la répression en Turquie, avec les photos des « martyrs » du PKK, des moustachus tous plus patibulaires les uns que les autres.

Il marcha jusqu'à l'*Orient-Express Imbiss*. Ce nom pompeux s'appliquait à une modeste gargote dont la vitrine était occupée par un énorme *chawerma* en train de tourner lentement. A l'intérieur, une vitrine offrait un étalage gargantuesque de pâtisseries turques écœurantes, à vous donner une crise de foie rien qu'à les voir. Une serveuse, un foulard sur la tête, s'approcha de lui et demanda en mauvais allemand ce qu'il voulait.

— Je cherche Djamal Talanbani, fit-il, je suis un de ses amis.

Elle lui jeta un regard méfiant.

— Il vous connaît ?

— Oui.

Visiblement, sa réponse ne suffisait pas. Nabil Tafik se pencha par-dessus le comptoir et précisa :

— Dites-lui que c'est de la part de Suleiman, son ami d'Alep.

La femme disparut dans l'arrière-boutique, laissant Nabil Tafik plutôt inquiet. Djamal Talanbani était le patron pour Berlin du PKK (1), le mouvement indépendantiste kurde créé par le KGB, qui revendiquait un Kurdistan indépendant et communiste. En lutte ouverte et féroce avec les Turcs, les Iraniens et les Irakiens. Seuls les Syriens avaient de bons rapports avec eux. A plusieurs reprises, sur l'ordre de Damas, Nabil Tafik avait rendu des « services » à Talanbani, fournissant de faux passeports, envoyant dans des camps d'entraînement, en Syrie, des militants du PKK, communiquant même des renseignements opérationnels sur les Kurdes. Depuis la chute du Mur, il avait été moins utile, mais Djamal Talanbani savait que ce n'était pas de son chef.

La femme réapparut.

— Restez là, dit-elle, il arrive dans cinq minutes.

Nabil Tafik s'assit sur un tabouret et commanda un verre de lait caillé.

Une Rolls-Royce bleu nuit s'arrêta en double file devant l'*Orient-Express Imbiss* et son chauffeur donna un léger coup de klaxon. Nabil Tafik tourna la tête et vit un

_____

(1) Parte Krikarame Kurdestan.

moustachu bâti comme un lutteur de foire qui lui faisait signe de venir. Il laissa 2 marks et se précipita vers la voiture.

La banquette arrière était occupée par un homme massif, le visage barré d'une énorme moustache, vêtu d'un costume sombre qui le boudinait et décoré d'une cravate à fleurs : Djamal Talanbani. Il combinait ses activités politiques avec la gestion de ses nombreuses affaires, *Imbiss*, cafés, importations et travaux publics, sans compter quelques immeubles locatifs, une discothèque et des académies de billard...

Nabil Tafik ouvrit la portière arrière. Djamal Talanbani posa aussitôt son journal et arbora un sourire chaleureux.

— Nabil ! lança-t-il. Mon frère !

Il lui fit une place près de lui, l'étreignit autant que sa corpulence le lui permettait et l'embrassa trois fois.

— C'est une bonne surprise, continua le Kurde. Il y a longtemps qu'on ne s'était pas vus...

Nabil Tafik annonça tout de suite la couleur.

— Djamal, annonça-t-il, je viens te demander un service.

Le Kurde ouvrit les bras, dans un geste plein de munificence.

— Tu es mon frère, tu me demandes ce que tu veux, je te le donne.

La Rolls s'était remise à rouler et avait tourné dans Oranienstrasse. Nabil n'hésita pas.

— J'ai le Mossad au cul, annonça-t-il. Une équipe qui est arrivée d'Israël pour me « taper ». Je ne peux pas quitter Berlin et je dois me cacher. J'ai besoin d'une planque et de quoi me défendre.

Le Kurde éclata d'un gros rire.

— Ici, avec moi, tu n'as même pas besoin d'arme. Mais je t'en donnerai une quand même. Quant au reste, je vais t'emmener *chez moi*. Tu y resteras le temps que tu veux.

Soulagé, Nabil Tafik précisa :

– Djamal, *personne* ne doit savoir que tu m'aides. Personne.

Si le Kurde allait en parler à ses copains syriens, Nabil était mort... Le gros homme posa la main sur son cœur.

– Allah m'est témoin ! Tu peux dormir tranquille.

La Rolls s'arrêta cent mètres plus loin, au bout d'Oranienstrasse, au débouché d'Oranienplatz. Un immense drapeau rouge orné du portrait de Mao flottait sur le toit le plus haut de la place. On était en plein quartier gaucho... Djamal Talanbani pénétra dans l'immeuble qui faisait le coin de la rue, juste en face du café *Alibi*, Nabil Tafik sur ses talons. Le premier étage était occupé par une discothèque intitulée *Trash*, le deuxième et le cinquième, par des salles de billard.

Les murs de l'entrée et de l'énorme cage d'escalier étaient taggés à mort, barbouillés de dessins multicolores psychédéliques. Pas un centimètre n'était épargné !

La sono de la disco faisait trembler les murs. Ils prirent place dans le petit ascenseur et Talanbani appuya sur le bouton du cinquième.

– Tout l'immeuble m'appartient, dit-il fièrement.

*
**

Djamal Talanbani poussa la porte du cinquième étage, découvrant une immense salle contenant une bonne vingtaine de billards, pour la plupart inoccupés. Un moustachu jouait au flipper près de la porte. Le barman, reconnaissant le chef du PKK, sauta par-dessus son bar pour venir lui baiser la main. Chez les Kurdes, on avait le sens du respect. Talanbani lui expédia une claque dans le dos, à lui arracher les amygdales, et lança :

– Je ne suis pas là.

Il traversa toute la salle, jusqu'à une porte blindée ressemblant à celle d'un coffre-fort. Sortant une clef de sa ceinture, il l'ouvrit et fit entrer Nabil Tafik. Deux hommes assis sur des tabourets, une Kalach' en travers

des genoux, se levèrent vivement. Le Kurde les salua
d'un geste bref et s'engagea dans un escalier en colimaçon qui descendait à l'étage inférieur. La même surface
était découpée en boxes et bureaux, éclairés d'une lumière
crue. Les volets étaient condamnés, la porte donnant sur
le palier murée, bien qu'une caméra soit dissimulée au-
dessus pour éviter les mauvaises surprises.

Officiellement, le local était à vendre. En réalité, il
abritait le QG du PKK à Berlin. Il réunissait une officine
de faux papiers, un dépôt d'armes, des coffres, des ordinateurs, une imprimerie. C'est de là que partaient les
collecteurs de l'impôt révolutionnaire. Seuls les membres
du PKK connaissaient cet endroit qui comportait aussi
une salle d'interrogatoire aux murs et au plancher maculés
de sang. On n'en ressortait jamais vivant. Djamal Talanbani avait égorgé lui-même plusieurs informateurs des
Irakiens ou des services turcs. On n'avait jamais retrouvé
leurs corps, jetés dans la Spree.

Le chef du PKK pénétra dans un bureau où un Kurde
était en train de fabriquer un faux permis de conduire. Il
se leva vivement pour se mettre au garde-à-vous. Djamal
Talanbani posa un bras protecteur sur les épaules de Nabil
Tafik, qui semblait minuscule à côté de lui.

– Voici un ami, annonça-t-il en kurde. Il va loger en
haut quelque temps. Qu'est-ce qu'il y a de libre ?

L'homme consulta un petit tableau sur le bureau.

– La 2, la 6 et la 10.

– Quelle est la mieux ?

– La 6.

– Donne-moi la clef.

L'autre la lui tendit respectueusement. Djamal Talanbani l'empocha et dit :

– Préviens tout le monde, qu'il n'y ait pas de problème.

Il entraîna Nabil Tafik et ils reprirent le même chemin,
puis l'ascenseur jusqu'au sixième. Un couloir desservait
plusieurs portes. Djamal Talanbani mit la clef dans celle

portant le numéro 6 et ouvrit. Tabil Tafik découvrit un
grand studio correctement meublé, avec une salle de
bains. Des photos de pin-up découpées dans des magazi-
nes étaient la seule décoration. Le Kurde tendit la clef
au Syrien.

— Ici, mon frère, tu es chez toi.

— Merci, dit Nabil Tafik.

— Demain, je t'apporterai une arme, promit Djamal
Talanbani. Et nous fêterons ton arrivée ici. Veux-tu dîner
avec moi ?

— Avec plaisir, accepta Nabil Tafik.

— Alors, tu descendras vers 9 heures au premier étage.
Je serai là. Pas tout seul, ajouta-t-il en lui donnant un
coup de coude ponctué d'un rire égrillard. Maintenant, je
dois te laisser, j'ai une réunion importante avec des amis
qui repartent demain au pays.

Ils s'embrassèrent de nouveau. Dès qu'il fut seul, Nabil
Tafik s'assit sur le lit, sonné, incapable de réunir deux
idées. Ce petit studio lui semblait merveilleux. Il s'allongea sur le lit et s'endormit tout habillé, épuisé par les
émotions de la journée.

CHAPITRE VIII

Otto Lehr entra dans la *breakfast-room* du *Kempinski* à 7 h 59. Le visage sombre. Seul.

– Nabil Tafik n'a pas reparu chez lui et n'a pas téléphoné, annonça-t-il à Malko.

– Où peut-il être ?

L'Allemand haussa ses épaules massives.

– Peut-être a-t-il changé d'avis. Peut-être a-t-il peur.

– Il n'a pas d'autres points de chute ?

– Son ambassade de Otto-Grotewolh-Strasse est fermée, mais il peut être n'importe où en Allemagne. Par contre, je crois avoir identifié la femme.

– Ah bon ? s'étonna Malko.

– D'après le portrait-robot, il s'agirait d'une ancienne de la *Rote Armee Fraktion* ayant rejoint le groupe Carlos. Elle a plusieurs alias, mais nous ignorons son véritable nom, bien qu'elle ait été emprisonnée en Italie. On avait perdu sa trace, mais c'est une personne extrêmement dangereuse.

– Donc, Carlos est déjà au courant ? suggéra Malko.

– J'en ai peur, admit sombrement Otto Lehr. Je fais diffuser sa photo, mais sans trop d'espoir, c'est une professionnelle de la clandestinité.

Il attaqua quand même ses saucisses de bon appétit. Malko continuait à réfléchir.

– Fitzroy Mac Coy a mentionné un officier du MFS,

un certain Helmut Weiss, remarqua-t-il, qui serait assez lié à Nabil Tafik. Il est, paraît-il emprisonné à Moabit. Il pourrait peut-être nous aider à retrouver Tafik...

La bouche pleine, Otto Lehr leva un œil sur Malko. Il dissimulait à merveille sa satisfaction. Les choses se mettaient en place encore plus facilement qu'il ne l'aurait souhaité.

— Il *était* à Moabit, corrigea-t-il. Je l'ai fait libérer par anticipation pour l'aide qu'il nous a apportée. Depuis hier soir, nous le recherchons. Il a disparu de son domicile. Il sera encore plus difficile à retrouver que Tafik.

— Mais pourquoi se cacherait-il ? objecta Malko.

Otto Lehr eut un geste d'impuissance.

— Je l'ignore. Sauf si c'est lui qui est à l'origine de l'incident d'hier soir. Pendant des années, il a eu de nombreux contacts avec le groupe Carlos. Mentalement, il est toujours de leur côté. Il les a peut-être prévenus que Tafik s'apprêtait à trahir.

— Comment l'aurait-il su ?

— Je lui ai posé beaucoup de questions...

En un clin d'œil, il avait nettoyé son assiette, sans que son visage s'éclaire pour autant. Malko le sentait réellement consterné. Mais quelque chose lui échappait. Pourquoi Nabil Tafik, traître volontaire, continuait-il à se cacher, une fois le danger passé ?

Evidemment, il pouvait avoir changé d'avis, vu la tournure des événements. Ou alors, il soupçonnait Lehr ou Malko de lui avoir tendu un piège. Malko remarqua :

— Tafik ne peut pas disparaître ainsi, sans conséquence. Il est diplomate. Les Syriens vont le chercher.

Otto Lehr eut un sourire ironique.

— Qui vous dit que les Syriens ne le cherchent pas déjà... Cela expliquerait sa disparition.

— Nabil Tafik connaissait Helmut Weiss, n'est-ce pas ?

— Bien sûr, ils travaillaient ensemble, confirma Otto Lehr.

– Donc, par Weiss, il y a une petite chance de remonter à lui.

– *Ganz Korrekt !* Mais l'Oberst-lieutenant Weiss a disparu. Je vous l'ai dit.

Ils étaient dans l'impasse. Le silence retomba. Otto Lehr le rompit.

– Il y a peut-être un fil à tirer pour retrouver Helmut Weiss. Mais j'ai besoin de votre collaboration.

– En quoi puis-je vous aider ? interrogea Malko, plutôt surpris.

Otto Lehr le fixa de son regard froid et impénétrable.

– Depuis que je suis à Berlin, *Herr* Linge, j'ai beaucoup travaillé à reconstituer tous les réseaux du MFS. Celui-ci a été dissous, mais il reste, disons des « métastases ». Des individus qui n'appartenaient pas à l'organigramme mais travaillaient pour le service. Certains ont été récupérés par nos amis de Moscou, d'autres sont au chômage, ou sont prêts à accepter de nouveaux « clients ». Je sais par exemple que les Iraniens recrutent beaucoup en ce moment. C'est la raison pour laquelle leur ambassade de Berlin-Est est toujours ouverte. Bien entendu, ces « électrons libres » ont conservé des liens avec les anciens du MFS. Ils s'entraident même parfois. Je viens de penser à quelqu'un qui pourrait – si elle le veut – nous aider à retrouver l'Oberst-lieutenant Helmut Weiss.

– Qui donc ?

– Une certaine Sigrid Gensler. Une ancienne actrice de théâtre. Elle a été la maîtresse de Markus Wolf pendant plusieurs années et, bien entendu, il s'est servi d'elle et de sa beauté. Encore aujourd'hui, c'est une superbe femme de quarante-cinq ans, encore très désirable. Elle occupait une grande villa à « Volvograd » qu'elle a été obligée de quitter pour un petit appartement situé à côté d'Alexander Platz. Elle a fréquenté *tous* les responsables du MFS. Même si elle ne connaît pas personnellement Helmut Weiss, elle peut remonter jusqu'à lui. Officiellement, elle s'occupe maintenant d'immobilier mais elle a besoin d'argent. Je pense que si on l'appâte bien, elle peut collaborer. D'autant qu'elle a un vice coûteux, ajouta-t-il avec un sourire entendu.

– Elle joue ?

– Oh ! très peu, au Casino de l'hôtel *Forum*, l'ancien *Stadt Berlin Hotel*. Mais elle collectionne la vieille porcelaine, et cela coûte très cher. Pour des raisons évidentes, il m'est impossible de la contacter directement. Nous sommes des « ennemis ». Mais je pense que si vous l'approchez intelligemment, elle peut collaborer.

– C'est-à-dire ?

– Il faut lui dire carrément que vous appartenez à la CIA et que vous recherchez un « consultant » pour certaines questions. Que Helmut Weiss correspond au profil. Notre ami Mac Coy a déjà procédé de la sorte avec des anciens du MFS, pour obtenir des informations sur l'articulation des anciens services de l'Est. Elle ne sera pas étonnée.

– Mais pourquoi maintenant ?

– Vous avez appris sa libération. Vous pensez qu'il a besoin d'argent...

– Cela me paraît une bonne idée. Comment puis-je la contacter ?

– Pour ne pas l'effaroucher, passez par sa meilleure amie, une lesbienne qui se nomme Clara Garten. Elle tient une grande boutique d'antiquités sur Leipziger Strasse, juste au coin de Friedrichstrasse. Cette affaire a été montée grâce à des fonds secrets du MFS. Faites attention à ce que vous dites. Clara Garten est prussienne, nationaliste et communiste.

– J'irai tout à l'heure, promit Malko.

– Nous allons organiser cela, fit mystérieusement Otto Lehr. A propos, hier, vous n'avez pas eu le temps de donner sa lettre de crédit à Nabil Tafik ?

– Non, bien sûr, dit Malko.

– Alors, nous avons une chance de le revoir.

*
**

Helmut Weiss traînait devant les éventaires des camelots polonais, russes ou vietnamiens qui tenaient une sorte
de foire aux puces, sur la Parizer Platz, un espace découvert entre l'extrémité ouest d'Unter den Linden et la mo-
numentale porte de Brandebourg, qui avait pendant quarante-cinq ans marqué la limite de Berlin-Est. Depuis
l'effondrement du Mur, la statue posée au sommet de
l'arche gigantesque avait été inversée. Les chevaux tirant
un char antique galopaient désormais vers l'Est...

L'ex-officier du MFS contemplait avec tristesse les
éventaires disposés sur le sol. Cela allait de la maquette
de Trabant fabriquée en Pologne aux boîtes russes en
papier mâché peint, en passant par des lots entiers de
décorations et d'uniformes russes ou est-allemands. Dé-
risoires colifichets de l'effondrement communiste.

Helmut Weiss avait couché, comme les jours précé-
dents, dans une ancienne planque du MFS, un petit appartement en très mauvais état, dans un immeuble aux
trois quarts squatté par des « alternatifs », dans Chausseestrasse, tout près de la synagogue fraîchement refaite,
dont le dôme doré se voyait à des kilomètres. Les jeunes
gauchistes qu'il côtoyait ne posaient aucune question,
haïssaient la police et continuaient à révérer Mao ou Sta-
line.

Weiss, avec sa barbe et son teint pâle, ressemblait à
un des intellectuels gauchistes qui hantaient le quartier.
Depuis qu'il était parti de chez lui, emportant les trois
grenades qui pouvaient servir, il se terrait là. Mais ce
n'était pas une solution d'avenir...

Certes, ce caravansérail était un fouillis de chambres,
de « galeries d'art » et de pièces où la police ne s'aven-
turait jamais, mais l'immeuble était abandonné et son plus
grand luxe était de posséder l'eau courante. Un branche-

ment sauvage permettait parfois de s'éclairer. Helmut Weiss en venait à regretter sa cellule de Moabit !

Arrivé au dernier éventaire, Helmut Weiss fit demi-tour et aperçut enfin celui avec qui il avait rendez-vous, et qui venait vers lui. Du coin de l'œil, il vérifia qu'il n'y avait aucune présence suspecte, à part le minibus vert et blanc de la police posté tous les jours sur l'esplanade de la porte de Brandebourg pour empêcher les voitures de passer sous les arches, réservées aux taxis et aux bus, pour d'obscures raisons administratives.

Valery Zabotin, officiellement second secrétaire de l'ambassade de Russie, approchait, le sourire aux lèvres. Grand, blond, nonchalant, la mèche sur l'œil, amateur d'opéra, il ne resssemblait vraiment pas à un ancien du KGB. Ce qu'il était pourtant... Le Russe faisait mine lui aussi de s'intéresser aux objets étalés sur le sol jusqu'au coin de la Wilhelmstrasse, ex-Otto-Grotewohl-Strasse, tout en surveillant les alentours. Helmut Weiss en éprouva une brutale amertume. Les temps avaient bien changé ! Penser que l'ex-officier du KGB et lui, *Oberst-lieutenant* du MFS, devaient se rencontrer clandestinement, là où ils avaient travaillé paisiblement durant tant d'années ! Il n'y avait plus de Mur, plus de Berlin-Est, plus de DDR, et le BND fouinait partout. Les bureaux du département XX de la Stasi, au 8 de Normannenstrasse, étaient occupés maintenant par un centre des impôts...

Le drapeau rouge soviétique qui flottait dans le jardin de l'ambassade d'Union soviétique, au 15 Unter den Linden, devant un massif bâtiment de style stalinien, avait fait place à la flamme tricolore de la Fédération de Russie. Seul le buste de Lénine continuait à trôner dans le jardin. Quant à Valery Zabotin, il était passé du Premier Directorate du KGB à la nouvelle structure créée par Boris Eltsine, avec la même mission : créer un réseau d'informateurs à Berlin.

La veille, il avait été surpris de trouver le mot déposé par Helmut Weiss à l'ambassade. Il croyait l'ex-officier du MFS encore en prison. Les deux hommes avaient fréquemment travaillé ensemble, Weiss étant chargé de communiquer au KGB tous les dossiers des terroristes étrangers opérant à partir de l'Allemagne. Seuls quelques officiers est-allemands étaient au courant.

– *Wie geht's ?* (1) lança joyeusement Valery Zabotin. Je te croyais toujours à Moabit. Tu as été libéré ?

Les deux hommes s'éloignèrent des camelots.

– J'ai été libéré, confirma Weiss, mais j'ai un gros problème.

– Tu as besoin d'argent ? Cela peut s'arranger...

Il était tout prêt à réembaucher un homme comme Helmut Weiss, qui avait un formidable carnet d'adresses. L'Union soviétique avait vécu, mais la Russie avait besoin d'oreilles et d'yeux.

– Ce n'est pas mon problème immédiat, répliqua Helmut Weiss. C'est plus sérieux. Tu te souviens du dossier *Separat* ?

Le Russe se figea. Le dossier *Separat* comportait certains éléments extrêmement sensibles pour son pays. Helmut Weiss faisait partie des quelques hommes qui connaissaient les liens réels du groupe Carlos avec le KGB et l'Union soviétique. Des liens qui, officiellement, n'existaient pas. Weiss possédait des preuves qui pouvaient, même encore aujourd'hui, s'avérer embarrassantes... La Russie tenait à sa réputation.

– Oui, fit-il d'un ton volontairement léger, mais c'est une très vieille histoire, *nicht war ?*

Les deux hommes parlaient alternativement en russe ou en allemand, maîtrisant parfaitement les deux langues ; Valery en était à son troisième séjour à Berlin et Helmut Weiss avait appris le russe à l'école, avant d'aller se perfectionner deux ans à Moscou.

– Pas si vieille, fit sobrement Helmut Weiss.

Tout en arpentant la Parizer Platz, il raconta *tout* à

(1) Comment ça va ?

Valery Zabotin. Inutile de tricher avec le Russe ; il avait les moyens de recouper un certain nombre d'éléments. Perplexe, ce dernier conclut :

— J'ai entendu parler de l'affaire Tafik, mais je ne me sentais pas concerné. C'est une histoire entre les Syriens, Carlos et les Allemands.

— Et le Mossad, ajouta Weiss. Ce sont eux qui veulent le dossier. Les Allemands n'ont fait que les aider.

— Tu as été imprudent, remarqua d'une voix douce Valery Zabotin en allumant une Lucky Strike, le dernier chic chez les Russes, depuis qu'il était de bon ton au KGB de fumer la cigarette des G.I.

Weiss lui lança un regard noir.

— Tu as déjà été à Moabit ? Ces enfoirés m'avaient mis dans l'ancienne aile, celle qui donne sur Alt-Moabit-Strasse. Les rats pullulent, ce n'est pas chauffé et on bouffe de la merde...

Moabit, prison principale de Berlin, où jadis on exécutait les condamnés à la hache, élevait ses quatre étages aux fenêtres pleines de barreaux en plein cœur de l'ex-Berlin-Est, défendue par des miradors et des murs de douze mètres de haut.

— Je comprends, admit le Russe. Et je comprends aussi que tu aies prévenu nos amis. Mais que puis-je faire pour toi ?

— Ce salaud d'Otto Lehr veut ma peau, fit amèrement Helmut Weiss. J'en sais trop sur cette histoire. Les types du Mossad vont *aussi* être à mes trousses. Soit pour que je les aide à retrouver Tafik, soit pour me flinguer.

— Qu'est-ce que tu veux ?

— Que tu m'exfiltres sur Moscou. Je peux rendre beaucoup de services. Tu le sais. J'ai encore des amis, des archives. Des gens qu'on tient, ici et à l'Ouest.

— Mais comment ? demanda le Russe, sincèrement ennuyé.

Il tenait à récupérer Helmut Weiss, mais pas à n'importe quel prix. Et il n'était pas tout-puissant à l'ambassade.

– Il me faut un passeport diplomatique russe, annonça froidement Helmut Weiss. Avec ça, ils n'oseront pas m'arrêter. Une fois à Moscou, je me mets à travailler pour vous. Et je viens avec des archives qui vous intéresseront.

– Par exemple ?

– Tout le dossier *Separat*. Le BND n'a pas tout trouvé. Tu sais qu'il contient les traces des déplacements de Carlos en Union soviétique. Avec les noms de ses passeports, les numéros des billets d'avion et les dates exactes. C'était en 79 et en 80, je crois.

– C'est possible, fit Valery d'un ton volontairement détaché.

Helmut Weiss était un *vrai* professionnel. Dans les services, on en venait toujours au rapport de forces. Boris Eltsine donnerait beaucoup pour que l'Occident ignore toujours que le KGB avait secrètement protégé le terroriste Carlos. Tout en prétendant le détester... Il fallait prendre Weiss dans le sens du poil.

Il regarda sa montre.

– Helmut, fit-il, c'est une décision que je ne peux pas prendre moi-même. Je vais prévenir Moscou, mais cela peut nécessiter plusieurs jours, ou même des semaines. En cas de réponse favorable, du côté de l'Aeroflot, il n'y a pas de problème. Tu ne veux pas que je te fasse partir sous un uniforme de pilote, avec le passeport du type ?

L'Aeroflot se trouvait à trente mètres de l'ambassade russe ; un bâtiment blanc ultra-moderne, décoré de bleu, où on avait oublié d'enlever la Faucille et le Marteau. Le directeur de l'Aeroflot émargeait depuis toujours au Premier Directorate et ne pouvait rien refuser.

Helmut Weiss lança au Russe un regard dépourvu d'aménité.

– *Nein !* fit-il. C'est beaucoup trop dangereux. Le *Verfassungsschutz* surveille toutes les frontières et ils me connaissent. Il faut que tu trouves autre chose. J'ai besoin d'une « vraie » exfiltration.

Son ton était plus sec. L'officier russe comprit qu'il devait lâcher du lest.

– *Karacho !* fit-il, je vais en parler immédiatement au *Rezident*. Où est-ce que je peux te joindre ?

L'Allemand réfléchit rapidement.

– Ce soir, fit-il. A l'exposition du « Schloss Berlin », entre 7 et 8...

Sans laisser à l'autre le temps de discuter, il s'éloigna à grands pas dans la Wilhelmstrasse. Le « Schloss Berlin » n'était plus qu'une carcasse de toile peinte, élevée là où se dressait l'ancien château de Frédéric le Grand, très abîmé par la guerre et rasé par la DDR en 1952. Une exposition y drainait pas mal de touristes.

Cent mètres plus loin, Helmut Weiss tomba sur une petite Warburg qui arborait encore fièrement à l'arrière le macaron DDR. Si le chauffeur avait été là, il l'aurait embrassé ! C'était tout son univers. Maintenant, même dans Berlin-Est, il était traqué...

Un énorme bouddha birman trônait à côté de la porte de la grande boutique d'antiquités, au coin de Leipziger Strasse et de Friedrichstrasse. A l'intérieur, il y avait un peu de tout. De la porcelaine de Meissen aux objets asiatiques, en passant par d'assez jolis meubles. La boutique était vide. Une femme assise derrière un bureau se leva et vint accueillir Malko avec un sourire commercial. Grande, blonde, les cheveux courts, des yeux clairs, l'expression fatiguée, mais de magnifiques jambes émergeant curieusement d'un short.

– *Herr, was wollen Sie ?*

Visiblement, elle ne parlait qu'allemand. Malko lui adressa son sourire le plus ravageur.

— Je cherche quelqu'un, fit-il, et je crois que vous pourriez m'aider.

Une lueur de surprise passa dans les yeux gris de l'antiquaire.

— *Ach !* qui est-ce ?

— Vous avez une amie qui se nomme Sigrid Gensler, dit-il. C'est exact ?

— Oui. Je ne l'ai pas vue depuis longtemps. *Warum ?*

— Je cherche à la contacter, expliqua Malko, mais je n'ai pas son adresse. Pourriez-vous m'aider ?

La femme blonde lui jeta un regard plein de suspicion.

— Je ne sais pas si elle se trouve à Berlin, dit-elle. Vous la connaissez ?

— Pas directement, précisa Malko, mais j'ai une affaire à lui proposer. Une très belle collection de Meissen XVIIIᵉ. Des pièces uniques.

L'antiquaire esquissa un sourire.

— C'est à moi que vous devriez en parler... j'achète beaucoup.

Malko lui rendit son sourire.

— Bien sûr, mais je pourrais lui faire des conditions très exceptionnelles. Pouvez-vous lui en parler ?

Tout en bavardant, il avait posé sur une table, à côté d'un catalogue de vente, sa carte de visite avec le numéro de sa suite au *Kempinski*. Clara Garten la prit et l'examina. Elle releva la tête.

— Vous êtes autrichien ?

— Oui.

— Je vais voir ce que je peux faire. Je vous appellerai à l'hôtel.

Il s'inclina devant la jeune femme et ressortit de la boutique, tournant aussitôt dans Friedrichstrasse. Cet endroit lui rappelait une lointaine et tragique aventure, lorsque Berlin était coupé en deux. Un scientifique est-allemand qu'il n'avait pas réussi à sauver. Comme tout cela semblait loin maintenant... (1)

Cent mètres plus loin, il retrouva la Mercedes noire d'Otto Lehr, garée en face de l'hôtel *Kubrat*.

– Elle était là ? demanda l'Allemand.

– Oui.

– *Sehr gut !* On va savoir très vite, dans ce cas. Venez.

Ils quittèrent la voiture, suivant un chantier hérissé de grues. Tout le quartier était en reconstruction fiévreuse. En face de l'hôtel *Maritim* flambant neuf se trouvait un fourgon de la Bundespost. Otto Lehr ouvrit la portière arrière et fit monter Malko. Le fourgon était une station d'écoute volante.

– Nous avons mis la boutique sur écoute depuis ce matin, expliqua le chef du *Verfassungsschutz*.

Deux opérateurs, casque aux oreilles, écoutaient. Une dizaine de minutes s'écoulèrent. Malko commençait à étouffer. Enfin, un des opérateurs leva la main et tout de suite passa son casque à Malko. Ce dernier entendit aussitôt deux voix féminines. L'une d'entre elles était celle de l'antiquaire, l'autre, inconnue, grave, sensuelle, avait un léger accent du sud de l'Allemagne. Otto Lehr, qui s'était emparé de l'autre casque, opina.

– *Gut !* C'est Sigrid Gensler.

L'égérie de Markus Wolf. Une créature qui avait été une des plus belles femmes du Berlin communiste de l'après-guerre.

Les deux femmes bavardaient d'une vente à venir. Finalement, l'antiquaire aborda le sujet de Malko, à mots couverts. Sigrid Gensler commença à poser des questions auxquelles son amie ne pouvait répondre. Elle se contenta de préciser :

– Je ne suis pas certaine qu'il veuille vraiment te vendre de la porcelaine, mais il semble très désireux de te rencontrer.

(1) Voir SAS n° 29 : *Berlin check-point Charlie.*

– Comment est-il ?

– De fantastiques yeux dorés. Un homme du monde. Beaucoup de charme.

Sigrid Gensler éclata d'un rire vulgaire.

– Pour que *toi*, tu dises cela... Appelle-le. Dis-lui que je suis d'accord. Demain, pour le thé, à l'*Opern Café*. S'il est comme tu dis, je ne perdrai pas mon temps ! Tu as toujours l'appartement au-dessus de la boutique ?

– Sigrid !

– *Wiedersehen !*

Ce fut la fin de la conversation.

CHAPITRE IX

Nabil Tafik contempla le pistolet automatique Makarov 9 mm qu'un des hommes de Djamal Talanbani venait de lui apporter, avec une boîte de vingt-cinq cartouches, le tout enveloppé dans un chiffon. L'arme était assez usagée et ses numéros avaient été effacés à l'acide. Le chargeur, soigneusement graissé, était plein. Avec l'arme se trouvait une bouteille de whisky *Defender*. Nabil Tafik rangea la boîte de cartouches dans un tiroir et glissa le pistolet dans sa ceinture, invisible sous sa chemise. Il avait dormi comme une bête jusqu'à 10 heures. Après avoir pris une douche, il mourait de faim.

Il s'aventura dans le couloir désert, puis jusqu'à l'ascenseur. Le poids de l'arme, collée contre sa peau, était rassurant. Néanmoins, en poussant la porte de la rue, il eut un petit mouvement de recul. Personne. Il s'éloigna, traversa Oranienplatz et entra dans le premier *Imbiss* sur son chemin. Une fois restauré, il se sentit nettement mieux. Il avait une planque, une arme, maintenant, il lui fallait de l'argent. Il marcha encore et, à Wassertorplatz, toujours dans Kreutzberg, il trouva une agence de la Dresdner Bank avec un distributeur automatique de billets. Il y introduisit sa carte de crédit au nom d'une société, tapa le code et obtint 1 000 marks. Ce compte était celui d'une société mixte germano-syrienne, contrôlée par le *Moukhabarat* syrien qui l'alimentait à partir d'Abu

Dhabi grâce à un circuit compliqué passant par plusieurs paradis fiscaux. Impossible de remonter à la source. Nabil Tafik était le seul à pouvoir en tirer de l'argent. Il avait toujours servi au financement d'opérations terroristes ultra-secrètes en Europe.

A côté de la banque se trouvait un *Gasthaus* où il s'installa pour réfléchir. La seule personne à pouvoir l'aider était l'Oberst-lieutenant Helmut Weiss, qui se trouvait à Moabit. Rien à faire de ce côté-là. Il ne restait plus que la suite 430 du *Kempinski*. L'homme blond du Mossad à qui il avait brièvement parlé ; mais il était encore un peu tôt pour aller se jeter dans la gueule du loup.

Il remit sa carte dans le taxiphone et composa le numéro de Lydia Voigt. La concertiste ayant des horaires irréguliers, il avait une chance de la trouver...

– Allô ?

Entendre sa voix lui fit du bien. C'était merveilleux une telle disponibilité, et une telle discrétion. Elle ne l'avait *jamais* appelé à l'ambassade. Dès qu'il débarquait chez elle, elle se frottait aussitôt contre lui, demandant humblement de quelle façon il souhaitait profiter de son corps.

– C'est moi, dit Nabil Tafik.

– Tu viens me voir ? Je dois partir dans une heure et demie seulement...

Nabil hésita ; le silence s'établit. Il fut rompu un peu plus tard par Lydia Voigt.

– Tu sais ce que je fais ? demanda-t-elle, mutine.

– Je m'en doute, fit le Syrien.

C'était un rituel : dès qu'elle entendait sa voix au téléphone, elle se caressait. Parfois, cela excitait Nabil de la mener jusqu'au plaisir et de raccrocher aussitôt après. Ou bien cela lui donnait envie d'elle et il accourait. De sa voix douce, ruisselante de sexualité, elle annonça :

– Cette nuit, j'ai rêvé que tu me sodomisais. Debout contre ma porte. Tu me déchirais parce que tu étais très excité. Tu allais très loin.

L'image était tellement forte que Nabil Tafik eut une érection immédiate, et une terrible envie de sauter dans un taxi pour aller assouvir son fantasme.

– Tu as le temps ? insista la jeune femme.

Nabil Tafik s'arracha à la tentation.

– Je ne suis pas à Berlin, prétendit-il, mais je viendrai bientôt.

De toute évidence, Lydia était « claire ». Seulement il y avait un tout petit risque que le *Verfassungsschutz* connaisse son existence. Dans ce cas, son téléphone était sur écoute, et son appartement surveillé ! Il valait mieux ne pas prendre ce risque.

– Quand tu veux, fit-elle d'une voix légèrement haletante.

Le ventre de Nabil Tafik s'embrasa encore plus. Il l'imaginait portant une de ses innombrables guêpières et des bas noirs, allongée sur le divan, en train de se masturber. Il dut penser très fort à la tueuse brune du *Kempinski* pour ne pas se ruer hors de la cabine.

– Caresse-toi bien, fit-il, pris au jeu à son tour.

– Fais-le aussi.

Il rit.

– Ici c'est difficile, il y a des gens qui attendent. Mais bientôt, je viendrai te défoncer.

– Quand tu veux, mon amour, dit Lydia avant qu'il ne raccroche.

Il ressortit de la cabine, en proie à une nouvelle angoisse. Il cherchait à se souvenir de ceux qui pouvaient connaître ses liens avec le PKK. Il avait en face de lui des professionnels. Les gens du *Verfassungsschutz* et les amis de Carlos exploreraient *toutes* les pistes pour le retrouver. Machinalement, il se retourna, mais il n'y avait personne derrière lui.

*
**

Helmut Weiss s'engagea dans l'escalier étroit menant à la *Brecht Keller*, un des plus vieux *Stuben* de Berlin, dans le sous-sol de la maison de Bertold Brecht, au milieu de Chausseestrasse. A 7 heures, il y avait déjà beaucoup de monde, l'établissement ouvrant à 5 heures. Des intellectuels, quelques rares touristes et des hommes à l'allure identique, par petits groupes. Cela avait toujours été un des endroits favoris des apparatchiks de la DDR et le propriétaire les connaissait. Il salua Helmut Weiss d'un signe de tête et l'ex-officier du MFS s'installa dans la première salle, avant le bar, sous une petite vitrine suspendue au mur qui contenait des reproductions de décors de théâtre. Le local était tapissé de portraits de la famille Brecht et de tous les décors de ses pièces. Dans une salle en contre-bas, voûtée comme une cave, un groupe d'une dizaine d'hommes bavardaient devant d'énormes chopes de bière. Helmut Weiss commanda une *Platzen* (1) et s'installa face à l'escalier.

Il aimait cet endroit qui n'avait pas changé depuis quarante ans. On y mangeait bien et pas cher, le menu était affiché à la craie sur un grand tableau noir visible de la rue, installé sous la voûte de l'entrée de l'immeuble.

Valery Zabotin apparut vingt minutes plus tard. A son air réjoui, Helmut Weiss se dit que les nouvelles étaient bonnes. D'ailleurs le Russe ne prolongea pas le suspense. A peine eut-il commandé un scotch *Defender on the rocks* qu'il annonça :

– Je crois que j'ai trouvé une solution.

– Laquelle ? demanda Weiss, sur ses gardes.

Zabotin n'avait pas dit : « Je suis d'accord pour le

(1) Bière berlinoise.

passeport ». Il attendit d'avoir entamé son scotch pour
préciser :

— Partir sur Moscou en ce moment est impossible.
Mais nous allons te mettre à l'abri.

— Où ?

— A Wünsdorf.

Là-bas se trouvait le dernier contingent de troupes russes encore stationné en Allemagne. Un petit village perdu
au fond de la Prusse. Devant le peu d'enthousiasme de
Helmut Weiss, Valery Zabotin affirma :

— Il s'agit d'une mesure provisoire. J'ai parlé avec le
général Burlakov. Il est d'accord pour t'accueillir, compte
tenu des nombreux services que tu nous as rendus. Bien
entendu, personne ne doit être au courant. Tu disposeras
d'une chambre d'officier et tu pourras te reposer. Jamais
les autorités de ton pays n'iront te chercher là.

— Et ensuite ?

— Quand la pression sera moins forte, on t'exfiltrera.
Au pire, tu partiras avec eux, le 31 août, quand ils rega-
gneront la Russie ; avec une belle casquette à bande
rouge...

Il faisait allusion à la tenue des officiers supérieurs de
l'ex-Armée rouge, dont les uniformes n'avaient pas
changé... Helmut Weiss ne semblait pas fou de joie. Cela
faisait quatre mois à tirer dans un camp militaire, sans
contact avec l'extérieur. Valery Zabotin le rassura.

— Le général te donnera un laissez-passer de l'armée
russe, tu pourras donc te promener à l'extérieur.

L'extérieur, à Wünsdorf, ne devait pas être grisant,
mais Weiss acquiesça, résigné.

— Bien, fit-il. Je peux y aller quand ?

— Il y a des trains pour Wünsdorf à Schoenefeld Bahn-
hof et tu descends à Wünsdorf. Tu vas à pied à l'entrée
du camp. Il y a une cabine téléphonique juste devant le
poste de garde. Tu composes le 02 et tu demandes le
colonel Trekov. Il est au courant. Là-bas, je pourrai te

joindre facilement. Nous avons un système de transmission direct.

Helmut Weiss attaqua sa bière, rasséréné. Il allait pouvoir décompresser. C'était mieux que Moabit, ou le trou à rats où il se trouvait actuellement. Il ne risquait rien. Le Russe l'observait. Il demanda de son habituel ton détaché, signifiant qu'il attachait une grande importance au sujet :

– Et l'équipe de Carlos ?

Helmut Weiss eut un geste évasif.

– Ce n'est pas mon problème. Ils n'ont même pas été fichus de faire leur travail.

Valery Zabotin acheva son *Defender*, ne laissant que les glaçons. Dès qu'ils vivaient à l'Ouest, les Russes répudiaient la vodka pour des boissons plus sophistiquées.

– Je dois m'en aller, dit-il. J'appellerai demain à Wünsdorf.

Après avoir émergé au niveau de la rue, il repartit vers la Friedrichstrasse où il avait laissé sa voiture. Bien qu'il fasse encore jour, les putes pullulaient déjà dans Chausseestrasse, toutes vêtues de la même façon. Des cuissardes phosphorescentes, des bas, et un soutien-gorge pigeonnant. Plutôt plus belles que sur le Ku'Damm. Des Allemandes de l'Est, très jeunes, qui débutaient dans le métier avec une certaine fraîcheur. Plusieurs essayèrent d'accrocher le Russe. L'une le suivit même, proposant un menu très appétissant. Une blonde aux yeux de porcelaine qui n'avait pas seize ans. Valery Zabotin faillit craquer, mais se contenta d'un sourire appuyé. S'il avait été en voiture, il se serait peut-être laissé faire.

*
**

Malko monta les quelques marches menant à l'entrée commune desservant tous les restaurants de l'*Opern Café*, sur Unter den Linden, en face de l'Opéra de Berlin. Le couloir de gauche menait à une grande salle aux murs décorés de fresques représentant le Berlin du XIXᵉ siècle, qui donnait sur une vaste terrasse surplombant la place ombragée. Il passa devant une gargantuesque vitrine de pâtisseries. La plupart des clients étaient des femmes. Il s'assit au fond, là où l'antiquaire lui avait dit de se trouver, et commanda un café. Deux homosexuels devisaient à voix basse à côté de lui et un groupe de joyeuses copines d'âge canonique s'empiffrait de pâtisseries en plaisantant lourdement. Ici, il y avait peu d'étrangers et pratiquement aucun Allemand de Berlin-Ouest.

Malko, bercé par la musique classique diffusée par d'invisibles haut-parleurs, gardait le regard fixé sur le couloir. Glissé à la hauteur de sa colonne vertébrale, sous sa veste, son pistolet extra-plat était invisible. Elko Krisantem avait pris place à la terrasse, armé lui aussi. L'attaque sauvage du *Kempinski* les avait échaudés. Il regarda sa montre. Sigrid Gensler était en retard.

Sigrid Gensler acheva de dessiner soigneusement les contours de sa bouche pulpeuse et recula un peu pour juger de l'effet dans la glace. Les yeux ombrés de vert, allongés de faux cils, la poitrine jaillissant d'une guêpière qui la maintenait en place, la taille étranglée, de longs bas gris attachés très haut sur les cuisses, elle était encore très appétissante, bien qu'un peu enveloppée. Elle passa un tailleur bleu dont le haut collait à la guêpière, s'arrosa de parfum et prit son sac. Elle était intriguée. Que voulait vraiment l'homme avec qui elle avait rendez-vous ?

Depuis que Misha Wolf, son amant, le maître espion est-allemand, avait décroché, elle était en semi-chômage. Sigrid avait prospéré dans son ombre, utilisée pour les contacts discrets et les séductions honteuses. N'hésitant jamais à se glisser dans les lits utiles, sur les ordres du MFS. Permettant soit de juteux chantages, soit des « retournements » en douceur. Même ses victimes ne lui en

voulaient pas, car elle leur avait laissé d'agréables sou-
venirs. Un important homme politique de l'Ouest venait
régulièrement la voir en cachette pour s'ébattre avec elle,
sans arrière-pensée désormais...

Lors de l'écroulement du Mur, Sigrid Gensler avait eu
peur. Ses amis chassés de leur piédestal avaient perdu
leur pouvoir. Certaine que le BND connaissait son rôle,
elle avait craint le pire. Tout s'était finalement bien passé.
Elle avait reçu la visite d'une équipe du *Verfassungsschutz* qui lui avait posé de nombreuses questions auxquelles elle avait répondu d'une façon évasive. Cela
s'était arrêté là. Prudent, Misha Wolf lui avait permis
d'acheter l'appartement où elle résidait, pour une poignée
de marks est-allemands. Assurée d'un toit, de quelques
économies et d'une petite pension, elle pouvait vivre. Le
superflu lui était fourni par quelques riches amants qui
continuaient à apprécier ses talents.

Elle avait traîné dans tellement de lits qu'elle limitait
ses prestations à l'indispensable. Ses meilleurs moments,
elle les passait dans les bras de Clara Garten, son amie
antiquaire. De temps à autre, elle s'offrait un coup de
cœur. Pas tellement pour le plaisir, mais pour vérifier sa
séduction...

Elle plaça avec soin une large capeline sur ses cheveux
relevés en chignon, vérifia le brillant de ses lèvres et
descendit. Sa Volvo 240 bleue avait la peinture écaillée,
mais c'était mieux qu'une Trabant...

Tout en descendant Karl-Liebknecht-Strasse, elle repensa à l'inconnu qui, d'après Clara, possédait de si étonnants yeux dorés. Son allusion à la porcelaine de Meissen
prouvait qu'il avait des informations précises à son sujet.
Depuis des années, collectionner la porcelaine de Meissen
et de KPM, qui valait hélas un prix fou, était son véritable
vice. Sigrid n'enrichissait sa collection que grâce à la
générosité de ses amants, mais se serait privée de chaussures pour une figurine du XVIIᵉ.

Comme toujours, elle trouva une place sur le terre-

plein en face de l'*Opern Café* et traversa, s'attirant des
regards curieux. Avec sa capeline, elle semblait sortir
directement de l'entre-deux-guerres... Avant d'entrer, elle
s'assura machinalement que les coutures de ses bas
étaient bien droites et pénétra dans le salon de thé, hau-
taine, détachée, la poitrine en avant. Elle repéra facilement l'homme blond qui se trouvait seul à une table. En
approchant, elle se dit que Carla avait eu raison : il était
très comestible. Il émanait aussi de lui quelque chose qui
l'inquiéta. Ce n'était pas un industriel en goguette cherchant à agrémenter son séjour à Berlin d'une aventure
agréable. Il respirait le monde parallèle qu'elle connaissait
si bien. Cela l'angoissa et l'excita à la fois.

Depuis sa « retraite », elle s'ennuyait, après avoir sé-
duit tant de gens importants pour le compte de son amant
Misha.

*
**

Comme Sigrid Gensler parlait tête baissée, Malko ne
voyait la plupart du temps que sa grosse bouche, rouge
comme un fruit tropical. Le verre dans lequel elle buvait
à petites gorgées son Cointreau Caïpirinha portait les mar-
ques rouges de ses lèvres. Parfois, le tenant près de son
visage, elle humait avec gourmandise les effluves qui s'en
désageaient. Elle avait croisé et décroisé les jambes à
plusieurs reprises, face à lui, lui permettant de découvrir
le haut de ses bas. Ses seins palpitaient dans le décolleté.
Quand elle regardait Malko, c'était par-dessous, avec une
expression volontairement trouble. Un grand numéro de
séduction. Depuis vingt minutes, ils parlaient de tout et
de rien. De Vienne et de l'Opéra, du Berlin d'avant-
guerre. Sigrid était érudite et cultivée, elle haïssait profondément le monde gris et froid de la DDR. L'homme
face d'elle lui ressemblait. Sans vouloir se l'avouer,
se sentait irrésistiblement attirée par lui.

Elle but la dernière gorgée de son Cointreau Caïpirinha et planta ses yeux mauves dans ceux de son interlocuteur.

– *Herr* Linge, demanda-t-elle, pourquoi voulez-vous me voir !

Les ronds de jambes étaient terminés. Malko s'empressa de recommander la même boisson au garçon.

– N'oubliez pas le citron vert, précisa Sigrid.

– Je pense que vous pouvez m'aider, dit simplement Malko. Et que vous êtes la seule à pouvoir le faire.

– Vous me flattez, minauda-t-elle. Mais d'abord, qui êtes-vous ?

– Je travaille pour la CIA, fit tranquillement Malko.

Elle resta si longtemps silencieuse que le garçon eut le temps d'apporter le nouveau Cointreau.

Sigrid Gensler en but une gorgée, alluma une Lucky Strike, avant de laisser tomber avec un brin d'ironie :

– Exellente maison... Et pourquoi la CIA s'intéresse-t-elle à moi ?

– Connaissez-vous un certain Helmut Weiss, un ex-Oberst-lieutenant du MFS ?

Sigrid réfléchit quelques secondes.

– Pas personnellement, mais je sais qu'il était au département XX. Il a été jugé et condamné et doit toujours se trouver à Moabit. Pourquoi ?

– Il n'est plus à Moabit, répliqua Malko. Il a été libéré secrètement, il y a peu de temps, et ensuite, il a disparu. Pourtant, il est parfaitement en règle avec les autorités judiciaires. Peut-être est-il tout simplement parti se reposer quelque part. J'aimerais avoir un contact avec lui. Or, on m'a dit que vous aviez de nombreuses relations parmi les anciens du MFS.

Sigrid Gensler releva la tête.

– Qui « on » ?

Malko lui adressa son sourire le plus ravageur.

– Ne soyez pas trop modeste, *Frau* Gensler. Vous étiez très connue. Nous ne sommes pas aussi méticuleux que l'étaient les gens du MFS, mais nous avons nos dossiers à la CIA. Et il nous arrive même de collaborer avec les services de renseignements de la Bundesrepublik.

Elle n'insista pas, demandant simplement :

– J'ignore si je peux vous aider. Je voudrais savoir au préalable pourquoi vous tenez à retrouver l'Oberst-lieutenant Helmut Weiss.

Malko ne se démonta pas. Pourvu qu'elle ne fasse pas le rapprochement avec l'affaire du *Kempinski*, dont tous les médias avaient parlé.

– Nous avons besoin d'un « consultant », expliqua-t-il. Quelqu'un qui connaisse bien certains rouages des services européens.

Sigrid Gensler eut un sourire froid...

– Autrement dit, vous voulez recruter.

– Prenez cela ainsi, confirma Malko. Mais c'est pour son bien et je pense qu'il pourra gagner sa vie. Il ne trahit personne, puisque la DDR n'existe plus.

– C'est vrai, reconnut avec un soupçon de tristesse Sigrid Gensler, mais pourquoi ne vous adressez-vous pas à vos homologues allemands ?

– Il est plus judicieux de le contacter directement, expliqua Malko. Nous n'avons aucun contentieux avec lui. Acceptez-vous de m'aider ?

Sigrid Gensler regarda les reflets irisés du Cointreau sur les glaçons se teinter de vert au contact du citron.

– Quel serait mon intérêt ?

– Une rémunération correcte.

– Combien ?

– Je n'y ai pas encore réfléchi...

Le silence retomba entre eux, troublé seulement par la musique classique. Sigrid décroisa et recroisa ses jambes.

– Il est possible qu'Helmut Weiss n'ait pas envie d'accepter votre offre, remarqua-t-elle.

– C'est une possibilité, reconnut Malko. Mais il faudrait d'abord le retrouver.

Silence à nouveau. Sigrid appela le garçon, commanda une tarte aux fraises. Malko dut attendre qu'elle en ait

fini la dernière miette. Sigrid Gensler dégageait à la fois
une puissante sensualité et une impression de force étonnante. Avec son chapeau et sa tenue de courtisane d'opérette, elle avait une curieuse allure surannée. Ses trois
rangs de perles tombaient harmonieusement entre ses
seins lourds. Elle avait dû être vraiment splendide dans
ses jeunes années.

– J'accepte, dit-elle après avoir bu un verre d'eau.
Mais si je découvrais que vous cherchez à nuire à Helmut
Weiss, vous n'entendriez plus parler de moi.

– Je ne lui veux aucun mal, assura Malko. Quelle
rétribution voulez-vous ?

Sigrid Gensler tamponna délicatement ses belles lèvres
pleines de miettes.

– Rien pour le moment, dit-elle. Nous verrons ensuite.
Il y a juste une petite formalité à accomplir avant que je
me mette au travail.

– Je vous en prie...

– Venez.

Malko paya et la suivit. Ses longues jambes moulées
dans les bas à couture dégageaient d'intenses ondes éro-
tiques : on aurait dit un modèle du peintre viennois Klimt,
qui peignait des femmes pleines de sensualité de l'entre-
deux-guerres.

– Vous êtes en voiture ?

– Bien sûr, dit Malko, qui la mena jusqu'à sa Mercedes, louée chez *Rent a car*, une nouvelle agence « discount », et garée sur le terre-plein central d'Unter den
Linden.

Il lui ouvrit la portière.

– Nous n'allons pas très loin, annonça Sigrid Gensler.
Au numéro 16, Unter den Linden.

Intrigué, Malko prit la direction de la porte de Brandebourg et dut revenir en arrière pour retrouver les numéros pairs. Le 16 abritait au rez-de-chaussée une énorme
boutique de porcelaine de Meissen. Sigrid Gensler descendit la première, Malko sur ses talons, et se posta de-

vant la vitrine, désignant d'un index effilé dix personnages du Carnaval de Venise, merveilleusement peints,
hauts d'une dizaine de centimètres.

– Je passe devant presque tous les jours, expliqua-
t-elle, et j'en ai très envie. Malheureusement, mes moyens
ne me permettent pas de me les offrir. Cela me motive-
rait beaucoup si vous m'en faisiez cadeau.

Sans attendre sa réponse, elle pénétra dans la boutique
et s'adressa à la vendeuse, qui sortit de la vitrine les
personnages. Elle se mit à les caresser avec amour, les
maniant comme le sexe d'un homme, émerveillée.

La vendeuse, ravie, faisait ses calculs.

– Cela fait exactement 28 000 marks, annonça-t-elle.
Nous avons très rarement la série de tous les personnages.
Il faudra peut-être attendre deux ans avant d'en avoir
d'autres.

Sigrid se tourna vers Malko.

– C'est dans vos moyens ? interrogea-t-elle avec une
pointe d'ironie.

– Vous avez bon goût, se contenta-t-il de dire en ten-
dant une carte de crédit à la vendeuse.

Les comptables de Langley attraperaient une jaunisse
en voyant où passait l'argent des contribuables américains, mais ce n'était pas son problème. Les ordres étaient
de retrouver Helmut Weiss et Nabil Tafik. Par tous les
moyens et à n'importe quel prix...

Vingt minutes plus tard, ils ressortaient avec un gros
paquet. Sigrid Gensler rayonnait. A peine dans la voiture,
elle posa les figurines sur la banquette arrière, passa un
bras autour du cou de Malko, l'attira et colla sa bouche
à la sienne, en un baiser passionné et violent. Ses longs
doigts se refermèrent sur son ventre et elle dit :

– Il y a longtemps que je n'ai pas été aussi heureuse !
Vous êtes un homme comme je les aime. Moi aussi, je
vous ferai un beau cadeau !

Elle prit la main de Malko et la glissa entre ses cuisses. Il sentit d'abord le nylon des bas, puis la peau nue

et enfin découvrit le ventre sans protection. Sigrid Gensler venait de jouir...

Il remonta Unter den Linden et la laissa devant sa Volvo.

– Je vous appelle au *Kempinski*, dit-elle.

Malko alla récupérer Elko Krisantem et repartit, sans s'aviser qu'il était suivi par une Ford Escort bleue conduite par une femme. Margot Zimmerman, avec une perruque blonde, était méconnaissable.

CHAPITRE X

Allongé sur son lit, dans une température d'étuve, Nabil Tafik réfléchissait. A part la chaleur, tout baignait. Dans la journée, l'immeuble de Oranienstrasse était très silencieux. Il se savait à l'abri d'incursions de tueurs, grâce aux gens du PKK veillant au premier.

Seulement, il était en prison...

Il ne lui restait qu'une solution : traiter avec ceux qui voulaient acheter ses secrets. Le contenu des enveloppes jaunes déposées chez Lydia Voigt valaient une fortune, appuyées par son témoignage et ses explications. Des millions de dollars. Cependant, il se méfiait du Mossad. En dépit de la haine que se vouaient la Syrie et Israël, il y avait entre les deux pays des passerelles, il était bien placé pour le savoir. Lui-même avait été averti d'un attentat contre Hafez el-Assad par des gens du Mossad, qui pourtant n'avaient pas la réputation d'être généreux. Ils allaient lui faire des promesses mirobolantes, le presser comme un citron et lui offrir ensuite de vivre comme un citoyen de seconde zone dans un kibboutz. Jusqu'à ce que les autres le retrouvent...

Découragé, il songea à son cousin installé en Colombie. Pourrait-il refaire sa vie là-bas ? Avec l'argent des comptes qu'il contrôlait, il pouvait l'envisager. Mais il fallait quitter Berlin, et sans passeport, c'était difficile.

Le *Verfassungsschutz* avait sûrement mis en place un dispositif aux frontières.

Pour tuer le temps, il se mit à écrire un long résumé du dossier *Separat*, essayant de se rappeler tous les détails qui n'étaient pas dans les dossiers. Lydia lui manquait, mais il n'osait pas aller chez elle. De nouveau, il chercha dans sa mémoire toutes les occasions qu'auraient eues les services de la repérer. Il n'en trouvait pas. Ils n'avaient jamais été ensemble dans un endroit public, se voyaient irrégulièrement, et il utilisait toujours le S-Bahn pour se rendre chez elle. Il n'avait jamais rencontré personne dans son immeuble. A cause de son métier, elle était là quand les autres locataires travaillaient. Elle n'était jamais venue chez lui et n'avait jamais téléphoné.

Après s'être ainsi rassuré lui-même, il se leva, glissa le Makarov sous sa chemise et descendit. Un soleil de plomb écrasait Berlin, entre de lourds nuages d'orage. Il marcha jusqu'à une cabine jaune, respirant avidement l'air brûlant. Après avoir mis 30 pfennigs dans l'appareil, il composa le numéro de Lydia. Elle répondit aussitôt :

– C'est toi, mon amour. Tu es revenu ?

Comme toutes les Allemandes, elle était un peu lyrique. Nabil Tafik ne sut que dire.

– Il fait chaud, remarqua-t-il.

Rire léger.

– Oh, tu sais, moi, je suis en guêpière. Alors ça va...

L'image le frappa et son ventre s'embrasa comme un volcan. La bouche sèche, il s'entendit proposer :

– Tu peux venir me retrouver ?

– Où ?

Ils avaient beaucoup pratiqué les parkings, les parcs ou les cinémas. Lydia adorait faire l'amour un peu partout.

– Oranienplatz, dit-il, à côté de la cabine téléphonique.

– Il me faut quarante-cinq minutes, dit-elle simplement. Mais je crois que tu auras une bonne surprise.

*
**

Le petit restaurant, dans le quartier de Zehlendorf, était
plein de *Gemütlichkeit*. Des boiseries, un chef d'opérette,
peu de tables, une pénombre fraîche et de la nourriture
typiquement allemande, légère comme du béton. Dieu
merci, les vins étaient bons. Otto Lehr avait choisi un
Château-La Tour 1982 parfaitement chambré. Malko,
après le foie et les rognons en entrée, calait devant un
énorme morceau de gibier baignant dans une sauce rougeâtre... En face de lui, Otto Lehr, qui n'arrivait jamais
à rassasier son corps musculeux, se pourléchait les babi-
nes devant son estomac de truie à la choucroute. Son plat
préféré, même par 35° à l'ombre.

Il releva la tête, son visage plat imprégné d'une satisfaction béate. En dépit de son allure bestiale, il avait des
gestes délicats, presque maniérés. C'est lui qui par téléphone avait invité Malko. Elko Krisantem était demeuré
au *Kempinski*.

– J'ai peut-être une nouvelle intéressante, annonça
Otto Lehr après avoir saucé les derniers restes d'estomac
de truie. Quelque chose qui rendrait caduc nos efforts
pour retrouver *Herr* Weiss.

Malko fixait son visage parfaitement inexpressif. Impossible de lire dans ses yeux gris. Un masque de granit.
Toujours aimable, souriant, ne disant jamais un mot plus
haut que l'autre. Soigné. Aujourd'hui, il portait une cravate avec des biches... bleues sur fond jaune, hideuse.
Ses épaules semblaient prêtes à faire exploser son costume. Avec son nez cassé de boxeur et sa carrure de
videur, il ne ressemblait guère à un très haut fonctionnaire
du *Verfassungsschutz*. C'était un homme qui devait con-
trôler même ses rêves. Depuis leur première rencontre,
Malko se méfiait de lui, en dépit de son dévouement
apparent à la CIA.

D'abord, c'était un traître à son pays. Ensuite, il lui

faisait penser à ces bourreaux nazis qui aimaient les chiens, restaient toujours impeccables, urbains, manucurés, et organisaient l'horreur avec une méticulosité d'horloger, l'âme en paix. Il prononçait « caduc » comme si ce simple mot était bourré de « K »... Malko repoussa discrètement son assiette et annonça :

– J'attends des nouvelles de votre amie Sigrid. Une femme très séduisante, et chère...

Otto Lehr eut un sourire froid comme un colin mayonnaise.

– Les jolies femmes sont toujours chères, dit-il sentencieusement... Comme tout ce qui est beau.

Malko réalisa brutalement qu'il ne connaissait rien de l'homme assis en face de lui. Sinon son goût pour l'estomac de truie à la choucroute. Il devait pourtant avoir une vie sexuelle. L'Allemand ne le laissa pas réfléchir. Sortant un carnet de sa poche, il se pencha sur une page couverte de chiffres écrits d'une écriture minuscule.

– Voilà, dit-il. Il y a deux jours, quelqu'un a retiré avec une carte Visa une somme de 1 000 marks, d'un distributeur automatique de la Dresdner Bank, agence de Wassertorplatz.

– Ah bon ! dit Malko, sans voir où il voulait en venir.

Otto Lehr releva ses yeux morts et continua de sa voix monocorde :

– Le compte débité est repéré depuis plusieurs mois par nos services et le BKA. Il a été ouvert, il y a des années, au nom d'une société mixte syro-allemande d'import-export. Le compte est demeuré ouvert, sans mouvements depuis 1990.

– A quoi servait-il auparavant ?

Le cuisinier en toque blanche, les mains croisées sur son ventre recouvert d'un tablier blanc, attendait. Otto Lehr commanda avec une précision gourmande des desserts pantagruéliques et une bouteille de Taittinger Comtes de Champagne Blanc de blancs 1986 avant de continuer :

– Essentiellement à financer les agents du *Moukhabarat* syrien et certains groupes terroristes, comme Abu Nidal, Carlos ou la Rote Armee Fraktion. Il a toujours été alimenté par un circuit compliqué de sociétés domiciliées dans des paradis fiscaux. Le solde, à ce jour, est de près d'un million de marks.

– Qui a tiré cet argent ? demanda Malko, intrigué.

– La seule personne autorisée à utiliser ce compte est Nabil Tafik. Chaque retrait a correspondu à la présence de terroristes à Berlin. Il est, bien entendu, surveillé en permanence par nos services, ce qui explique que j'ai été mis aussitôt au courant.

Malko écoutait attentivement.

– Donc, conclut-il, Nabil Tafik se trouve toujours à Berlin, mais s'il est prudent, il y a peu de chances qu'il retourne tirer de l'argent au même distributeur. Qu'il faudrait surveiller jour et nuit...

Le sourire d'Otto Lehr était aussi béat que lorsqu'il s'empiffrait. Il sortit un bristol couvert de son écriture pattes de mouches et le posa à côté du beurrier.

– Parmi les « clients » traités par Nabil Tafik, dit-il, se trouvait le PKK. La Syrie lui a toujours fourni de l'aide. A Berlin, c'est Tafik qui traitait le PKK. Or, l'agence bancaire où il a retiré de l'argent se trouve à cinq cents mètres du QG du PKK à Berlin, Oranienstrasse.

Cette fois, le message était clair.

– Vous pensez que Nabil Tafik a pu trouver refuge chez ses amis du PKK ? suggéra Malko.

– C'est très possible...

L'hypothèse est plausible. Mais comment la vérifier ? Otto Lehr massa son estomac plein et dit :

– Votre collaborateur, qui est turc, pourrait peut-être traîner dans *Kleine Ankara*. Le QG du PKK se trouve au coin de Oranienstrasse et d'Oranienplatz, en face du café *Alibi*. Tout l'immeuble appartient à un certain Djamal Talanbani, le responsable du PKK pour Berlin.

– Je vais voir, dit Malko.

Ils se concentraient sur les desserts et le Comtes de Champagne Blanc de blancs.

Même si c'était une piste intéressante, il ne voyait pas comment l'exploiter, sauf à faire planquer Elko Krisantem jour et nuit... A moins que Fitzroy Mac Coy ait une idée...

Otto Lehr était en train de glisser des billets bleus dans l'addition. Comme la plupart des Allemands, il avait horreur des cartes de crédit et des chèques. Le cuisinier s'inclina jusqu'au sol et ils se retrouvèrent dehors, sous une chaleur lourde et oppressante. Otto Lehr adressa un sourire froid à Malko.

– Tenez-moi au courant pour Sigrid. J'ai quand même fait établir une souricière à cette agence de la Dresdener Bank. Parfois, les gens sont imprudents...

Cela ne devait pas être son cas.

A peine dans sa voiture, Otto Lehr alluma un cigare. Il avait largement le temps de le fumer, avant de se rendre au Reichstag pour une réunion de travail. Presque avec détachement, il se demanda s'il retrouverait Nabil Tafik avant ceux qui le traquaient pour le tuer. Une question à dix millions de dollars.

Il y avait aussi l'hypothèque Helmut Weiss. Si ce dernier parlait du rôle d'Otto Lehr dans la manip, ce serait extrêmement préjudiciable pour ce dernier. Là aussi, il avait un problème à résoudre. Il ferma les yeux tandis que la Mercedes 560 se traînait dans Clayallee, remontant vers Berlin Mitte.

Où Margot Zimmerman avait-elle pu trouver refuge ? En dépit des efforts de son service, du BND et du BKA, elle demeurait introuvable. Le Mur était tombé, mais la ville était toujours coupée en deux. Dans les esprits d'abord. Les « Ossies » détestaient les « Wessies », qui le leur rendaient bien, les accusant de faire baisser leur niveau de vie. En dépit des milliers de boutiques qui s'étaient ouvertes dans des rez-de-chaussée de l'Est jadis aveugles, la vie avait peu changé de l'autre côté. Personne ne parlait anglais ou presque... les maisons étaient toujours en ruine, noirâtres, les chaussées défoncées.

Le MFS qui avait naguère truffé Berlin de planques dans des caves, des garages, des appartements, ne les avait pas toutes rendues. Certains dossiers avaient mystérieusement disparu. Les anciens du MFS mis à la retraite avec 880 marks par mois n'étaient pas tous devenus anticommunistes du jour au lendemain. Des gens comme Margot Zimmerman pouvaient facilement trouver des planques à l'Est, pour peu qu'ils disposent d'argent. Personne n'irait les dénoncer. Les organes officiels s'étaient volatilisés, mais leurs membres étaient toujours là. Comme Helmut Weiss, plein de rancœur.

Weiss avait probablement prévenu et ensuite aidé Margot Zimmerman. Seulement, il avait disparu. Un homme comme lui disposait encore d'amis puissants, de contacts et de complices.

Fitzroy Mac Coy n'hésita pas une seconde :
– Je vais demander à mon homologue du MIT (1). C'est bien le diable s'ils n'ont pas infiltré le PKK. C'est leur bête noire.

Malko savait que la CIA était chez elle dans les services turcs. Ceux-ci avaient accès aux ordinateurs de Langley et il y avait une cellule CIA à l'intérieur du MIT.

– Je vais y aller moi-même et je vous retrouve à l'hôtel ensuite. Vers 6 heures.

Malko repartit. Il ne remarqua pas une moto Yamaha conduite par un motard en casque intégral qui attendait dans Clayallee. Margot Zimmerman et Adolf Weimar se

(1) Services turcs.

relayaient pour ne pas le lâcher. Ils étaient arrivés à la conclusion que la façon la plus simple de retrouver Nabil Tafik était de coller aux basques de celui qui le recherchait avec des moyens beaucoup plus importants que ceux dont ils auraient pu disposer... Ensuite, il n'y aurait plus qu'à frapper. Cette fois, à coup sûr.

*
**

Lydia Voigt et Nabil Tafik s'assirent sur un banc en bordure du sentier longeant le canal, en contrebas d'Hallesches Ufer. Depuis vingt minutes, ils marchaient sans trop savoir où aller. Le Syrien n'avait pas osé amener la jeune concertiste dans son studio. Le regard de Lydia se faisait de plus en plus brûlant. Nabil Tafik pouvait deviner sous sa robe moulante les contours de la guêpière. Il posa la main sur sa cuisse et le contact du nylon lui envoya une vague de chaleur dans tout le bas-ventre. En un clin d'œil, Lydia commença à s'occuper de lui. D'où ils étaient, personne ne pouvait les voir, du quai.

Il fut rapidement dans tous ses états. Après un regard circulaire, Lydia Voigt ôta ses lunettes, se pencha et le prit dans sa bouche. Il était si excité qu'elle le fit jouir en quelques minutes. Pendant ce temps, le Syrien oublia tout, se concentrant sur le plaisir qui galopait dans ses reins. Il expulsa sa semence d'une détente de tout le corps, avec un cri rauque. Lydia Voigt releva la tête en souriant, satisfaite. Il la caressa vaguement, mais le cœur n'y était plus. Ce bref intermède terminé, il était repris par ses angoisses.

— Pourquoi n'es-tu pas venu chez moi ? demanda-t-elle. Ça aurait été mieux.

Nabil Tafik se jeta à l'eau.

— J'ai des problèmes en ce moment, avoua-t-il. Des gens me cherchent pour me tuer. C'est une histoire compliquée. Tu as toujours les documents que je t'ai confiés ?

— Bien sûr. Tu les veux ?

– Pas encore. Mais j'en aurai peut-être besoin bientôt.

Il se rajusta, un peu soulagé, et ils remontèrent sur le quai, pour se séparer à la station du S-Bahn de Anhalter.

*
* *

Fitzroy Mac Coy installa son corps massif dans le fauteuil, commanda au garçon un scotch *Defender Success* et annonça d'un ton satisfait :

– J'ai ce qu'il vous faut. Une clandestine turque d'origine kurde. Repérée par le BND qui lui a donné le choix entre travailler pour le MIT ou être expulsée. Nos homologues turcs la paient très mal, mais elle n'a pas le choix. (Il tira son carnet et lut :) Elle s'appelle Gulé Barzani.

– Que fait-elle ?

L'Américain eut une moue désabusée.

– La pute. Il paraît qu'elle est assez belle. Elle travaille du côté de la synagogue et on dit que Djamal Talanbani lui fait parfois l'honneur de se laisser sucer par elle, ce qui lui donne accès à l'immeuble qui nous intéresse. Elle a aussi un petit fonds de clientèle privée.

– Comment la contacte-t-on ?

– Je pense que votre ami Elko Krisantem peut faire cela très bien. Le MIT ne veut pas s'en mêler. Dans Adalbertstrasse, il y a une boutique d'import-export, Ocak. Il suffit d'aller là-bas et de la demander. Comme il est turc, ça lui sera facile de prétendre qu'un de ses copains lui en a parlé. Mais il faut être extrêmement prudent. Les gens du PKK sont sur leurs gardes. Les Iraniens, les Irakiens, les Turcs veulent leur peau. Ils égorgent facilement. Mon homologue du MIT m'a supplié de faire attention. Cette fille est un de leurs meilleurs *assets* à Berlin.

Quatre ans après la chute du Mur, la ville était toujours le même nœud de vipères, où se croisaient toutes les barbouzes du monde.

*
**

En traversant la place circulaire de Kottbusser-Tor, Elko Krisantem eut l'impression de se retrouver à Istanbul. Autour de lui, on ne parlait que turc, les femmes portaient foulard et robe longue, les moustaches pullulaient, une musique criarde jaillissait d'un *Imbiss* où on débitait du *chawerma* au kilo. Il s'enfonça dans Adalbertstrasse, humant avec délices une odeur qui lui rappelait sa jeunesse. Ici, il passait totalement inaperçu...

Cent mètres plus loin, sur sa droite, il aperçut le magasin d'import-export Ocak, un bric-à-brac incroyable, derrière une vitrine constellée de petites annonces en turc. Il n'y avait pas de clients dans la boutique. Il y pénétra et un jeune moustachu surgit, s'adressant à lui en allemand. Elko répondit en turc :

— Je cherche Gulé.

L'autre lui jeta un regard méfiant.

— Elle vous connaît ?

— Je suis l'ami d'un de ses amis.

— Attendez là.

Il disparut et revint quelques instants plus tard en compagnie d'une très jolie brune, aux étonnants yeux bleus et aux hautes pommettes saillantes. Une grosse poitrine gonflait son chemisier ras du cou et sa jupe tombait sur ses chevilles. Elle portait des chaussures à semelles compensées qui la grandissaient. Elle regarda Elko Krisantem d'un air dur.

— Qui es-tu, toi ?

Elle avait un accent anatolien à couper au couteau.

Elko Krisantem arbora aussitôt une expression abrutie, pleine de timidité.

— C'est un copain, bredouilla-t-il, qui m'a donné ton nom. Je ne suis pas de Berlin. Je pensais...

Il était parfait. La méfiance de Gulé Barzani s'évanouit, et l'employé du magasin se remit à entasser des seaux en plastique.

— Viens, dit-elle à Krisantem.

Il la suivit dans l'arrière-boutique encombrée de piles de cartons et elle demanda :

— Qu'est-ce qu'il t'a dit, ton copain ?

— Ben, que...

Elko se troubla réellement. Il avait toujours eu horreur des putes. Gulé sourit.

— C'est 100 marks, dit-elle. Maintenant.

Il sortit un billet de sa poche, qu'elle plia et glissa dans son corsage. Puis elle s'approcha et prit la main d'Elko.

— Tu peux toucher, à présent, proposa-t-elle.

Ses seins étaient fermes et gros. Il eut tout juste le temps de les tâter.

— Attends-moi au café *Alibi*, dans Oranienstrasse, dit-elle. A la terrasse. Quand j'arrive, tu me suis.

Oranienstrasse s'ouvrait à angle droit cent mètres plus loin. Elko se dirigea sans se presser vers le café indiqué. Dix minutes plus tard, Gulé arriva, la tête couverte d'un foulard, sur l'autre trottoir. Il traversa et lui emboîta le pas. Elle poussa la porte d'un immeuble et il se retrouva avec elle dans la pénombre. Les murs étaient bariolés de dessins modernes. Dans l'ascenseur, elle ôta son foulard et défit les premiers boutons de son corsage, avec un air provocant. Au sixième étage, l'atmosphère était étouffante. Elle le mena jusqu'à une petite chambre dont elle avait la clef. Un lit, un lavabo, une table et une chaise. En un rien de temps, elle se dépouilla de son corsage et de sa longue jupe. Dessous, elle portait un soutien-gorge trop petit, un slip et des bas noirs. Elle s'approcha et plaqua sa main sur le bas-ventre d'Elko.

— Dis-moi, tu es bien monté ! murmura-t-elle.

Elle devait le dire à tous ses clients... Elko esquiva sa caresse et dit à voix basse :

— Je ne viens pas baiser, je suis un ami de Sipahioglu.

Une lueur affolée passa dans les yeux bleus de la jeune Kurde. Sa bouche se colla à celle d'Elko, comme pour un baiser, mais elle le mordit. Violemment. Il se rejeta en arrière et elle dit en turc, dans un souffle :

— Pas ici. Viens dans Chausseestrasse, vers 11 heures ce soir.

Déjà, elle était en train de défaire la ceinture de son pantalon. Elle ne mit pas longtemps à le faire bander. Otant son slip, elle s'allongea sur le lit et l'attira sur elle. L'étreinte ne dura que quelques minutes. Ni l'un ni l'autre n'avait la tête à cela. A peine soulagé, Elko se rajusta.

— Je reste, annonça Gulé.

Il redescendit le grand escalier plongé dans l'ombre. Au premier, deux types veillaient devant une porte. Ils n'avaient pas vraiment l'air de joueurs de billard. Ils prêtèrent à peine attention à Elko Krisantem... Ce dernier regagna le S-Bahn, à Kottbusser-Tor, et le prit jusqu'à la gare du Zoo. Quarante minutes lentement brinqueballé dans des wagons presque vides. La faune du Zoo le dégoûtait : vrais pédés et faux « alternatifs » buvant de la bière à la bouteille.

Malko n'était pas dans sa suite au *Kempinski*. Elko Krisantem s'installa dans le hall, surveillant la porte.

*
**

Les cheveux de Sigrid Gensler étaient relevés en une sorte de chignon informe piqué de grosses épingles. Sans chapeau, elle paraissait dix ans de moins. A travers son haut transparent, Malko pouvait distinguer tous les détails de son soutien-gorge blanc. Sa jupe noire droite, en tissu très raide, moulait de près ses hanches en amphore. Seul son maquillage très marqué n'avait pas changé.

— Je ne pensais pas vous revoir si vite, minauda-t-elle.

Elle avait appelé Malko au *Kempinski* une demi-heure plus tôt, lui demandant de la rejoindre dans un bistrot de Berlin-Est aussi vieux que la ville, *Zum Letze Instanze*, tout près de l'ancien palais de justice. Trois petites salles en enfilade, avec un escalier en colimaçon menant au premier, attiraient une clientèle d'habitués et de curieux. L'endroit était recherché. On disait que Napoléon Ier l'avait honoré de sa présence... Sigrid attendait Malko dans sa vieille Volvo 240, face à l'entrée.

— Je n'aime pas pénétrer seule dans un restaurant, avait-elle expliqué.

Le patron, pourtant rugueux, s'était précipité et avait épousseté pour elle le vieux poêle en faïence qui servait de siège d'honneur dans la première salle, juste à côté du bar... Malko avait dû se contenter d'une vieille chaise en bois, avec une vue imprenable sur les seins de Sigrid, mais dos à la porte. Il était armé, la tueuse brune du *Kempinski* pouvait rôder dans le coin. On leur apporta d'autorité deux *Platzen*. Sigrid regarda les tables vides.

— J'aime cet endroit, fit-elle, il n'a jamais changé... C'est plein de *Gemütlichkeit*...

Un gros diamant brillait à son doigt. Elle ne faisait pas pitié. Après avoir commandé des « Schweinhaxe » (1) à la purée de pois, elle adressa à Malko un sourire ravageur.

— Je crois que vous allez être obligé de me donner beaucoup d'argent.

— Pourquoi ?

— J'ai retrouvé Helmut Weiss et je l'ai convaincu de vous rencontrer.

_____

(1) Jarrets de porc.

CHAPITRE XI

Malko conserva l'impassibilité d'un joueur de poker. Avec une femme de la trempe de Sigrid Gensler, il valait mieux être prudent... Après tout, elle était de l'Autre Côté, depuis toujours...

– Où se trouve-t-il ? demanda-t-il d'une voix neutre.

Sigrid Gensler émit un rire cristallin.

– *Herr* Linge ! Nous parlons *sérieusement*.

– S'il accepte de me voir, remarqua Malko, il faudra bien qu'il se montre.

– Absolument, reconnut l'Allemande. Mais il tient à prendre certaines précautions. Et moi aussi.

– Lesquelles ?

Son regard s'était fait plus dur. Elle se pencha au-dessus de la table en bois et demanda à voix basse :

– Vous êtes vraiment animé de *bonnes* intentions à son égard ?

– Bien sûr, répliqua Malko, sincèrement surpris. La CIA a besoin de lui pour éclaircir certains dossiers. Cela peut être un job de longue haleine. A propos, vous l'avez retrouvé facilement ?

– Si l'on veut, dit-elle sans préciser. Mais je crois que vous aurez du mal à l'embaucher. Il est très demandé... Enfin, c'est votre problème...

Elle recommença à découper son jarret de porc et ne reprit la parole que lorsque son assiette fut vide.

– J'ai arrangé un rendez-vous, annonça-t-elle. Dès que vous m'aurez versé 100 000 marks en liquide, je vous dirai comment agir...

Malko eut l'impression que sa bière était amère. Après la porcelaine de Meissen, cela devenait de l'extorsion de fonds. Penser qu'il avait tellement besoin d'argent pour son château ! Avec ça, il refaisait la toiture, qui tombait en ruine comme d'habitude...

– C'est cher, remarqua-t-il, pour une simple démarche ! Surtout si Helmut Weiss n'accepte pas ma proposition.

Elle haussa les épaules.

– Je n'ai pas dit cela, remarqua-t-elle. Et puis, comme je vous l'ai promis, vous obtiendrez d'autres avantages dans cette affaire.

Autrement dit, elle était comprise dans les 100 000 marks...

La galanterie de Malko l'empêcha de lui dire que le rapport qualité-prix laissait à désirer. Voyant qu'il ne répondait pas, elle repoussa son assiette.

– Aucune importance, lança-t-elle. J'ai vécu jusqu'ici sans ces 100 000 marks, je continuerai. C'est un prix raisonnable, pourtant. Je vais rentrer, je n'aime pas me coucher tard, c'est mauvais pour la peau.

Elle était déjà en train de se lever.

Après avoir contourné la table, elle lança à voix basse :

– Vous pouvez me rappeler demain. Mais ce sera 150 000 marks. Je n'aime pas les indécis.

– Vous allez vous rendre demain à 6 heures du soir à l'entrée du Glienicker Brücke, expliqua Sigrid Gensler. A l'extrémité de la Potsdamer Chaussee. Vous laisserez votre voiture sur le terre-plein, avant le pont, et vous traverserez à pied...

Malko regarda l'Allemande, intrigué. Le Glienicker

Brücke était le « pont des espions », séparant jadis la zone
ouest de Berlin de la zone est. Tout à fait au sud de la
ville, il était jeté en travers du lac de Wannsee. C'est là
qu'avaient eu lieu tous les échanges fameux d'espions,
chacune des extrémités du pont étant tenue par un poste
de garde, Vopos à l'Est, Américains à l'Ouest. De l'autre côté commençait la ville de Potsdam, jadis un des
points d'appui de l'armée soviétique.

— Vous savez que le Mur n'existe plus, fit-il remarquer, mi-figue, mi-raisin...

Sigrid lui rendit son sourire. Ils bavardaient dans Wai-
senstrasse, debout près de la Volvo 240, à quelques mètres du restaurant. Le bluff de Sigrid avait marché. Elle
toucherait dès le lendemain le tiers de la somme réclamée,
et le reste après l'entrevue de Malko avec Helmut Weiss.

— Je sais, fit-elle, mais cet endroit est très pratique.
Helmut Weiss se méfie. Il a peur d'un piège. J'ignore
pourquoi. Vous serez observé à la jumelle. Il faut que
vous soyez seul.

— Une fois que j'aurai traversé le pont, qu'est-ce que
je fais ?

— Des dispositions seront prises. Vous êtes d'accord ?

— Oui.

— Alors tout va bien.

Ils se confondaient dans l'ombre massive du vieux
palais de justice. Sigrid Gensler ouvrit la portière de sa
voiture.

— J'attends de vos nouvelles, dit-elle. Je suis chez moi
toute la matinée. J'espère que vous viendrez *vous-même*
m'apporter le solde.

Il regarda la vieille Volvo tourner dans Grünerstrasse
et reprit Unter den Linden. Elko Krisantem l'attendait
dans le hall du *Kempinski* et lui raconta sa rencontre avec
Gulé, l'indicatrice du MIT.

— On va à Chausseestrasse, conclut Malko.

Décidément, c'était un jour faste.

*
**

Les cuissardes fluorescentes de dizaines de putes donnaient un air de fête à Chausseestrasse, plutôt sinistre
avec ses immeubles noirâtres, déchiquetés depuis les
combats de 1945. La DDR n'avait pas entretenu Berlin-
Est pendant un demi-siècle et cela se voyait. Face aux
putes alignées le long du trottoir, ou installées sur le capot
des voitures en stationnement, des policiers en gilet pare-
balles gardaient la synagogue refaite à neuf et surmontée
de son rutilant dôme doré. Ils se tenaient derrière des
barrières métalliques, indifférents au flot de voitures qui
empruntaient, le soir, cette artère plutôt calme...

A part le Ku'Dam, c'était le seul endroit de Berlin où
les filles s'affichaient ainsi. Toutes de l'Est. Là aussi, la
ségrégation continuait... Elko Krisantem regardait attentivement les silhouettes éclairées par les phares.

Toutes portaient la même tenue : des bas ou des col-
lants argentés, des cuissardes de couleur vive, des sou-
tiens-gorge en dentelle. Elles étaient plus que nues. Certaines belles, toutes très jeunes... Ils durent s'y reprendre
à deux fois avant de repérer Gulé, assise sur le capot
d'une vieille voiture, balançant de longues jambes gainées
d'argent. Malko ralentit et elle sauta de son perchoir pour
se pencher à la vitre ouverte.

Elko lui lança quelques mots en turc et elle monta
aussitôt à l'arrière, leur donnant en turc la direction à
suivre. Elko traduisit ensuite en allemand pour Malko. Ils
se retrouvèrent au sud d'Unter den Linden, dans un immense terrain vague où se dressaient encore quelques
vestiges de bâtiments.

Avant la guerre, c'était l'emplacement de l'Anhalter
Bahnof, une des gares les plus importantes de Berlin. Il
n'en restait qu'un pan de mur au milieu des friches, en
bordure d'un des innombrables bras de la Spree.

Plusieurs voitures y étaient déjà garées.

Malko comprit très vite pourquoi... C'était l'annexe de Chausseestrasse, là où les putes amenaient leurs clients pressés. Certaines filles étaient sorties des voitures et recevaient les assauts de leurs clients, allongées sur un capot ou debout, appuyées à une portière. La plupart demeuraient à l'intérieur, régalant leur client d'une fellation rapide. C'était un va-et-vient continuel. Malko stoppa dans un coin sombre et se retourna. Gulé avait allumé une cigarette. Elle semblait mal à l'aise.

– Je travaille avec le capitaine Sipahioglu, annonça Malko en allemand, et j'ai besoin de certains renseignements.

Gulé regarda à travers la vitre, pas rassurée.

– Il faut être prudent, dit-elle, le PKK se méfie de tout. Les hommes de Talanbani ont encore égorgé un informateur, la semaine dernière, un Kurde qui travaillait pour les Iraniens. Ils l'ont laissé se vider de son sang lentement, dans une boutique. Ensuite, ils ont jeté son corps dans la Spree, lesté de plomb. Que voulez-vous savoir ?

– Nous cherchons quelqu'un, expliqua Malko. Qui pourrait se trouver sous la protection de Talanbani.

Il donna la description de Nabil Tafik, avec le plus de détails possibles.

– Je vais voir ce que je peux faire, fit Gulé. Maintenant, ramenez-moi.

– Quand saurez-vous quelque chose ?

Elle réfléchit rapidement.

– Demain, je ne travaille pas. Après-demain, au même endroit. Si je ne suis pas là, attendez que je revienne.

Elle parlait d'un ton serein, comme si elle était employée aux écritures.

Non loin d'eux, une grande blonde en cuissardes mauves, le short sur les chevilles, se faisait défoncer la croupe par un sanguin dont la Mercedes tremblait sous les coups de boutoir. On aurait dit qu'il enfonçait un clou avec tout

son corps. Malko s'arracha sans déplaisir à cette atmosphère déprimante.

En arrivant à la hauteur de la synagogue, Gulé tendit
la main.

— Donnez-moi 100 marks. Quelquefois, ils me surveil-
lent, ils comptent les gens et ensuite l'argent.

— Mais c'est pour qui ? interrogea Malko, surpris.

— Pour le Parti, dit-elle avec indifférence, avant de
rejoindre la cohorte multicolore.

Etendue sur un lit dur comme du bois, dans leur planque, Margot Zimmerman essayait de calmer ses nerfs en
fumant une Lucky achetée à un des innombrables colpor-
teurs vietnamiens qui offraient des cigarettes à tous les
coins de rue. La journée avait été mauvaise. D'abord, elle
avait pris la mauvaise option, le matin : suivre la femme
qui l'avait menée à une boutique d'antiquités.

Ensuite, Adolf Weimar avait perdu Elko Krisantem
dans le S-Bahn. Impossible de savoir à quelle station il
était descendu... Maintenant, l'épisode de la pute la trou-
blait.

Aucun des deux hommes qu'elle suivait n'avait une
tête à aller batifoler à Chausseestrasse... Il y avait anguille
sous roche. Elle n'avait pas pu en savoir plus. La pute,
à peine descendue de la voiture de ceux qu'elle suivait,
avait été immédiatement embarquée par un autre client.
Elle n'avait plus reparu... Margot Zimmerman avait donné
quelques coups de fils prudents à d'anciens amis, mais
personne n'avait entendu parler de Helmut Weiss. On le
croyait toujours à Moabit... Elle commençait à se demander s'il était *encore* à Berlin. L'équipe du Mossad pouvait, à chaque instant, s'apercevoir de sa surveillance, et,
là c'était la catastrophe.

Perturbée, elle décida de demander des instructions.
Après s'être rhabillée, elle partit à pied jusqu'à une cabine

publique. Elle avait toujours sur elle une dizaine de cartes de téléphone.

Margot Zimmerman composa d'abord un premier numéro, tomba sur un homme à qui elle fournit un nom de code. Celui-ci changeait tous les mois, afin d'éviter les « pénétrations ». Son interlocuteur lui donna un second numéro à appeler, dans un pays différent. Il était occupé et elle dut patienter une dizaine de minutes. Enfin, elle eut au bout du fil un interlocuteur qui ne parlait qu'arabe. C'était prévu. Là encore, elle donna le code correct, un nom, suivi d'une phrase clé. On lui demanda de rappeler un troisième numéro, dans un troisième pays. Celui-là était le standard d'un hôtel. Le numéro de chambre était le code, plus son nom à elle, du moins celui du passeport qu'elle utilisait. Là aussi valable pour une durée limitée... Elle était presque au bout du voyage.

– On va vous rappeler, promit une femme, après avoir demandé le numéro de la cabine.

Margot Zimmerman raccrocha et alluma une seconde cigarette. Elle pensa à la femme qui, à des milliers de kilomètres de là, partageait sûrement le lit de celui qui avait été son amant, avant de devenir son chef. Toutes les femmes de son groupe y passaient. Son appétit sexuel était sans limites et il exerçait une véritable fascination sur celles qu'il enrôlait.

Elle-même ne se souvenait pas sans nostalgie de son aventure avec lui. La sonnerie du téléphone l'arracha à sa rêverie. Elle décrocha et reconnut aussitôt la voix qui parlait allemand avec un accent moitié arabe, moitié espagnol. Illitch Sanchez Ramirez, dit Carlos, avait le don des langues, mais les parlait toutes avec un certain accent... Ils échangèrent quelques banalités, puis elle en vint au vif du sujet. Sa mission.

Il l'écouta sans l'interrompre, avant de trancher :

– Il faut retrouver ce salaud. Ensuite, tire-lui une balle dans la bouche de ma part. J'aimerais le faire moi-même. C'est important. *Très* important, répéta-t-il.

Margot Zimmerman savait pourquoi il était tellement anxieux. Encore heureux qu'il n'ait pas piqué une de ses fameuses fureurs. Si le Mossad ou d'autres mettaient la pression sur Hafez el-Assad, ce dernier se débarrasserait de Carlos et de ses amis, ouvertement, pour se refaire une virginité politique... Margot se hâta de raccrocher.

Berlin-Est était presque aussi désert que du temps du Mur. A l'Est, on avait gardé l'habitude de se coucher tôt. Brutalement, elle eut envie de marcher dans la ville déserte et s'éloigna à grandes enjambées. Son Glock, glissé sous sa jupe dans un holster spécial, la protégeait des mauvaises rencontres, improbables, car Berlin était encore une des villes les plus sûres du monde. Sauf pour Nabil Tafik.

Où ce salaud pouvait-il bien se planquer ? Carlos lui avait promis de se renseigner discrètement. Il avait encore de nombreux contacts dans le monde fermé du terrorisme où personne n'excusait les traîtres.

La König Allee descendait doucement jusqu'au Glienicker Brücke, serpentant au milieu des collines boisées de l'île de Wannsee, entourée par le lac du même nom. Là, en 1942, avait eu lieu la conférence secrète de Wannsee, au cours de laquelle les plus hauts dirigeants nazis avaient décidé la *solution finale*, l'élimination totale des juifs en Europe occupée.

Malko s'arrêta sur le terre-plein situé juste à l'entrée du Glienicker Brücke, côté ouest, à côté de quatre cabines téléphoniques jaunes. Il sortit de sa voiture et examina le paysage. Les deux grandes statues de pierre à l'entrée du pont, un hideux ouvrage métallique, les voiliers sur la Wannsee, un château perché sur une colline, en face, et des bois descendant en pente douce jusqu'à l'eau. Durant quarante ans, des barbelés avaient séparé la Wannsee en deux. Des dizaines d'Allemands de l'Est s'étaient noyés en voulant gagner l'Ouest ou avaient été hachés par les mitrailleuses des Vopos dissimulées un peu partout. Maintenant, c'était un paysage parfaitement bucolique.

Comme cette époque semblait lointaine, irréelle... Pourtant, des guerres souterraines continuaient dans le nouveau Berlin réunifié.

Malko s'engagea à pied sur le pont, long d'une quarantaine de mètres. Il y avait peu de circulation. A l'entrée, côté est, un écriteau annonçait Potsdam. Le pont franchi, il s'arrêta. A sa gauche, la rive descendait en pente douce, deux amoureux flirtaient dans une voiture. A sa droite se dressait une maison visiblement abandonnée, en face d'un chemin en sens unique longeant le lac.

C'est alors qu'il remarqua un taxi vide arrêté en face, le long du trottoir de la Berliner Allee qui s'étendait sur des kilomètres, bordée d'élégantes maisons. Le chauffeur était à son volant et fumait. Malko traversa et s'approcha. L'homme tourna la tête. Un visage rougeaud, une casquette en cuir, des traits burinés. Une tête de sous-officier de Vopos. Il ôta la cigarette de sa bouche et demanda d'une voix rêche :

— *Herr* Linge ?

— *Jawolh*, confirma Malko.

Le chauffeur s'arracha de son siège, ouvrit la portière arrière avec raideur.

— *Bitte schön...*

Malko s'installa sur le siège arrière de la Mercedes 240 toute neuve qui démarra aussitôt. Visiblement, le chauffeur ne tenait pas à engager la conversation. Dix minutes plus tard, ils atteignaient le centre de Potsdam. Après avoir tourné autour de la Platz den Einheret, ils continuèrent dans de petites rues jusqu'à Hegel Allee qui se terminait en impasse, en face d'une grille. Le chauffeur s'arrêta et annonça :

— Le parc de Sans-Souci, *Herr* Linge. On vous attend au *Chinesisches Teehaus. Auf wiedersehen.*

Malko à peine descendu, il faisait déjà demi-tour.

Malko réalisa que sa plaque arrière était maculée de boue,
illisible : il avait affaire à de vrais professionnels... Intrigué, il s'engagea dans l'allée qui s'ouvrait devant lui.
Cent mètres plus loin, il découvrit, sur sa droite, le magnifique château de Sans-Souci, juché sur le haut d'une
colline. Des espaliers de vigne s'étendaient devant. Le
parc de six cents hectares, rêve de Frédéric le Grand,
recelait treize palais extraordinaires, dont Neue Schloss,
dont il apercevait les 498 statues ornant le toit dans le
lointain, et le fameux Pavillon de Thé, un peu à l'écart.
Ces châteaux-musées fermant à 5 heures, il n'y avait plus
guère de monde dans les allées. Il croisa un groupe de
Japonais marchant comme à la parade, mitraillant les ca-
nards des canaux et gloussant de bonheur devant ce spectacle inouï.

Un quart d'heure plus tard, il arrivait au Pavillon de
Thé, construction baroque, kitsch même, croulant sous
les statues simili-chinoises récemment redorées. Il était
fermé, car on ne le visitait pas... Hormis un couple enlacé
sur un banc qui s'éloigna en le voyant et un jogger es-
soufflé, il ne vit personne. Le parc immense s'étendait à
perte de vue, d'un calme absolu bien qu'il fût en plein
centre de Potsdam, avec ses rivières, ses allées immenses
et ses arbres magnifiques.

Pour Malko, ce calme se transforma rapidement en
agacement, puis en dépit. 6 h 30. Helmut Weiss lui avait
posé un lapin ! Ou un contre-temps l'avait empêché de
venir. Pourtant, la présence du chauffeur de taxi prouvait
qu'on l'attendait.

Résigné, il s'assit sur un banc, profitant des derniers
rayons du soleil couchant. Il se donnait une heure avant
de repartir...

Vingt minutes s'étaient écoulées quand il entendit des
pas crisser sur le gravier. Il tourna la tête. Un couple
s'avançait vers lui. Une femme, style matrone mafflue,
le visage ingrat, et un homme dans la force de l'âge,
s'appuyant sur une canne.

Des visiteurs tardifs...

Ils tournèrent autour du pavillon, puis revinrent vers le banc où se trouvait Malko. Celui-ci, faute de mieux, les observait. Ils étaient vraiment les seuls êtres vivants dans ce parc déserté par les touristes. Ils s'approchaient de lui à petits pas. Peut-être étaient-ils le dernier maillon avant Helmut Weiss ? Le parc était parfait pour une rencontre discrète et Potsdam devait offrir des planques pour un homme comme Weiss. Pourtant, ils s'approchaient sans paraître remarquer Malko.

Derrière ses Ray-bans, il les observait. L'homme avait le teint très mat, les traits presque orientaux. La femme vulgaire, le visage sévère d'une gardienne de goulag. Pas le profil d'amateurs d'art. Plutôt deux apparatchiks en rupture de ban...

Ils n'étaient plus qu'à deux mètres de lui. L'homme s'arrêta. De sa canne, il désigna quelque chose à sa compagne. Le soleil couchant accrocha le bout de sa canne, révélant un reflet de métal. Une association d'idées se fit dans le cerveau de Malko, à la vitesse de la lumière ! Son regard remonta vers le visage de l'homme et il vit ses yeux. Des yeux durs, noirs et froids comme des canons de fusil.

La canne était toujours levée à l'horizontale. Soudain son propriétaire pivota et la braqua sur Malko comme une arme. En une fraction de seconde, il comprit qu'il était tombé dans un piège.

CHAPITRE XII

Plusieurs choses se produisirent en même temps. L'homme, appuyant sur un bouton dissimulé dans le pommeau de la canne, fit jaillir de son extrémité un poinçon d'acier d'une dizaine de centimètres. En même temps, il se fendit comme un escrimeur, visant, de sa pointe d'acier, la poitrine de Malko. La femme s'était écartée vivement, et surveillait les alentours.

S'il n'avait pas été alerté par le reflet du soleil, Malko aurait eu l'estomac transpercé. N'ayant pas le temps de se lever, il se jeta sur le côté et la pointe, accrochant la manche gauche de sa veste, se planta dans le banc. Il empoigna la fausse canne de la main droite, tandis que l'homme reculait pour frapper de nouveau. Malko fut arraché du banc par la force étonnante de son agresseur. Pour ne pas lâcher prise, il saisit la canne à deux mains et poussa de toutes ses forces. Déséquilibré, l'homme tomba, entraînant Malko dans sa chute.

Ils luttèrent quelques secondes pour la possession de la canne. Puis, Malko, la tenant toujours à deux mains, parvint à la placer en travers du cou de son adversaire, lui écrasant le larynx. Suffoquant, le tueur lâcha enfin la canne. Malko s'en empara et fut debout le premier. Fou furieux, congestionné, l'homme fonça sur lui, les mains en avant. Instinctivement, Malko pointa la canne à l'horizontale. Son agresseur vint s'embrocher dessus !

La pointe d'acier pénétra de dix bons centimètres, juste au-dessus de la ceinture et il recula avec un rictus de douleur. La blessure, en elle-même, était loin d'être mortelle. Pourtant, l'homme se mit à tituber, et ses traits se crispèrent sous l'effet d'une douleur violente. Il ouvrit la bouche, cherchant à respirer, comme si ses poumons refusaient tout service.

Il fit quelques pas, les bras ballants, le regard vitreux, le teint cyanuré ; puis il s'écroula sur l'herbe, derrière le banc, où il demeura immobile.

Horrifié, Malko fit à voix basse :

— *Gott in Himmel !*

Jamais il n'aurait pensé retrouver à Berlin une version modernisée du « parapluie bulgare » : un stylet escamotable dissimulé dans une canne, enduit d'un poison violent et volatil, à base de cyanure. Dès qu'il pénétrait dans l'organisme, le rétrécissement des vaisseaux sanguins était immédiat, provoquant une mort rapide par arrêt cardiaque...

Une spécialité du service Action des Bulgares.

Il regarda autour de lui. La femme avait disparu. Impossible de la retrouver dans ce parc immense. Son cœur cognait contre ses côtes, les pépiements des oiseaux lui parvenaient comme dans un songe. Il ramassa la canne, l'essuya soigneusement avec son mouchoir et la reposa sur le sol. Puis il se mit en marche comme un automate. Cent mètres plus loin, il se retourna. Son agresseur, allongé dans l'herbe, semblait dormir.

Perturbé, il se dirigea vers la sortie du parc de Sans-Souci. L'homme qui avait tenté de le tuer était un professionnel, agissant très probablement pour le compte d'Helmut Weiss. La pulpeuse Sigrid Gensler lui avait tendu un piège mortel. Pourquoi ? Elle avait tout à y perdre.

Et pourquoi Helmut Weiss aurait-il monté cette machination ? Il lui suffisait d'éviter Malko. Ce dernier ne lui avait rien fait... Il n'avait pas encore répondu à ces questions lorsqu'il atteignit la Berliner Platz. Par prudence, au lieu de prendre un taxi, il s'imposa de remonter à pied les quatre kilomètres de la Berliner Allee, jusqu'à Glienicker Brücke.

Sa voiture était toujours là. Il s'y laissa tomber avec soulagement et reprit König Allee en sens inverse.

Quelque chose lui échappait. Un élément important et dangereux, dont Sigrid Gensler devait avoir la clé.

*
**

Le téléphone ne répondait pas chez Sigrid Gensler et aucune lumière ne filtrait de l'appartement. Malko, après avoir sonné une douzaine de fois, redescendit dans Wadzeckstrasse. A pied, il remonta la rue dans les deux sens. Puis, il explora Kebekstrasse, une petite voie calme qui coupait à angle droit. En face d'un énorme chantier de construction, il trouva la Volvo 240 bleue de Sigrid Gensler...

Ou l'Allemande avait quitté Berlin par un autre moyen de transport, ou elle se terrait dans son appartement.

Il y avait un moyen très simple de le savoir, mais il fallait attendre le lendemain. Il regagna sa voiture, vérifia en passant que la boutique d'antiquités de Leipziger Strasse était fermée et fila au *Kempinski*.

Dès qu'il fut dans sa suite, il appela Otto Lehr. L'Allemand se révéla injoignable. Quant à Fitzroy Mac Coy, il se trouvait à une réception à la mairie de Berlin.

*
**

Sigrid Gensler sortit de chez elle à 7 h 10 du matin, une petite valise à la main. Elle avait mal dormi. La violente altercation qu'elle avait eue avec Helmut Weiss, dans un bistrot de Potsdam, l'avait perturbée. En rentrant chez elle, elle avait dû boire deux Cointreau avant de retrouver son calme.

Il valait mieux quitter Berlin.

Vite.

Elle marcha jusqu'à sa voiture et lança le moteur poussif. Au moment où elle allait enclencher la première, elle aperçut dans le rétroviseur deux mains qui surgissaient derrière son siège. Le lacet qu'elles tenaient se referma autour de son cou. Elle n'eut pas le temps de crier. Déjà, le lacet entrait profondément dans sa chair, l'empêchant de respirer, lui comprimant la trachée-artère. Elle tenta de glisser ses doigts entre lui et sa peau, mais il était déjà trop enfoncé. Un voile noir passa devant ses yeux. Elle se cabra sur son siège, heurtant l'accélérateur et faisant rugir le moteur. La panique la submergeait et elle sentait ses forces l'abandonner... Soudain, sa portière fut ouverte de l'extérieur et elle distingua une silhouette d'homme. La pression sur sa gorge se relâcha un peu et elle entendit une voix annoncer calmement :

– Venez, Sigrid, rentrons chez vous.

Ses larmes troublaient sa vision. C'est à peine si elle reconnut l'homme blond de la CIA.

Le lacet se desserra et elle put sortir de la voiture, titubante, les jambes coupées. Le propriétaire du lacet, qui l'avait attendue, dissimulé sur le plancher, caché sous une couverture qui traînait sur le siège, l'imita. Galant, l'homme de la CIA prit sa valise. Encadrée par les deux hommes, elle remonta Kebekstrasse puis Wadzeckstrasse jusqu'à son immeuble. Ses jambes se dérobaient sous elle et la terreur l'empêchait d'articuler le moindre son. Comme une automate, elle prit l'ascenseur, mit sa clé dans la serrure et entra chez elle.

Dans le living, elle se laissa tomber dans un fauteuil. Elle avait l'impression que le lacet était toujours enfoncé dans sa chair. Une traînée brûlante lui sciait encore le cou. Peu à peu, sa respiration redevint normale. Elle essuya son maquillage avec un Kleenex. Elle avait du mal à réunir deux idées. Les yeux secs, elle releva la tête et dit ses premiers mots :

– Je vais vous rendre votre argent.

L'homme qui avait failli l'étrangler était debout derrière elle. Prêt à recommencer. L'homme blond de la CIA, planté en face de son fauteuil, la fixait d'un regard glacé.

– Vous saviez que Helmut Weiss avait l'intention de me tuer, dit-il. Vous m'avez envoyé à la mort. Qui vous a donné l'ordre de le faire ?

Sigrid Gensler secoua la tête, une main crispée sur sa gorge douloureuse. D'une voix coassante, elle parvint à articuler :

– Je ne sais rien. Je ne comprends pas.

– Pourquoi vous êtes-vous enfermée chez vous hier soir ?

– J'étais sortie, mentit-elle.

– Où partiez-vous ce matin ?

– En Hongrie. A Budapest. Clara m'a demandé de la représenter à une vente de vieux Herrend.

– Vous n'attendiez pas le reste de vos 100 000 marks, remarqua ironiquement Malko. Parce que vous pensiez que j'étais mort...

Sigrid Gensler ne répondit rien. Coincée. Le silence se prolongea presque une minute. Une éternité. Dehors, on entendait le bruit de la circulation matinale.

Malko regarda autour de lui. Il avait à portée de main une des clés de l'histoire. A condition de faire parler Sigrid. Son éthique lui interdisait de laisser Elko Krisantem l'étrangler à petit feu. Le Turc, pourtant, n'attendait que cela, quêtant du regard l'approbation de Malko. Cherchant l'inspiration, celui-ci regarda autour de lui. Le living était banal, assez grand, avec d'horribles meubles scandinaves qui semblaient avoir été livrés en kit. Le long des murs nus, une douzaine de vitrines occupaient toute la place, remplies de porcelaines, toutes plus précieuses les unes que les autres. La collection de Sigrid Gensler. Dans l'une d'elles, Malko reconnut les dix personnages vénitiens qu'il lui avait offerts... Ils lui donnèrent une idée. La vitrine voisine contenait de délicates figurines aux couleurs passées, encore plus belles. Malko l'ouvrit et en sortit une, l'examinant soigneusement.

Sigrid Gensler ne le quittait pas des yeux.

— Meissen 1749, remarqua-t-il. C'est superbe et très rare...

L'Allemande hocha la tête.

Les doigts de Malko s'ouvrirent et la statuette tomba sur le sol où elle se brisa en plusieurs morceaux... Sigrid Gensler poussa un hurlement de bête et voulut se lever. Elle ne put se mettre debout. Elko Krisantem, brutalement, avait passé son lacet autour de son cou, et serré... Sigrid retomba dans le fauteuil avec un cri étranglé, les yeux hors de la tête, essayant de glisser ses ongles entre son cou et le lacet.

Malko avait déjà sorti de la même vitrine un Arlequin de vingt centimètres de haut. Il examina son socle et annonça :

— Meissen 1788. Rarissime.

Les débris de l'Arlequin rejoignirent ceux de la première figurine. Sigrid Gensler se lança en avant de tout son poids et tomba à genoux, retenue par le lacet. Elle avait des larmes plein les yeux. Se griffant le cou, elle réussit à bredouiller :

— *Halt !* C'est un crime... *Halt, bitte schön.*

— Pourquoi m'avez-vous envoyé à la mort ? répéta Malko.

Comme elle ne répondait pas, il prit une troisième statuette et la projeta violemment sur le sol carrelé de l'entrée, où elle se brisa en mille morceaux. Chacune de ces pièces valait plusieurs milliers de marks et auraient dû se trouver dans un musée. Sigrid échappa à Krisantem et vint se traîner aux pieds de Malko.

— *Halt !* Je ferai ce que vous voulez.

— Je veux la vérité, dit Malko. Sinon, dans une heure, il ne restera rien de votre collection...

Il était fou de rage et ses yeux dorés étaient striés de

vert, signe d'une violente colère intérieure. Non seulement Sigrid l'avait envoyé dans un piège, mais il avait
été forcé de tuer, lui qui abhorrait la violence et cherchait
toujours à éviter de donner la mort... L'Allemande reni-
fla et se rassit.

— Arrêtez, lança-t-elle d'une voix brisée, je vais vous
dire la vérité.

Elle s'essuya les yeux, contemplant, déchirée, les débris de porcelaine jonchant le sol.

— Je vous écoute, dit-il.

— J'ai bien transmis votre proposition à Helmut Weiss,
expliqua Sigrid Gensler. Par l'intermédiaire d'une amie
à lui. Helmut Weiss a accepté de vous rencontrer.

— Où se trouvait-il ?

— Je ne sais pas, je vous le jure. Tout s'est passé par
l'intermédiaire de cette amie que je connais aussi de longue date. Lorsque nous avons dîné au *Zum Letze Instanze*,
je pensais que tout se passerait bien...

— Et ensuite ?

— Hier, quelqu'un m'a apporté un message. Helmut
Weiss m'attendait près de Potsdam pour me rencontrer.
Je pensais qu'il voulait me parler de votre rencontre. Pas
du tout. Il m'a expliqué qu'il avait organisé un guet-apens
pour se débarrasser de vous...

— Mais pourquoi ? interrogea Malko, stupéfait.

— Il ne me l'a pas expliqué. Il m'a seulement dit qu'on
avait déjà voulu le liquider, il y a peu de temps, et que
ce rendez-vous représentait sûrement une seconde tentative. Il était persuadé que *vous* lui tendiez un piège. Il
s'est excusé de m'avoir impliquée dans ce qu'il a appelé
une « affaire pourrie ».

Visiblement, Sigrid Gensler disait la vérité. Du moins,
celle que Helmut Weiss avait bien voulu lui confier...

— De quelle « affaire pourrie » parle-t-il ?

— Je n'en sais rien.

— Et pourquoi lui en voudrais-je ?

– Il pense que vous êtes lié à ceux qui ont déjà voulu le tuer.

Le mystère s'épaississait. De qui Helmut Weiss pouvait-il avoir peur ? Il ne pouvait pas penser une seconde que Malko ait partie liée avec ceux qui avaient tenté d'assassiner Nabil Tafik...

Quelque chose échappait à Malko. Et une idée s'insinuait dans sa tête. Se pouvait-il qu'Helmut Weiss soit *déjà* mêlé à l'affaire Tafik ?

– Vous ne me dites pas tout, remarqua-t-il.

Sigrid Gensler répliqua aussitôt d'une voix plus ferme :

– Vous pourriez briser toute ma collection, je ne vous dirais rien de plus. Pourtant, jamais je ne pourrai à nouveau m'offrir des objets semblables.

Malko, frustré, fit une dernière tentative.

– Il n'y a pas moyen de parler à Weiss ? Même au téléphone ?

Sigrid secoua la tête en tamponnant ses yeux.

– Il m'a dit qu'il n'aurait plus de contact avec moi. Dans aucune circonstance. C'est un homme blessé. Il a toujours servi son pays, la DDR. Il n'a rien fait de plus que d'autres officiers du renseignement, dans d'autres pays. Ce n'est pas un métier d'enfant de chœur. On l'a traité comme un criminel. C'est injuste.

Le silence retomba. Malko sentit qu'il n'obtiendrait rien de plus de Sigrid.

– Au revoir, dit-il. Vous savez pourquoi je suis à Berlin. Si vous avez du nouveau...

Elle ne répondit pas. Lorsqu'ils furent sortis, elle alla chercher une petite pelle et ramassa soigneusement les débris de porcelaine, les disposant sur un plateau d'argent. Puis, elle se mit à pleurer, caressant une tête d'Arlequin délicate comme une miniature.

*
**

Otto Lehr avait toujours sa tête de menhir impénétrable et souriant. Malko avait enfin pu le joindre à son bureau, après l'entrevue orageuse avec Sigrid Gensler. Le responsable du *Verfassungsschutz* lui avait aussitôt proposé de le rejoindre.

— Je viens d'avoir la Kripo à Potsdam. Ils ont trouvé des choses *très* intéressantes, annonça-t-il. L'homme qui a tenté de vous tuer est un diplomate bulgare !

— Un vrai diplomate ?

L'Allemand eut une moue amusée.

— Non, bien sûr... Il y a trois mois, toute la représentation diplomatique bulgare, qui se trouve en ce moment à Leipziger Strasse, au numéro 21, a été renouvelée. La nouvelle équipe comporte des gens repérés depuis longtemps par tous les services de l'Ouest. Des hommes de l'ancienne DS – la Dazjavna Segurnost – ont pris la place des représentants de la Perestroïka. L'ancienne équipe reprend du poil de la bête. Il y a un an et demi, ils ont tenté d'empoisonner leur nouveau chef, Youri Sokolov. Ils sont incorrigibles ! Des maniaques du poison. Nous nous demandions ce qu'ils faisaient à Berlin. Maintenant, nous le savons... Votre assassin était second secrétaire...

— Je n'ai pas de contentieux avec les Bulgares, remarqua Malko. C'était une commande...

Otto Lehr frotta l'un contre l'autre ses puissants battoirs.

— Evidemment ! Et de qui les Bulgares prennent-ils leurs ordres, à votre avis ?

— La DS a longtemps été le bras armé du KGB, avança Malko. Ils étaient impliqués dans la tentative d'assassinat du pape. Mais le KGB a disparu. Et là encore, à part de vieilles histoires, pourquoi les ex-Soviétiques me feraient-ils assassiner à Berlin ?

Un ange passa, les étoiles rouges de ses ailes mal re-
peintes aux trois couleurs de la république de Russie.

Otto Lehr contemplait Malko avec une ironie non dissimulée.

– *Mein lieber* Malko, dit-il, connaissez-vous un certain
Valery Zabotin ?

– Non.

– Valery Zabotin est, en ce moment, le *Rezident* du
SVR, le nouveau service de renseignement extérieur, qui
a remplacé le Premier Directorate du KGB. Il en est à
son quatrième séjour à Berlin et parle allemand comme
Goethe. Avant d'être au SVR, il était au KGB... Sa mission à Berlin, entre 1980 et 1984, consistait à établir la
liaison entre le KGB et le MFS.

– Donc, vous pensez que Valery Zabotin est intervenu
pour me faire liquider ?

– A la demande de notre ami, l'Oberst-lieutenant Helmut Weiss, compléta Otto Lehr.

– Pourquoi ?

L'Allemand, de nouveau, frotta ses mains l'une contre
l'autre.

– Je sais que le SVR a récupéré certains éléments du
MFS pour réactiver d'anciens réseaux. Helmut Weiss,
après avoir été libéré de Moabit, est sans doute allé frapper à la porte de Valery Zabotin, qu'il connaissait bien.
Pour lui demander du travail. Zabotin a accepté. Lorsqu'il
a appris que vous – la CIA – cherchiez aussi Helmut
Weiss, il a voulu protéger son investissement. A la manière brutale des Russes. Je ne vois pas d'autres explications.

Malko, lui, en voyait une autre, mais il la garda pour
lui. Une vérité aveuglante venait de s'imposer à lui : le
lien entre Helmut Weiss et lui-même, c'était Otto Lehr.
Du coup, il s'abstint de mentionner les révélations de
Sigrid Gensler sur la tentative de liquidation dont aurait
été victime Weiss. Il y avait quelque chose de pas clair.
Otto Lehr enchaîna, visiblement satisfait de lui :

– Cette tentative de meurtre a au moins un avantage. Nous avons une idée de l'endroit où se trouve Helmut Weiss : sous la protection du SVR. Peut-être même à l'ambassade, Unter den Linden. Evidemment, si je convoque Valery Zabotin pour lui dire cela, il va me rire au nez. Sauf si je le prends par les couilles, comme disent nos amis américains.

– Comment ?

Le sourire froid réapparut.

– L'homme qui a tenté de vous assassiner s'appelle Viktor Borovo. Il n'était pas seul. Je suis presque sûr que la femme qui l'accompagnait appartient aussi à l'ambassade de Bulgarie. Pourriez-vous la reconnaître ?

– Bien sûr.

Otto Lehr sortit de son tiroir une douzaine de photos et les étala avec soin sur son bureau.

– Allez-y, dit-il.

Malko se pencha sur les documents. Le troisième représentait, sans méprise possible, la femme qu'il avait vue dans le parc Sans-Souci.

– C'est elle, fit-il.

Otto Lehr retourna la photo et lut la légende tapée au verso.

– Théodora Serkov. Membre de la DS. Officiellement consul de Bulgarie. Il n'y a plus qu'une chose à faire. Nous allons à Leipziger Strasse avec une équipe à moi. Nous l'interceptons, vous l'identifiez. Ensuite, avec ses aveux, je vais rendre visite à mon cher ami Valery Zabotin.

Il y avait un relent de Gestapo dans sa voix métallique.

CHAPITRE XIII

Un drapeau bulgare était planté dans le minuscule terre-plein herbeux qui se trouvait en face de l'immeuble du 21 Leipziger Strasse, un bâtiment moderne blanchâtre faisant face au vieux musée de la Poste, en pleine réfection. Deux caméras surveillaient la porte de l'ambassade bulgare. A l'abri dans la Mercedes 560 climatisée d'Otto Lehr, Malko observait l'entrée. Il était 5 heures et les employés s'en allaient les uns après les autres. Une autre voiture, avec quatre agents de la *Verfassungsschutz*, attendait au coin de Friedrichstrasse.

– La voilà ! annonça Malko.

Une grosse femme au visage ingrat venait de franchir la porte. Renfrognée, une serviette à la main, la compagne du tueur du parc Sans-Souci attendit que le feu passe au vert, puis traversa, remontant Leipziger Strasse en direction de la Wilhelmstrasse. Sans remarquer les deux voitures. Otto Lehr se tourna vers Malko.

– On la suit. Elle va peut-être nous mener à Weiss.

Il en salivait d'avance...

*
* *

La grosse Bulgare se traînait le long des travaux de la Wilhelmstrasse, ex-Otto-Grotewohl, une des rares artères de Berlin déjà débaptisée. Rasée durant la guerre, elle n'était bordée que d'immeubles neufs, très laids, à l'exception d'un grand terrain vague, à l'emplacement de la chancellerie du Führer, signalée par un panneau.

– Elle va chez elle ! annonça Otto Lehr. 3, Wilhelmstrasse.

Il se retourna et adressa un signe discret à ses hommes. Ceux-ci hâtèrent le pas. Ils rattrapèrent Théodora Serkov sous les pilotis du hideux clapier de vingt étages, dont chaque bâtiment portait un énorme numéro peint, comme dans un camp de concentration.

Malko assista de loin à l'interpellation. Les policiers durent littéralement traîner la Bulgare dans leur BMW noire.

Les deux véhicules prirent ensuite la route de Dahlem et vingt minutes plus tard, ils entraient dans la cour de l'immeuble de la *Verfassungsschutz*. La Bulgare hurlait comme un porc qu'on égorge, protestant de son immunité diplomatique, ce qui laissait totalement froids les policiers allemands qui avaient dû faire leurs classes dans la Gestapo. Otto Lehr avait allumé un cigare et attendait. Lorsque Malko et lui pénétrèrent dans son bureau, la Bulgare était menottée à un lourd fauteuil, l'œil mauvais, la mâchoire serrée.

En voyant Malko, elle se décomposa, mais demeura muette. Otto Lehr s'avança, onctueux comme une crème fouettée.

– *Frau* Serkov, annonça-t-il, *Herr* Linge vous reconnaît formellement. Vous vous trouviez avant-hier avec lui à 6 h 30 dans le parc Sans-Souci à Potsdam, en compagnie d'un de vos compatriotes qui a tenté de tuer *Herr* Linge.

Théodora Serkov ne broncha pas et se contenta de dire en mauvais allemand :

– Je suis diplomate bulgare, vous devez me relâcher immédiatement. *Sofort !* s'accrocha-t-elle d'une voix puissante.

Otto Lehr, pas ému, corrigea doucement :

– Votre immunité ne s'applique pas au flagrant délit, *Frau* Serkov. Vous allez être inculpée de complicité d'assassinat. C'est un crime sérieux dans notre pays. Maintenant, si vous acceptez de collaborer avec nous, vous pourriez simplement faire l'objet d'une mesure d'expulsion...

*
**

Zabotin, enfermé dans son bureau de l'ambassade de Russie, contemplait, muet de rage, la déposition de Théodora Serkov qu'on venait de lui apporter, avec une carte d'Otto Lehr lui demandant un rendez-vous. Le Russe était partagé entre la fureur et la crainte. Il n'avait pas demandé le feu vert de ses supérieurs à Moscou pour autoriser Helmut Weiss à entrer en contact avec les Bulgares. Il s'était contenté de les prévenir, sans préciser ce qu'il allait leur demander.

L'attentat manqué avait été payé 50 000 marks somme financée par Helmut Weiss, ce qui, pour Borovo, représentait une somme énorme : il aurait exterminé une famille entière pour moins que cela. La Bulgarie et ses Services étaient en pleine déroute financière.

Maintenant, Zabotin devait gérer une situation intenable. Grâce aux aveux de Théodora Serkov, les Allemands savaient que l'ancien Oberst-lieutenant du MFS se cachait dans une caserne de l'Armée rouge.

Si les Allemands faisaient du foin, Moscou lâcherait Valery et il risquait de très gros problèmes... Il alluma une Lucky Strike et la fuma jusqu'au bout avant de prendre une décision. La mort dans l'âme, il décrocha alors son téléphone et composa le numéro de la ligne directe d'Otto Lehr. L'Allemand décrocha lui-même. En reconnaissant la voix de Valery Zabotin, il manifesta la plus grande cordialité...

– Un incident déplaisant qui devrait se régler discrètement, affirma-t-il.

Cela mit du baume au cœur de Valery Zabotin.

– Qu'attendez-vous de moi ? demanda-t-il.

– Votre bonne foi a sûrement été abusée, rétorqua Otto Lehr. Je pense que si Helmut Weiss se retrouve très vite sur le territoire allemand, je pourrai classer ce dossier et expulser Mme Théodora Serkov. Il n'y aura pas de plainte et la Kripo ne sera même pas mise au courant. *Geheime Staat* (1).

Le Russe savait qu'Otto Lehr avait le bras long et qu'il était de parole. Il voulut quand même préciser un point :

– Pourquoi voulez-vous tellement mettre la main sur Helmut Weiss ? Il a été gracié, une remise de peine.

– Tout à fait, admit Otto Lehr, il peut seulement être extrêmement utile dans une autre enquête, réclamée par un service ami. Ensuite, il pourra aller où bon lui semble. Peut-être même chez vous, en Russie, ajouta-t-il avec un rire léger.

– Nous ne le souhaitons pas, affirma Zabotin. Je vais faire en sorte qu'il soit sur le territoire allemand, disons en fin de journée. Vous savez évidemment où se trouve le quartier général des Forces de l'Ouest ?

– Bien sûr, assura Otto Lehr. Il faudra, un de ces jours, que vous veniez partager un modeste déjeuner.

– Ce sera avec plaisir, dit Valery Zabotin avant de raccrocher.

Il lui restait la partie la plus dégueulasse du travail. Il en avait des boutons. Courageusement, il composa le numéro de son homologue du GRU, au camp du général Burlakov, à Wünsdorf.

Pour ravaler sa honte, il alluma une autre Lucky et souffla lentement la fumée.

(1) Raison d'Etat.

*
**

Malko reçut le coup de fil au *Kempinski*, où il attendait un appel d'Autriche, à propos de travaux de menui-
serie au château de Liezen. Il commençait à en avoir
assez de Berlin...

Nabil Tafik avait disparu de la surface de la terre et
Gulé, l'indicatrice des Turcs, n'avait encore rien amené.
Il restait le mystérieux Oberst-lieutenant du MFS. La voix
de Otto Lehr, particulièrement chaleureuse, lui remonta
le moral.

– J'ai de très bonnes nouvelles, *Herr* Linge, annonça-
t-il. Helmut Weiss sera dans mon bureau en fin de journée.

Le pouls de Malko monta à cent cinquante en une
fraction de seconde.

– Où est-il ?

– Dans la dernière base militaire russe en Allemagne.
J'ai parlé au représentant du SVR à Berlin. Il accepte de
le remettre à notre disposition. J'espère qu'il sera utile.
Voulez-vous nous retrouver vers 19 heures à mon bureau ?

– Avec joie, accepta Malko.

Le temps de raccrocher, et il composa le numéro de
Fitzroy Mac Coy.

– Savez-vous où se trouve la dernière base russe en
Allemagne ? demanda-t-il.

– Bien sûr. A Wünsdorf, un petit village à quarante
kilomètres de Berlin. Pourquoi ?

Malko le lui expliqua, succinctement. Depuis sa conversation avec Sigrid Gensler, l'antipathie qu'il éprouvait
à l'égard d'Otto Lehr s'était transformée en soupçons. Il
ne lui déplaisait pas de parler à Helmut Weiss avant le
chef du *Verfassungsschutz*.

*
**

Helmut Weiss sortit sonné du bureau du colonel Trekov. Toute sa vie, il avait eu une confiance aveugle dans
les Soviétiques. En plus, il détenait des informations po-
tentiellement embarrassantes dans le dossier *Separat*. Il
n'avait jamais voulu témoigner, mais cela pouvait changer. Il se maudissait de s'être laissé embringuer dans
l'affaire Tafik. A Moabit, au moins, il ne risquait rien.

C'était un peu à cause d'Hildegarde Dietrich qu'il avait
accepté l'offre d'Otto Lehr. La jeune femme partageait
sa vie depuis plusieurs années, était solide, amoureuse,
désirable. Le seul coin de ciel bleu dans la vie grise de
l'Oberst-lieutenant Weiss. Il ne lui restait plus tellement
d'années à vivre et quatre ans en prison à son âge, cela
comptait. Peut-être qu'elle ne l'aurait pas attendu... Tre-
kof n'avait mentionné à aucun moment le nom d'Otto
Lehr, mais il était certain que le chef du *Verfassungsschutz* était derrière son « expulsion ». Toujours pour les
mêmes raisons. Weiss représentait pour lui un risque
énorme. Celui-ci se dit qu'il ne lui restait guère de solu-
tions. Soit aller tout raconter au BKA, qui détestait Lehr,
mais il se retrouverait de nouveau à Moabit, avec une
grave inculpation. Soit tenter de s'en sortir tout seul.

Après avoir plié soigneusement ses affaires dans sa
valise, il alla trouver un des lieutenants du GRU qu'il
connaissait, un Ukrainien parlant parfaitement allemand.

— Tu peux me rendre un service, pour 500 marks ?
demanda-t-il. Sans rien dire à personne.

En un éclair, l'autre eut calculé ce qu'il pourrait acheter avec une somme pareille. Dans trois mois, il retournait
en Russie.

— Bien sûr, fit-il.

— Voilà un numéro de téléphone, annonça Weiss, tu
vas aller jusqu'à la gare. Il y a des cabines. Il faut que

. tu entres en contact avec cette personne et que tu lui
donnes le message suivant...

*
**

Nabil Tafik était plongé dans une documentation d'Air
France récupérée dans une agence de voyages. Le fait
qu'Air France desserve désormais Osaka quatre fois par
semaine, via le nouvel aéroport de Kansai, ne le concernait pas vraiment. Il était plutôt heureux d'apprendre qu'il
pouvait désormais voler d'Orly à Londres sur un Air-
bus 300 d'Air France, quatre fois par jour, mais en ce
moment il n'avait pas envie d'affronter l'Immigration bri-
tannique, une des plus sévères d'Europe. Ce qui l'intéressait, c'était l'Amérique latine. Pour lutter contre la
claustrophobie, il avait été admirer les vitrines des boutiques de luxe du Kurfurstendamm. Couturières, antiquai-
res, décoration. Le hall d'exposition de l'architecte d'intérieur Claude Dalle lui avait mis l'eau à la bouche avec
ses meubles en fer forgé rehaussés de feuilles d'or. Tout
à fait ce qu'il aurait aimé pour sa villa de Grünewald...
Cette balade lui avait donné une furieuse envie de vivre.

Il avait pris sa décision. Fuir. En vidant le compte dont
il avait le contrôle, il aurait assez d'argent pour voir venir
quelque temps. Ensuite, il aviserait. Ses documents res-
teraient à Berlin, bien au chaud chez Lydia Voigt, qui
les avait rangés dans une vieille valise. Sept grandes enveloppes jaunes fermées par du Scotch qui contenaient
de quoi considérablement ennuyer le président Hafez el-
Assad.

Avec de l'argent, il pouvait obtenir du PKK un faux
passeport. Il avait décidé de passer la frontière française,
où il n'y avait pratiquement aucun contrôle, et ensuite de
continuer jusqu'à Paris. Là, il aurait le choix : soit prendre
un 747 d'Air France direct pour Bogota (où vivait son
cousin) le mercredi et le dimanche ; soit se mêler aux
innombrables touristes se rendant à Fort-de-France ou à

Pointe-à-Pitre pour moins de 3 000 F aller-retour, avec
un contrôle moins strict de son passeport au départ, et
atterrir à Bogota par une ligne locale, moins regardante.

Plus tard, il serait toujours temps de reprendre contact
avec ses « acheteurs », d'un endroit sûr. Les Français
n'avaient aucune raison de l'ennuyer avec son passeport.

Il ne pouvait pas sortir tout l'argent du compte d'un
coup, et procédait par tranches de 5 000 marks, variant
les distributeurs, afin de ne pas se faire repérer, évitant
d'utiliser deux fois le même. Bien qu'il n'ait connu aucune
cune alerte depuis qu'il se cachait dans Oranienstrasse,
l'angoisse ne le quittait pas.

Le *Moukhabarat* et l'équipe Carlos ne restaient sûrement
ment pas les deux pieds dans le même sabot. Une petite
idée déplaisante lui trottait dans la tête. A Damas, on
connaissait ses liens avec les Kurdes du PKK. Carlos ou
les autres risquaient de se renseigner. Comment réagirait
le responsable du PKK ? Aux yeux de Djamal Talanbani,
l'aide à un agent « grillé » passait bien après l'amitié d'un
pays comme la Syrie...

*
**

Margot Zimmerman se traînait au volant de son Escort
le long du S-Bahn. Entre la chaussée défoncée par d'innombrables travaux et les feux, elle allait moins vite que
le métro. La terroriste broyait du noir. Elle s'était rendue
à l'autre bout de Berlin-Est, espérant rencontrer une
vieille amie. Celle-ci avait déménagé, et personne ne
savait où elle se trouvait.

En plus, la planque des deux agents du Mossad ne
donnait pas grand-chose. Elle avait perdu l'homme blond
à l'entrée de Potsdam, de peur de se faire repérer, et
Adolf Weimar n'avait pas eu plus de chance. Personnage
falot, il obéissait aveuglément à Margot Zimmerman, sans
prendre aucune initiative.

Seule consolation : leur présence à Berlin laissait supposer que Nabil Tafik s'y trouvait toujours. De même que leurs nombreux déplacements dans la ville. Il fallait donc s'accrocher, sans espérer suivre tous leurs déplacements, faute de moyens. Le tout était de retrouver Tafik juste une fois. Elle imaginait avec volupté le moment où elle enfoncerait dans sa bouche le canon de son arme, et verrait la terreur dans ses yeux, avant qu'elle ne presse la détente.

Mais pour l'instant, c'était encore un rêve...

La circulation devint plus fluide et elle put accélérer. Un kilomètre plus loin, elle arriva à Kottbusser-Tor. Elle eut soudain une illumination, en voyant les grappes de Turcs dans tous les coins. C'était le seul quartier de Berlin où il y avait un ghetto, une concentration d'étrangers. Des Turcs, bien sûr, mais un Oriental comme Nabil Tafik passait inaperçu dans cet environnement.

Au feu vert, elle redémarra, son idée cheminant dans sa tête.

*
**

Un petit chemin mal pavé menait de la gare de Wünsdorf, minuscule village saxon perdu dans les bois, au quartier général des Forces de l'Ouest de l'Armée rouge, sous le commandement du général Burlakov. De l'infanterie et un état-major qui dans quatre mois plieraient bagage définitivement, après quarante-cinq ans d'occupation. La population, qui faisait un chiffre d'affaires considérable avec les soldats et leurs familles, logées dans l'immense camp perdu dans la forêt, les regretterait plutôt.

Malko remonta lentement le chemin, passant devant des dizaines d'éventaires étalés à même le sol. Des familles russes examinaient tout le bric-à-brac, se laissant parfois tenter. Une Russe très belle, avec deux enfants, lui jeta un regard insistant. La force du mark vis-à-vis du

rouble devait beaucoup contribuer aux mariages d'amour
germano-russes...

Il arriva en face de l'entrée du camp. Une barrière en
mauvais état, une guérite et un officier à la casquette
bordée de rouge. A gauche, un terre-plein était occupé
par des voitures d'occasion. Cela grouillait d'animation.
Les Russes achetaient des épaves de voitures allemands
qui valaient de l'or dans leur pays... Juste avant la barrière
se trouvait une cabine téléphonique délabrée qui permettait d'entrer en contact avec l'intérieur du camp.

Malko se gara à côté des voitures à vendre et sortit
pour explorer les lieux. A droite, une baraque minable
offrait des tapis et de l'électronique bas de gamme. Plusieurs Russes s'y pressaient au son d'une musique de
Cosaques. C'était sinistre. Il ressortit et retourna s'installer dans sa voiture, face à la caserne. Quelques Jeeps et
des camions militaires y entraient ou en sortaient. Deux
heures plus tard, il connaissait tous les « habitués ». Des
femmes russes revenaient au camp chargées comme des
baudets, traînant leur marmaille. Les hommes baguenau-
daient, l'air tristes, mal fagotés.

Soudain, à 5 heures moins 5, la barrière se leva pour
laisser passer une Volga blanche. Malko aperçut le chauffeur, un militaire, et à l'arrière un civil, avec une barbe
noire, le visage fermé.

L'Oberst-lieutenant Helmut Weiss.

Malko démarra aussitôt, relevant le numéro de la
Volga : 0016 TU. Une voiture de l'état-major. Au moment où ils s'approchaient du passage à niveau donnant
accès à la gare, située de l'autre côté des voies, la barrière
commença à s'abaisser. La Volga passa de justesse, mais
Malko, gêné par des piétons, dut s'arrêter. Une vieille
motrice électrique tirant trois wagons marron et vert venait de s'arrêter dans la petite gare. Aussitôt, une nuée
d'hommes et de femmes croulant sous les paquets les
plus invraisemblables s'y déversa. Des soldats russes en

civil, maussades, harassés, revenaient de leur shopping berlinois. Une véritable vision d'exode.

Malko n'hésita pas. Abandonnant sa voiture, il franchit les voies à pied. De l'autre côté, la Volga stoppait devant la gare. La portière arrière s'ouvrit et le barbu de haute taille en sortit, une petite valise à la main. La Volga repartit aussitôt.

Malko s'avança rapidement et héla le barbu :

– *Herr* Weiss, *bitte* !

CHAPITRE XIV

L'ancien officier du MFS se retourna brusquement en entendant l'appel de Malko. Ce dernier réalisa qu'il ne se dirigeait pas vers la gare, mais vers le parking où stationnaient plusieurs voitures. Helmut Weiss demeura figé quelques secondes puis, sans un mot, partit en courant vers une Taunus orange qui attendait, une femme blonde au volant !

Au moment où il y montait, plusieurs hommes surgirent de la petite gare et se ruèrent à sa poursuite.

Il n'eut que le temps d'entrer dans la Taunus et d'y jeter sa valise. La voiture démarra en trombe, manquant écraser un des poursuivants qui courut plusieurs mètres, accroché à la portière. Malko était fou furieux. Non seulement Helmut Weiss lui échappait, mais il filait aussi entre les doigts des hommes de la *Verfassungsschutz* venus le récupérer ! Ceux-ci se précipitèrent vers une BMW noire arrêtée devant la gare. Ils s'y engouffrèrent et se lancèrent à la poursuite de la Taunus qui avait déjà disparu.

Malko courut comme un dératé vers sa voiture, toujours stoppée de l'autre côté du passage à niveau. Au moment où il s'installait au volant, la barrière s'abaissa, à cause du train pour Berlin qui entrait en gare ! Celui qu'aurait dû prendre Helmut Weiss. Il dut patienter plus de cinq minutes avant de pouvoir traverser. Ivre de rage.

Il suivit la route de Berlin jusqu'à l'*autobahn* de Dresden, sans succès. L'itinéraire comportait des dizaines d'embranchements et les deux autres voitures avaient pu aller n'importe où. Il n'avait plus qu'à mettre le cap sur le bureau d'Otto Lehr.

En espérant que ses hommes auraient rattrapé Helmut Weiss.

*
**

Le granit des traits du patron du *Verfassungsschutz* était encore plus gris que d'habitude. Il paraissait carrément lugubre.

— Les nouvelles sont mauvaises, annonça-t-il tout de go.

— Weiss a échappé à vos hommes ?

— Non. Il a refusé de se laisser arrêter. Il a menacé mes hommes avec une grenade et ils ont été obligés de l'abattre. Son corps vient d'être transporté à la morgue...

Bizarrement, Malko ne fut pas surpris outre mesure.

Le malaise qu'il éprouvait depuis le début à l'égard d'Otto Lehr s'amplifiait.

— Comment cela s'est-il passé ? demanda-t-il, sans dire qu'il avait assisté au début de la scène.

Sa présence n'avait pas dû éveiller l'attention des hommes du *Verfassungsschutz*.

— Mes agents l'attendaient à la gare de Wünsdorf, expliqua Otto Lehr. Il avait donné rendez-vous à une de ses amies, avec qui il est parti en voiture. Mes hommes les ont interceptés un peu plus loin. Au moment où Weiss est sorti de la voiture, il a brandi une grenade. Un de mes hommes a tiré et l'a tué sur le coup. Nous avons fouillé tous ses papiers sans rien trouver d'intéressant. Je suis désolé.

Les explications d'Otto Lehr ne dissipaient pas le malaise de Malko. Pourtant, il avait été témoin de la tentative d'interpellation de Helmut Weiss, et cela correspondait au récit d'Otto Lehr.

— Nous allons continuer nos recherches, affirma ce dernier. Si Nabil Tafik se trouve encore à Berlin, nous le trouverons. Après tout, c'est lui qui est important, *nicht war* ?

Malko dut reconnaître que c'était exact. Mais la mort brutale de Helmut Weiss lui laissait un goût amer. Maintenant, il ne comptait plus que sur Gulé pour mettre la main sur le Syrien.

Il déclina l'invitation à dîner de l'Allemand et reprit, dans une circulation démente, la route du *Kempinski*. C'était ce soir qu'il devait revoir Gulé.

Une heure plus tard, il abandonna, épuisé, les clefs de sa voiture au portier du *Kempinski*.

Il traversait le hall pour monter dans l'ascenseur quand il fut rejoint par une grande femme aux traits slaves, au visage marqué, avec une bouche immense et des pommettes qui semblaient taillées dans du marbre. Grande, vêtue d'une combinaison de soie noire qui moulait des seins comme des obus, les yeux très bleus, des escarpins, une ceinture serrant une taille minuscule, elle l'aborda :

— *Herr* Linge ?

Surpris, il la dévisagea.

— *Ja*.

— Je dois vous parler. Je m'appelle Hildegarde Dietrich.

Ce nom ne lui disait absolument rien. Elle précisa :

— Je suis l'amie de Helmut Weiss.

Brutalement, Malko comprit qu'il s'agissait de la blonde qui conduisait la Taunus. Elle semblait bouleversée, ses mains tremblaient. Visiblement, elle ne conservait son calme qu'au prix d'un effort surhumain.

— Je vous reconnais, dit Malko, je vous ai vue à la gare de Wünsdorf.

Dans l'ascenseur, elle demeura silencieuse. Malko s'effaça pour la laisser entrer dans la suite. La porte refermée, elle lui fit face. Des larmes ruisselaient sur son beau visage, son menton tremblait, mais ses yeux bleus étaient glacés de haine.

– *Schwein !* lança-t-elle d'une voix sifflante. Assassin !

Malko n'eut pas le temps d'éviter la gifle lancée à toute volée. Encore sous le choc, il vit sa visiteuse reculer vers la porte, plonger la main dans la poche de sa combinaison et en sortir un objet rond et noir qu'elle brandit : une grenade défensive M 26 de l'armée américaine ! Mortelle dans un rayon de quinze mètres.

– *Helmut ist tot !* (1) Mais vous allez mourir aussi.

De la main gauche, elle arracha la goupille bloquant la cuillère, en maintenant celle-ci contre le corps de la grenade avec ses doigts. Il suffisait qu'elle ouvre la main pour que l'engin explose dans les deux ou trois secondes.

Sans quitter Malko des yeux, elle recula vers la porte et l'ouvrit de sa main libre. Son but était clair : jeter la grenade et s'enfuir dans le couloir. Les dégâts seraient circonscrits à la pièce où se trouvait Malko.

Celui-ci ne pouvait même pas se servir de son arme. Elle aurait dix fois le temps de jeter sa grenade. Il essaya de ne pas céder à la panique, et affronta le regard haineux.

– Je ne suis pour rien dans la mort de Helmut Weiss, affirma-t-il. Bien au contraire, je voulais le payer pour qu'il m'aide à retrouver quelqu'un. Je me trouvais à Wünsdorf pour l'intercepter avant les hommes du *Verfassungsschutz*.

– Vous mentez ! Vous vouliez seulement vérifier qu'on le liquidait...

– Mais pourquoi le *Verfassungsschutz* aurait-il voulu le tuer ? plaida Malko.

Sa remarque eut le don de déchaîner un peu plus l'Allemande.

(1) Helmut est mort.

– Vous ne savez pas à qui obéissaient ces hommes, peut-être ?

Elle fit un pas de plus en arrière, s'engageant dans le battant entrouvert. Derrière elle, Malko apercevait le couloir. Il vit soudain apparaître la silhouette silencieuse d'Elko Krisantem. Le Turc avait dû entendre les vociférations, de la chambre voisine. Hildegarde Dietrich ne le voyait pas. Malko essaya de ne pas le regarder, pour ne pas l'alerter. Pourvu qu'il ne veuille pas se servir de son lacet... Le premier réflexe d'Hildegarde Dietrich serait de lâcher la grenade...

– *Auf wiedersehen !* lança-t-elle d'une voix cassée.

Elle tendit son bras en arrière de façon à jeter la grenade avec plus de force. Malko était à quelques secondes de l'éternité.

La grande main d'Elko Krisantem se referma sur celle de l'Allemande, emprisonnant en même temps la grenade.

*
**

Hildegarde Dietrich se retourna avec un cri de bête, cherchant à se débarrasser du Turc. Elle lui expédia une ruade dans le bas-ventre qui le fit changer de couleur, mais il ne lâcha pas prise. Malko avait bondi à la rescousse, ajoutant sa main à celle de Krisantem. La grenade était maintenant prisonnière de trois poignes. Il y eut une mêlée confuse. Malko parvint à glisser ses doigts directement sur la cuillère, la collant à la grenade. Elko Krisantem tira en arrière d'un coup sec et Hildegarde Dietrich dut lâcher prise. Elle tomba à terre.

Avant même qu'elle tente de se relever, le lacet de Krisantem s'était refermé autour de son cou et il serrait de bon cœur...

Malko referma la porte d'un coup de pied. Inutile de faire profiter les voisins de cette scène de famille... Il se retourna : Hildegarde Dietrich était bleue.

– Arrêtez, Elko ! cria-t-il.

A regret, le Turc laissa passer un filet d'air dans les poumons de sa victime. Malko ramassa la goupille sur la moquette et la remit en place, avant d'enfermer la grenade dans un tiroir.

– Lâchez-la maintenant, ordonna-t-il à Krisantem.

Elko, boudeur, retira son lacet. Des femmes comme ça méritaient d'être étranglées jusqu'au bout. Il n'avait jamais compris la mansuétude de son maître.

Hildegarde Dietrich, les deux mains autour de son cou, se releva péniblement, essayant de retrouver son souffle, le regard toujours noir de haine. Une violente quinte de toux la cassa en deux. Malko lui apporta aussitôt un verre d'eau.

Au lieu de boire, elle le jeta violemment dans sa direction, et lança d'une voix éraillée :

– Vous ne perdez rien pour attendre. J'ai d'autres grenades... Je reviendrai et, cette fois, je ne vous raterai pas.

Tout à coup, ses traits se défirent et elle éclata en sanglots. Malko, d'un signe discret, ordonna à Elko Krisantem de quitter la pièce. Il s'approcha alors d'Hildegarde Dietrich.

Celle-ci trouva la force de se jeter sur lui, tentant cette fois, simplement, de lui arracher les yeux... Furieux, Malko lui saisit les poignets et les lui tordit. La galanterie avait des limites.

– Cela suffit, lança-t-il. Que me voulez-vous ? Je n'avais jamais rencontré Helmut Weiss avant ce matin. Même si je n'éprouvais pas de sympathie pour lui, je n'avais aucune envie de le tuer.

Hildegarde Dietrich demeura un long moment silencieuse. Puis, elle attrapa dans une des poches de sa combinaison un paquet de Lucky Strike, en alluma une et souffla longuement la fumée, retrouvant peu à peu son calme.

– Donnez-moi quelque chose à boire, demanda-t-elle.

Malko prit dans le mini-bar deux mignonnettes de

Cointreau, des cubes de glace et du Tonic, remplit un verre qu'il tendit à l'Allemande. Cette fois, elle ne le lui jeta pas au visage. Elle leva enfin sur Malko des yeux bleus embués de larmes.

— Vous êtes un grand naïf ou un vrai salaud, fit-elle d'un ton las.

— Je ne suis ni l'un ni l'autre, répliqua Malko. Qu'est-ce qui vous fait croire qu'on a assassiné Helmut Weiss ?

Elle bondit.

— « On » ? Pas « on » ! Ce *Schwein* d'Otto Lehr ! C'est lui qui a monté toute la combine. Seulement, il avait peur que Helmut ne parle un jour. Alors, il fallait le supprimer.

Malko sentit un frisson désagréable le long de sa colonne vertébrale. Quelle sordide manip allait lui révéler la jeune femme ?

— Quelle combine ? interrogea-t-il.

Elle lui jeta un regard amer.

— Pour Nabil Tafik, vous n'êtes pas au courant ? Ce n'est pas Otto Lehr qui vous l'a amené sur un plateau d'argent ? Vous ne vous êtes pas demandé comment ?

— L'intérêt financier de Tafik, avança Malko. Il devait toucher dix millions de dollars...

— C'est un conte de fées, ricana Hildegarde Dietrich. Otto Lehr a monté une sale petite manip avec l'aide d'Helmut. Et Helmut, lui, a été payé en plomb...

— Assez de mystères, trancha Malko. Pour moi, Otto Lehr a contacté Nabil Tafik par l'intermédiaire de votre ami Helmut Weiss qui l'a convaincu de « basculer » en lui promettant beaucoup d'argent. Ce sont des choses qui arrivent. Lehr a toujours été un spécialiste du retournement d'agents.

Hildegarde Dietrich écrasa rageusement sa Lucky Strike dans le cendrier.

— Ça ne s'est pas vraiment passé comme ça... Il y a encore deux mois, Helmut était à Moabit, quand il a été contacté par Lehr.

– Je le sais.

– Mais vous ignorez la suite. C'est assez dégueulasse...

Muet de dégoût, Malko écouta le récit de la jeune
femme, détaillant le double meurtre de la Polonaise et du
« Doigt de Dieu », et enfin le chantage exercé sur Nabil
Tafik...

– Dès qu'il a eu la cassette permettant de faire chanter le Syrien, continua Hildegarde Dietrich, Otto Lehr a
essayé de liquider Helmut. Avec un paquet de grenades,
dont celle que j'ai apportée. Si Helmut ne s'était pas
méfié, il serait déjà mort, dès sa libération de Moabit.

– Ce sont des fonctionnaires du *Verfassungsschutz* qui
se livrent à ce genre de choses ? demanda Malko, sceptique.

Hildegarde Dietrich haussa les épaules.

– Mais non. Des transfuges du MFS récupérés par
Lehr, des « contractuels » qui feraient n'importe quoi
pour continuer à gagner un peu d'argent. Vous pouvez
être sûr que s'il y avait de l'argent en jeu, il était pour
Otto Lehr.

Ainsi, le chef du *Verfassungsschutz* avait joué à la fois
pour la CIA et pour son propre compte. Dix millions de
dollars détournés dans sa poche... Mais un point choquait
Malko.

– Otto Lehr ne pouvait pas prévoir l'intervention des
terroristes qui ont voulu abattre Nabil Tafik au *Kempinski*,
objecta-t-il. Sans eux, je serais déjà en train de « débriefer » Tafik et il m'aurait tout révélé...

– Pas du tout, objecta Hildegarde Dietrich. Tafik a
quand même tué cette pauvre Polonaise. Il ne tient pas à
s'incriminer lui-même. D'après Helmut, Otto Lehr l'avait
conditionné pour qu'il prétende changer de camp après
être tombé en disgrâce auprès de Hafez el-Assad. Il ignore
le rôle que Helmut a joué. Il ignore aussi que c'est Helmut, écœuré après la tentative de meurtre dont il a été

victime, qui a prévenu ses anciens amis que Tafik allait
trahir.

— Vous savez où ils se trouvent ?

— Non et je m'en fous.

— Et Tafik ?

— Encore moins.

Malko était atterré par cette manip diabolique. Cette
affaire commencée par un dîner mondain semait les morts
comme le Petit Poucet les cailloux blancs. Mais sa mission était de récupérer Nabil Tafik et il devait tout faire
pour retrouver le Syrien.

— Pourquoi vous être attaquée à moi, et pas à Otto
Lehr ? s'étonna Malko.

— Je pensais que vous étiez au courant de tout, que
vous aviez tendu un piège à Helmut avec le rendez-vous
au *Teehaus* de Sans-Souci. Et puis, Lehr est trop bien
protégé. Je ne veux pas finir ma vie en prison.

— Que s'est-il passé ce matin à Wünsdorf ?

— Ils nous ont poursuivis. Quand Helmut a réalisé
qu'on ne pourrait pas leur échapper, il m'a dit de m'arrêter le long d'un bois. Il a pris une grenade et a sauté
de la voiture. Il m'a forcée à redémarrer tout de suite. Il
avait peur qu'ils me tuent aussi.

— Et ensuite ?

— J'ai obéi. Helmut n'a pas eu le temps de gagner le
couvert. Deux hommes sont sortis de la BMW et ont tiré
sur lui, alors qu'il s'enfuyait. Ils l'ont atteint dans le dos.
Je n'ai pas vu le reste, il y avait un virage.

Elle se tut, des larmes plein les yeux. Malko était
partagé entre plusieurs sentiments contradictoires. Helmut
Weiss était loin d'être un saint, mais Hildegarde Dietrich
n'était pas responsable de ses turpitudes.

— Vous pensez vraiment qu'ils vous auraient tuée ?
interrogea-t-il.

Hildegarde Dietrich leva sur lui un regard empli de
tristesse.

— Evidemment ! Vous ne connaissez pas Otto Lehr. Il

est froid comme un cobra. Il ne me lâchera pas. Il emploie des transfuges du MFS qui feraient n'importe quoi pour une poignée de deutschemarks. Je représente un danger pour lui, à cause de ce que je sais de l'affaire Tafik. Si j'allais tout raconter au BND, sa carrière serait brisée et il serait très probablement inculpé. Alors, un jour, je passerai sous un S-Bahn ou une voiture me renversera.

Malko était songeur. Son antipathie envers Otto Lehr avait viré au franc dégoût. Il repensa à Charmeela Bambayi, la jeune militante de l'ANC, morte à Johannesburg pour l'avoir aidé. Le cas d'Hildegarde était différent, mais présentait quand même quelques similitudes. Et puis, son éthique personnelle lui interdisait de rester inerte.

– Je vais faire en sorte qu'il ne vous arrive rien, dit-il spontanément.

Hildegarde eut un geste désabusé.

– Vous n'y pouvez rien. Dans quelques jours vous aurez quitté Berlin.

– Mais si, affirma Malko.

Il n'eut pas le temps de développer son argumentation. Le téléphone sonnait. Il répondit.

C'était Otto Lehr.

– Vous ne voulez toujours pas dîner avec moi ? demanda le chef du *Verfassungsschutz*.

– Si, j'ai changé d'avis, annonça Malko. Que diriez-vous du grill du *Kempinski* ? 9 heures.

Quand il raccrocha, Hildegarde le fusillait de ses yeux bleus.

– Vous allez dîner avec ce *Schweinhund* ? (1) explosa-t-elle.

– Il vous connaît ?

– Non, je ne crois pas.

Malko lui adressa un sourire froid.

– *Nous* allons dîner avec *Herr* Lehr.

_____

(1) Chien de cochon.

*
**

Otto Lehr était déjà installé lorsque Malko pénétra dans le grill du *Kempinski*, escorté d'Hildegarde Dietrich qui s'était refait une beauté. L'Allemand se leva avec vivacité et s'inclina profondément devant la jeune femme.

Apparemment, il ignorait qui elle était.

— Je vous présente *Frau* Hildegarde Dietrich, annonça Malko. Je pensais que vous la connaissiez.

Les yeux gris d'Otto Lehr se figèrent d'un coup. Des prunelles de serpent, rondes, figées, sans expression. Il réussit à sourire.

— Non, je ne crois pas.

— Vous ne l'aviez jamais rencontrée avec Helmut Weiss ? Elle était pourtant avec lui, ce matin, lorsque vos hommes l'ont abattu.

Pour la première fois depuis que Malko le connaissait, Otto Lehr manifesta de l'émotion. Ses traits s'étaient crispés et il avait, de toute évidence, beaucoup de mal à garder son calme.

— Helmut Weiss a menacé mes hommes, corrigea-t-il. Ils étaient en état de légitime défense. Quant à cette femme, rien n'a été retenu contre elle. Comment l'avez-vous retrouvée ?

— Ce n'est pas sa version, coupa sèchement Malko. J'aurais tendance à croire la sienne, après le récit qu'elle m'a fait du chantage utilisé par vous pour « retourner » Tafik, et des deux meurtres commis à cet effet.

Otto Lehr ne se démonta pas.

— C'est Helmut Weiss qui a imaginé toute l'opération. Moi aussi, je pensais qu'il avait convaincu Tafik de trahir pour de l'argent.

Malko ne se laissa pas ébranler.

— *Herr* Lehr, je suis depuis trop longtemps dans ce métier pour ignorer que le renseignement n'est pas toujours un métier de seigneur. Helmut Weiss était un assassin. *Vous* aussi.

Mal à l'aise, le maître d'hôtel, une ravissante jeune femme blonde en frac, attendait pour prendre la commande. Malko se tourna vers Hildegarde.

– Que voulez-vous ?

Elle commanda une bisque de homard et un steak. Otto Lehr, figé par la fureur, se contenta d'un plat de gibier. Malko commanda une bouteille de Taittinger Comtes de Champagne rosé 1986. La blonde partie, il enchaîna :

– Si cette jeune femme ment, pourquoi vos hommes ont-ils abattu Helmut Weiss ce matin alors qu'il s'enfuyait ? Pourquoi avoir tenté de le tuer dès que vous avez été en possession de la cassette représentant Nabil Tafik en train de tuer – involontairement – la jeune Polonaise ?

Les yeux de batracien du gros Allemand brillaient de rage. Si son regard avait pu tuer, Hildegarde serait tombée en poussière... Mais il se contenta de dire :

– Ce sont des mensonges.

Malko attendit d'avoir trempé ses lèvres dans une coupe de Comtes de Champagne pour préciser suavement :

– *Herr* Lehr, vous me connaissez de réputation. Je vis dans un endroit pas très éloigné de Berlin. J'ai horreur de prendre la vie de mon prochain, sauf dans des circonstances particulières. Donc, si vous souhaitez profiter longtemps de ce bas monde, il est souhaitable que *Frau* Dietrich meure d'un cancer ou d'une pneumonie. Si elle disparaissait dans les mois qui viennent, écrasée par un taxi, après avoir glissé sous une rame du S-Bahn, ou à la suite d'un autre « accident », je vous tiendrais pour responsable. Et je vous tuerais.

– Vous me menacez ? s'insurgea Otto Lehr.

– Non, précisa sereinement Malko, je vous avertis. Et il n'y aura pas de deuxième avertissement.

Brutalement, Otto Lehr changea d'attitude.

– Vous êtes un *dumkopf* (1), gronda-t-il. Helmut Weiss

(1) Imbécile.

était responsable de dizaines de morts. Quand il était au MFS, il obéissait aveuglément aux ordres...

— Peut-être, admit Malko, mais ma préoccupation s'arrête à *Frau* Dietrich. En plus, ajouta-t-il doucement, nous sommes deux à savoir, maintenant. Donc, il est inutile de la faire taire.

Un silence de plomb s'établit à la table, rompu par le pianiste. Otto Lehr semblait avoir perdu l'appétit. Il posa sa serviette et dit d'une voix pleine de fureur contenue :

— Je vous prie de m'excuser.

Il s'éloigna, raide comme un piquet, sans avoir touché à son assiette. Hildegarde Dietrich le regarda sortir.

— Je n'aurais jamais cru que vous feriez cela, dit-elle.

Elle en avait les larmes aux yeux. Ils terminèrent leur repas et la bouteille de Comtes de Champagne rosé millésimé.

— Je n'ai jamais rien bu d'aussi bon, soupira Hildegarde Dietrich.

Malko se sentait bien avec lui-même. Il s'était fait un ennemi, mais pour une raison valable : le respect d'une certaine éthique. Ils passèrent dans le bar. Hildegarde Dietrich ne semblait pas décidée à quitter Malko. Elle commanda un Cointreau Caïpirinha et le savoura lentement, fumant cette fois une Lucky Strike jusqu'au bout. Plusieurs fois son regard se posa avec insistance sur Malko. Ce dernier se disait qu'elle était encore très désirable, mais il ne voulait pas donner l'impression de se faire payer pour son geste chevaleresque. C'est lui qui donna le signal du départ.

— J'ai encore à faire, dit-il. Je dois retrouver Nabil Tafik. Vous ne pouvez pas m'aider ?

— Hélas non, dit Hildegarde Dietrich. Helmut n'avait aucune idée de l'endroit où il pouvait s'être enfui. Il n'est probablement pas à Berlin.

Ils se séparèrent dans le hall, sans une poignée de main, sachant qu'ils ne se reverraient probablement jamais.

CHAPITRE XV

– Gulé ? Je ne la connais pas. Mais moi, je suis très belle...

Malko redémarra. Depuis une heure, il ratissait Chausseestrasse, à la recherche de l'indicatrice des Turcs. Une des filles avait dit l'avoir aperçue plus tôt dans la soirée... Normalement, elle aurait dû se trouver là...

Pour la dixième fois, il tourna dans une petite rue sombre aux murs criblés d'éclats vieux d'un demi-siècle et passa devant quelques galeries de peinture « alternatives », pour revenir faire le parcours inverse. Krisantem interrogea en turc deux autres putes qui ne savaient rien... Enfin, au moment où ils allaient renoncer, une BMW s'arrêta de l'autre côté de la rue et Gulé en émergea, en cuissardes orange et bas argentés. Malko dut faire demi-tour un peu plus loin, à cause de la circulation.

Lorsqu'il put enfin revenir sur ses pas, ce fut pour voir une vieille voiture s'arrêter à la hauteur de Gulé. Après une courte discussion, elle monta à l'arrière.

– *Himmel !* jura Malko.

Il jouait de malchance.

– On la suit ? proposa Elko Krisantem.

– Inutile, dit Malko, elle va revenir.

En principe, ce ne devrait pas être trop long... Ils continuèrent leur circuit. Plus la nuit avançait, plus les putes se faisaient rares... A 2 heures du matin, il n'y avait plus dans les parages que les policiers gardant la synagogue. Malko dut se rendre à l'évidence : Gulé avait terminé sa nuit de travail. Dépité, il prit le chemin du *Kempinski*. Encore une journée de perdue.

*
**

Allongée sur un vieux billard réformé du *pool-room*, les poignets et les chevilles liés à ses pieds massifs, Gulé essayait de maîtriser la terreur qui la paralysait. Depuis que les hommes du service de sécurité du PKK l'avaient fait monter dans leur voiture, à Chausseestrasse, tout avait basculé... D'abord, elle avait cru que les Kurdes voulaient seulement profiter gratuitement de ses charmes. Cela arrivait parfois. Mais au lieu de la conduire dans un endroit isolé, ils l'avaient ramenée à Kreutzberg. Sans explication.

La salle de billard était fermée au public. Dans la pénombre, elle avait aperçu une silhouette corpulente installée dans un fauteuil pivotant.

Djamal Talanbani en personne. Il fumait un cigare. Impassible, il s'était levé pour s'approcher de Gulé, muette de stupéfaction. D'une voix douce, il lui avait dit :

— Quelqu'un m'a appris ce soir que tu nous trahissais. Je suis très déçu. Nous avons fait beaucoup pour toi.

Elle voyait à peine ses prunelles noires, mais connaissait sa réputation de cruauté. Cet homme avait sur les mains le sang de centaines de gens. Il ne connaissait pas la pitié. Elle avait réussi à balbutier une faible dénégation, mais Talanbani l'avait arrêtée d'un geste de son cigare.

— Ne perds pas de temps. Ton sort sera plus doux.

Avec les mêmes gestes calmes, il avait pointé son cigare sur le cou de Gulé et l'avait écrasé jusqu'à ce que toute la braise soit éteinte, insensible aux hurlements de la jeune femme. Ensuite, Talanbani s'était éloigné sans un mot et sans un regard. Au PKK, on ne laissait *jamais* vivre les traîtres. C'est ainsi que le Mouvement survivait

aux assauts conjoints des Turcs, des Iraniens et des Irakiens. Gulé ne ferait pas exception.

Djamal Talanbani se laissa tomber sur le siège de sa
Rolls et alluma un nouveau cigare, en remerciant mentalement l'homme qui lui avait donné un discret coup de
fil : Otto Lehr, à qui il fournissait régulièrement des informations sur les Iraniens et les Irakiens. L'Allemand
l'avait averti que Gulé était en contact avec des Américains de la CIA qui travaillaient avec les services turcs,
les pires ennemis du PKK.

*
**

Margot Zimmerman, installée au café *Alibi*, regardait
l'immeuble qui abritait le QG du PKK. Depuis deux
jours, elle avait tenté de renouer quelques vieilles amitiés.
Depuis 1979, Berlin-Est avait souvent servi de base opé-
rationnelle au groupe Carlos. Ce dernier avait effectué de
longs séjours au *Metropole* et dans des appartements pri-
vés, sans se cacher, fier de montrer sa célébrité aux terroristes plus obscurs qui venaient se « ressourcer » dans
la capitale de la DDR. Grâce aux membres de son groupe
venus de la RAF (1) ou des Rote Cellen (2), comme Margot Zimmerman, il était entré en contact avec tous les
extrémistes de gauche d'Allemagne, fiers de collaborer
avec un homme aussi célèbre.

De cette façon, il avait eu accès à leurs planques, à
leurs réseaux logistiques et à leurs sympathisants.

Après la chute du Mur, tous ces extrémistes s'étaient
fondus dans la masse des « Ossies », mais n'avaient pas
oublié. Certains avaient totalement « décroché », mais
d'autres rêvaient toujours de servir les causes perdues du
communisme ou du terrorisme palestinien.

Carlos, qui entretenait d'excellents rapports avec plu-

(1) Rote Armee Fraktion.
(2) Cellules rouges.

sieurs pays arabes, était au mieux avec les services irakiens, yéménites, libanais et syriens, bien entendu. Ne se
déplaçant qu'avec des passeports diplomatiques du Yemen, de l'Irak, de la Syrie ou de la Libye, il jouissait
d'un grand prestige parmi les terroristes plus modestes.
Parmi eux se trouvaient quelques Kurdes du PKK, protégés par le KGB et la Stasi. Un jour, Carlos, grand
seigneur, était intervenu en faveur d'un militant du PKK
qui avait eu l'imprudence d'égorger un agent des services
turcs. Il l'avait arraché aux griffes de la *Volkspolizei*.

Un certain Deniz Cicuret.

Margot Zimmerman s'était mis à sa recherche, « pei-
gnant » avec prudence le quartier de Kreutzfeld. Sans trop
d'espoir. Cette histoire remontait à 1982 et Deniz pouvait
être mort, retourné au Kurdistan ou disparu. Pourtant, la
patience de Margot Zimmerman avait payé. Dans un restaurant de *Kleine Ankara*, elle avait fini par dénicher un
garçon du même village que Deniz ! Ce dernier avait pris
du champ avec le PKK, après avoir été grièvement blessé
dans une action clandestine et tenait une boutique de
glaces dans Kreutzfeldstrasse !

Lorsqu'il avait reconnu Margot Zimmerman, il lui
avait quasiment baisé les mains, lui demandant immédiatement des nouvelles de Carlos.

– Il n'est pas à Berlin, mais il ne vous a pas oublié,
avait répondu Margot Zimmerman. Il m'a justement envoyé à vous pour que vous lui rendiez un service.

– Je donnerai ma vie pour lui, avait proclamé le
Kurde.

L'ancien Peshmerga (1) avait écouté le récit de l'Allemande, et promis d'essayer de retrouver Nabil Tafik,
décrit par Margot Zimmerman comme un agent américain. Un traître. Elle n'avait pas besoin d'en dire plus.
Deniz, accoutumé à la vie clandestine, ne lui avait pas

_____

(1) Combattant kurde.

demandé où la joindre, lui donnant simplement son téléphone.

Il n'y avait plus qu'à attendre.

Margot Zimmerman n'avait pas fait de vieux os dans
ce quartier, certainement plein d'informateurs du BND
ou du *Verfassungsschutz*. Si elle se faisait prendre, Carlos n'avait personne d'assez sûr à envoyer à Berlin. Or,
il fallait retrouver et tuer Nabil Tafik. Toute la sécurité
du groupe Carlos et de ce dernier en particulier en dépendait.

Le patron du *Moukhabarat* avait convoqué le chef terroriste, l'avertissant que sa présence à Damas dépendait
de l'élimination de Tafik...

Or, les endroits où Carlos pouvait désormais se réfugier se comptaient sur les doigts de la main. Le Yemen
venait de basculer dans l'orbite saoudienne, donc américaine. Finis les passeports yéménites. L'Irak était trop
difficile d'accès. Cuba, une île avec un régime chancelant.
Fatalité, un des derniers piliers sûrs du terrorisme, Kim
Il Sung, président de la Corée du Nord, venait de mourir
d'une crise cardiaque. Il fallait donc à tout prix demeurer
en Syrie, sauf à se lancer dans une errance qui se terminerait très mal.

L'Allemande sursauta, la main déjà sur son pistolet.
Son ancien copain venait de se matérialiser sur le trottoir,
plutôt nerveux.

— Ne restons pas ici, murmura-t-il.

Ils s'éloignèrent vers le square. Le Kurde semblait inquiet.

— Tu as appris quelque chose ? demanda Margot Zimmerman.

— Oui, mais j'ai peur. Cela touche Djamal Talanbani,
notre chef.

— Ecoute, fit Margot Zimmerman, l'homme que je recherche est un traître. Il est dangereux pour le PKK. Il
faut que tu me dises ce que tu as découvert.

Le Kurde demeura muet. Alors, Margot Zimmerman sortit un paquet de marks de son sac et les lui montra.

— Personne ne saura jamais que tu as reçu de l'argent, dit-elle d'un ton plein de persuasion...

Deniz avait déjà les billets dans la main. Ses doigts se refermèrent dessus et il les mit dans sa poche, avec un regard affolé. Il savait très bien qu'avec une femme comme Margot Zimmerman, il n'était pas question de s'enfuir avec l'argent sans rien dire. Une balle l'aurait vite rattrapé...

— Il y a bien quelqu'un qui se cache au dernier étage de l'immeuble, expliqua-t-il d'une voix imperceptible. Il est sous la protection personnelle de Djamal Talanbani. On ne sait rien de lui, mais peut-être est-ce celui que vous cherchez. C'est un Arabe.

Margot Zimmerman avait l'impression qu'on lui versait du miel dans la gorge.

— Il est petit, les cheveux gominés, il parle avec l'accent libanais, dit-elle.

Son interlocuteur secoua la tête.

— Je ne sais pas...

— Il est toujours là ?

— Oui, je crois.

— Décris-moi l'intérieur de l'immeuble.

Il obéit, précisant qu'il y avait des gardes jour et nuit. Impossible d'attaquer de front pour aller chercher le « pensionnaire » de Talanbani. Il fallait utiliser une autre méthode, songea Margot Zimmerman. Elle prit le Kurde par le coude.

— Personne ne saura que tu m'as parlé. Va-t'en maintenant.

Deniz s'éloigna, pas rassuré. Mais le petit matelas de marks lui réchauffait le cœur.

Margot Zimmerman gagna une cabine téléphonique « neutre » d'Oranienplatz et s'attela à la tâche fastidieuse d'entrer en contact avec son chef.

Cela prit vingt minutes.

Elle expliqua la situation et conclut :

– Il n'y a qu'une chose à faire. Que nos amis entrent en contact avec Talanbani afin qu'il cesse de protéger ce salaud. Ensuite...

Ensuite, il n'y aurait plus qu'à guetter Nabil Tafik quand il serait obligé de sortir de son trou. Et à l'abattre comme on tue un lièvre qui quitte son terrier.

*
**

– Tu as de beaux seins ! fit d'un ton plutôt plaisant un des moustachus penché sur le torse nu de Gulé.

Il tâta la poitrine ferme et Gulé en eut la chair de poule. Celui-là, elle le connaissait. Tansu Celler. Il avait dû fuir la Turquie après une série de massacres horribles dans le Kurdistan. Il exécutait ceux qui avaient prêté main-forte aux troupes turques, découpant les femmes, les enfants, les brûlant vifs. Les Turcs avaient mis sa tête à prix. Maintenant, il se reposait à Berlin, à la tête d'une entreprise de construction, tout en demeurant un des exécuteurs préférés de Talanbani. Capable de terrifier des gens qui pourtant savaient qu'ils allaient mourir de toute façon.

Tout un art.

– Je t'en prie, ne me fais pas de mal, supplia la Kurde.

Tansu Celler se pencha si près qu'elle sentit les poils de sa moustache. Il la bâillonna.

– Je vais te couper tes beaux seins, annonça-t-il du même ton léger.

Il alla mettre une cassette dans un petit Akaï portatif et le son d'une musique orientale, très rythmée, monta dans la salle déserte. Gulé avait été attachée sur un lourd fauteuil, posé au milieu d'une caisse de son afin que son sang ne s'infiltre pas dans le plancher. Le lendemain, la salle serait ouverte comme d'habitude.

Le Kurde revint en se déhanchant, mimant une danse orientale au rythme de la cassette. Puis, d'une main ferme, il empoigna le sein de Gulé et promena d'un geste sec la lame de son rasoir à sa base, le long des côtes.

Le hurlement de Gulé, pourtant bâillonnée, franchit les fenêtres. La lame s'était enfoncée de trois ou quatre centimètres et le sang ruisselait le long de son estomac ; le sein n'était pas détaché, mais encore un coup et ce serait fait...

Tansu Celler regarda son œuvre. Absolument indifférent. Gulé haletait, parcourue par une douleur inhumaine. Il se pencha à son oreille.

– Qui t'a contactée ? Pourquoi ?

La douleur lui brouillait le cerveau. Tansu Celler reposa la main sur son sein et ce seul contact la rendit folle de terreur.

– Arrête, arrête, je vais tout te dire ! promit-elle.

Il hésita. S'il lui coupait le sein entièrement, elle le prendrait au sérieux... Mais elle avait déjà commencé à parler et il fut forcé d'écouter... Lorsqu'elle eut terminé, qu'il eut posé toutes les questions permettant de préparer une parade, il replia son rasoir et alla à l'autre bout de la pièce, laissant Gulé se vider de son sang. De toute façon, elle ne comptait pas plus qu'un mouton égorgé pour l'Aïd el-Khebir.

Il décrocha un téléphone posé sur le comptoir et appela un numéro.

– J'ai quelque chose pour le patron, annonça-t-il.

On alla transmettre puis son interlocuteur revint à l'appareil.

– Viens.

Laissant Gulé attachée à son fauteuil, il descendit et gagna à pied l'endroit où Talanbani tenait sa réunion dans le quartier. Un couloir crasseux, des gardes armés, puis on le fit pénétrer dans une petite pièce enfumée qui sentait le haschich. Talanbani congédia les trois hommes qui se trouvaient avec lui et adressa un sourire encourageant à Tansu Celler.

– Alors, tu as bien travaillé une fois encore...

Tansu Celler sourit avec modestie et commença son récit d'un ton monocorde, en s'aidant d'un papier sur lequel il avait griffonné des notes. A son tour, Talanbani nota quelques informations et arrêta son homme de main :

– Bien. Termine le travail et nettoie tout.

Il le raccompagna et lui donna une tape affectueuse sur l'épaule. Tant que le PKK compterait des hommes comme lui, il serait fort.

Tansu Celler regagna le grand immeuble du coin en sifflotant. Grâce à Talanbani, il menait une vie agréable, avait de l'argent, toutes les femmes qu'il voulait et pouvait se livrer à son hobby favori : torturer et tuer. En toute impunité. Certes, une balle arrêterait un jour cette belle carrière, mais Dieu ne lui avait pas précisé quand.

Une mare de sang s'étalait sous le fauteuil. Gulé, le menton sur la poitrine, s'était évanouie, à moitié exsangue. Tansu Celler alla chercher un des gardes de la salle de billard. A deux, ils la détachèrent et l'enroulèrent dans une couverture, sans provoquer de réaction. Entre la douleur et l'hémorragie, elle était déjà à moitié morte. Pour plus de sûreté, Tansu Celler ficela le « colis », tandis que son copain avançait la voiture. Oranienstrasse était déserte et il ne leur fallut que quelques secondes pour jeter le corps inanimé sur la banquette arrière.

Ils rejoignirent les quais du Landwehr Kanal en quelques minutes. A cet endroit, bordé d'immeubles en reconstruction, un sentier courait le long de l'eau. Ils stoppèrent, sortirent le corps et le traversèrent en courant.

Au bord du canal, ils étaient invisibles du quai. Ils ôtèrent la couverture. Gulé gémit faiblement, ranimée par le froid. Tansu Celler amena son corps juste au bord puis, avant de la projeter dans le canal, lui trancha la gorge d'un rapide coup de poignet. Les jets de sang se perdirent dans l'eau noire du canal et seules les cuissardes orange furent visibles quelques secondes.

Un meurtre qui ne bouleverserait pas la Kripo, habituée

aux règlements de comptes entre prostituées kurdes et allemandes. Une histoire de maquereaux...

Qui se soucierait d'une morte non identifiée, non allemande, et prostituée de surcroît ?

*
**

Le matin, le quartier turc grouillait d'animation. Elko Krisantem avait d'abord flâné sur le marché, puis remonté Adalbertstrasse, s'arrêtant dans un *Imbiss* pour déguster un *chawerma*, comme les dizaines de Turcs désœuvrés qui traînaient dans le coin. Un voisin lui avait demandé du feu et ils avaient échangé quelques propos sans intérêt, sur le chômage et le temps.

Elko ouvrait ses oreilles, en vain.

Au bout d'une demi-heure de ce régime, il comprit qu'il n'arriverait à rien, sinon à se faire remarquer... Il y avait encore quelque chose à faire que Malko n'avait pas mentionné mais qui tombait sous le sens. Il revint sur ses pas et s'arrêta devant le bric-à-brac de la boutique Ocak, import-export. Les tableaux naïfs s'entassaient toujours sur le trottoir. Il pénétra à l'intérieur et reconnut le jeune moustachu qui l'avait déjà accueilli une première fois. Avec son sourire le plus timide, Elko demanda en turc :

– Je voudrais voir Gulé. Tu te souviens de moi ? Je suis venu l'autre jour.

Le boutiquier lui adressa un regard blasé.

– Elle n'est pas là, dit-il. Mais elle va peut-être passer. Va l'attendre au café *Alibi*. Si je peux, je te l'envoie.

A l'*Alibi*, Krisantem commanda un café turc et s'assit à la terrasse, regardant le spectacle de la rue. Une heure s'écoula. Pas de Gulé. A 11 heures, il se décida à retourner à la boutique. Sans remarquer deux hommes qui s'attachaient à ses pas.

L'un d'eux était Tansu Celler.

CHAPITRE XVI

Nabil Tafik sentit le sang se précipiter dans ses artères en voyant les deux moustachus qui attendaient dans le couloir. Il avait assez fréquenté de tueurs pour en reconnaître au premier coup d'œil.

– Le patron veut te voir, annonça un des deux Kurdes.

– Où ?

– On va te conduire. On t'attend en bas.

Le Syrien était torse nu, enroulé dans une serviette. Son pouls ralentit un peu. Il avait craint le pire... Habillé, il hésita à prendre son pistolet, signe de méfiance. Il le mit finalement dans une petite sacoche. Après tout, il était traqué par des gens qui voulaient sa peau. Talanbani ne se formaliserait pas de le savoir armé, en dépit de la susceptibilité des Kurdes. Ses « guides » l'attendaient en bas, bavardant avec d'autres types patibulaires. Il régnait toujours une ambiance étrange dans cet immeuble.

Le temps était lourd et orageux. Ils gagnèrent Adalbertstrasse pour tourner ensuite dans une ruelle étroite, bordée d'échoppes sans vitrines, à l'orientale. Les deux émissaires le guidèrent jusqu'à un marchand de tissus. Deux gardes veillaient devant l'arrière-boutique, dissimulant à peine leur Kalachnikov. Ici, la police allemande n'était pas chez elle. Nabil Tafik dut se baisser pour entrer dans une toute petite pièce à l'atmosphère étouffante, éclairée par une ampoule pendant du plafond, et garnie de tapis et de coussins.

Djamal Talanbani était assis sur le sol, le dos appuyé à des coussins, un plateau de cuivre avec un service à thé à côté de lui, ainsi qu'un pistolet-mitrailleur Skorpio. C'était une de ses nombreuses permanences – il en changeait tous les jours –, dans lesquelles il recevait des militants du PKK. Un vieux téléphone noir était posé sur le tapis devant lui. Sans se lever, il tendit les bras à Nabil Tafik, avec une cordialité légèrement forcée.

– Mon frère ! Je suis content de te voir. Tout se passe bien pour toi ? Tu te distrais un peu ? ajouta-t-il avec un clin d'œil égrillard.

Nabil Tafik assura que tout était parfait, qu'il ne saurait jamais comment remercier de son hospitalité le grand Djamal Talanbani. Ce dernier balaya les compliments d'un air modeste et se lança dans un discours politique fumeux, d'où il ressortait que la Syrie était l'alliée naturelle et irremplaçable des Kurdes. Il oubliait de préciser que les Syriens avaient exterminé les leurs avec une minutie qui faisait paraître le nettoyage ethnique de Bosnie comme un travail d'amateurs. Nabil Tafik attendait la suite, pas rassuré. Djamal Talanbani ne l'avait pas convoqué pour parler de la pluie et du beau temps. Ce long préambule signifiait qu'il avait un message difficile à transmettre. Noué d'angoisse, le Syrien décida de se jeter à l'eau :

– Je sais que ton temps est précieux, avança-t-il, je ne voudrais pas t'accaparer trop longtemps. Cette visite m'a réchauffé le cœur.

Il fit mine de se lever, forçant ainsi le Kurde à dévoiler ses batteries. Talanbani l'arrêta d'un geste beaucoup plus sec. Le sourire s'était effacé de son visage et c'est d'une voix presque agressive, lourde de reproche, qu'il attaqua :

– Nabil, mon frère, tu ne m'avais pas parlé de ton différend avec tes chefs...

Nabil Tafik se sentit liquéfié. Ces salauds du *Mouk-*

habarat l'avaient balancé ! Machinalement, il jeta un
coup d'œil à sa sacoche. Sans insister. Un pistolet contre
des Kalachs, c'était du suicide. Il bredouilla, regardant le
tapis élimé devant lui :

– Je n'ai pas voulu t'ennuyer avec ces problèmes.
C'est très personnel.

– Bien sûr ! reconnut le Kurde. Mais tu sais à quel
point nous avons besoin de ton pays.

Nabil Tafik hocha la tête. Cela sentait de plus en plus
mauvais. Talanbani enchaîna aussitôt :

– J'ai reçu un message de Damas. Ils souhaitent que
tu viennes t'expliquer. Comme tu es de bonne foi, les
choses s'arrangeront sûrement.

Nabil Tafik parvint à sourire. Il serait découpé vivant
en morceaux avant même d'avoir quitté l'aéroport. Il essaya d'en savoir plus.

– Qui t'a transmis ce message ? demanda-t-il.

– Le responsable des Syrian Airlines à Berlin. Il a
d'ailleurs un billet à ta disposition...

Un billet *one way* bien entendu... Un instant, Nabil
Tafik se demanda si ce vieux salaud n'allait pas le faire
escorter par ses tueurs jusqu'aux Syrian Airlines. C'est-
à-dire directement en enfer. Ils le tueraient sur place ou
le drogueraient. Lui-même avait déjà supervisé une opération de ce type. L'intéressé s'était retrouvé directement
dans un bain d'acide, à hurler comme un damné.

– J'entrerai en contact avec lui, promit Nabil Tafik.

Il n'avait plus qu'une idée, sortir de ce réduit étouffant.
De nouveau, il fit mine de se lever. Talanbani, cette fois,
ne prit pas de gants.

– A cause de notre vieille amitié, annonça-t-il, je peux
te garder encore cette nuit. Mais tu dois être parti demain.
Où tu veux, tu es libre. Je ne peux pas entrer en conflit
avec Damas. Tu me comprends...

Nabil Tafik comprenait. Trop secoué pour répondre, il
hocha la tête. Finalement, Talanbani n'était pas une or-
dure. Il aurait pu l'égorger sur place et livrer son corps

aux Syrian Airlines. Mais l'hospitalité kurde était sacrée. Dès qu'il serait sur le trottoir d'Oranienstrasse, Nabil Tafik serait cependant en danger de mort. Certes, même les Syriens n'oseraient pas venir le chercher chez Djamal Talanbani. Mais au-dehors...

Il se leva et cette fois, le chef du PKK ne le retint pas. Il se retrouva groggy dans la rue. Non seulement il perdait sa coquille, mais les autres savaient où il se trouvait. Ils allaient le guetter et le tuer. Son idée de fuir l'Allemagne ne tenait plus. Avec des tueurs de cet acabit aux trousses, il n'arriverait pas à la frontière. En plus, Carlos avait des relais en Amérique latine. Il s'était associé depuis peu à un ex-trafiquant d'armes vivant à Damas, Djamel al-Kassar, et pouvait actionner les tueurs des différents cartels de la cocaïne ; aller en Colombie chez son cousin serait du suicide...

Sans même s'en rendre compte, il arriva devant la lourde porte de l'immeuble. Au lieu d'entrer, il continua jusqu'à Oranienplatz, et se glissa dans une cabine téléphonique. Il ne lui restait pas beaucoup de temps pour s'organiser. Sa conversation fut brève et, ensuite, il se hâta de rentrer. Tandis qu'il attendait l'ascenseur, une évidence lui sauta aux yeux : les seuls qui ne désiraient pas le voir mort étaient ses ennemis naturels : la CIA et le Mossad. Puisqu'on l'avait forcé à trahir, il allait vraiment trahir.

Pour sauver sa peau.

*
**

Malko bouillait intérieurement d'impatience. Jusqu'au soir, il était paralysé, sauf à traîner à Kreutzberg. Il fallait coûte que coûte retrouver Gulé. Finalement, il proposa à Krisantem :

— Retournez chez Ocak. Insistez.

C'était prendre un risque certain, mais il n'avait pas tellement le choix. La disparition de Gulé commençait à

devenir inquiétante... Ils prirent la route de Kottbusser-
Tor et il déposa Elko Krisantem de l'autre côté de S-
Bahn, le laissant continuer à pied... L'employé d'Ocak,
noyé dans son capharnaüm, l'accueillit plutôt fraîchement. Elko se fit humble, expliquant le lapin posé par
Gulé. Son interlocuteur finit par abandonner ses comptes
et disparut dans l'arrière-boutique. Elko l'entendit téléphoner, sans comprendre ce qu'il disait, car il ne parlait
pas kurde. L'autre reparut et lui jeta :

— Elle viendra vous retrouver dans un restaurant de
Kreutzberg, l'*Osteria Uno*, dans Kreutzbergstrasse, vers
9 heures.

Soulagé, Elko repartit annoncer la bonne nouvelle à
Malko, et rafla au passage tous les journaux turcs du
kiosque. En Autriche, ils étaient difficiles à trouver...
Malko reprit la direction de Clayallee. Il n'avait pas eu
de nouvelles d'Otto Lehr et n'en attendait pas, mais il
fallait mettre la CIA au courant. Sans Gulé, les chances
de retrouver Nabil Tafik s'amenuisaient à vue d'œil. S'il
était encore à Berlin.

Il leur fallut presque une heure pour traverser la ville !
Fitzroy Mac Coy, toujours aussi chaleureux, écouta le
récit de Malko sans broncher, avec un demi-sourire, et
conclut sur un ton cynique :

— J'ai toujours su qu'Otto Lehr n'était pas un client
facile. D'ailleurs, au BND, ils le haïssent et disent sur
lui des horreurs qui sont probablement vraies ! Hélas,
vous connaissez le proverbe chinois : qu'importe la couleur du chat, du moment qu'il attrape les souris. Et nous
avons absolument besoin d'une souris qui s'appelle Nabil
Tafik...

Malko demeura muet, mais pas surpris. L'aimable cynisme de Fitzroy Mac Coy était monnaie courante dans
le Renseignement, dont les deux mamelles étaient le
chantage et la cupidité. Apparemment, Otto Lehr réunissait les deux...

— J'ai peur qu'il ne me fasse payer mon éclat, avoua

Malko, j'ai été imprudent, emporté par la colère. J'aurais
dû attendre, mais je craignais qu'il ne se venge tout de
suite sur Hildegarde Dietrich. En Afrique du Sud, j'ai eu
un problème similaire qui s'est très mal réglé.

— Je sais, fit l'Américain qui connaissait ses dossiers.
Mais je ne veux pas qu'Otto Lehr s'amuse à jouer au
con. Si je vais raconter l'histoire à ses collègues du BND,
ils auront sa peau. On est en pleine période de moralisa-
tion... Mais il y a du nouveau. Nos écoutes techniques
ont intercepté des messages que nous n'avons pas encore
pu décrypter entre Berlin et Damas, qui semblent bien
avoir trait à notre « client ». On se remue à Damas. Il est
temps de mettre la main sur Tafik. Avant qu'ils ne l'égorgent. Notre centre de Beyrouth a intercepté une conversation téléphonique entre deux services de Damas où ils
parlaient de lui. Sa famille est au trou et ils disaient que
bientôt lui serait mort. Apparemment, ils mettent la pression.

— Cela ne nous dit pas où il se trouve, remarqua
Malko.

— A Berlin. J'en suis presque certain. En tout cas, il
ne l'ont pas encore. Ni lui, ni ses documents...

— On a fouillé sa maison, à Grunewald ?

L'Américain eut un sourire ironique.

— Vous pouvez faire confiance à Otto Lehr. Ils sont
sûrement en lieu sûr. Seul Tafik peut nous mener à eux.
J'ai l'impression, en plus, que même le BND n'a pas
retrouvé tout le dossier *Separat*.

— Nous ne comptons plus que sur cette Gulé, remarqua
Malko. Si nous ne la retrouvons pas ce soir, ce sera très
mauvais signe.

L'Américain lui adressa un regard surpris.

— Vous craignez quelque chose ?

— Je suis inquiet, corrigea Malko. Je n'aime pas ce
rendez-vous manqué. Elle a pu être imprudente... Mais
ce n'est qu'une hypothèse. Pessimiste.

Depuis le début de cette affaire, toutes les hypothèses pessimistes s'étaient, hélas, vérifiées... Malko se leva.

— Vous êtes chez vous ce soir ?

— Oui, je reçois des gens importants de Bonn.

— J'espère que j'aurai de bonnes nouvelles...

*
**

Le pouls de Nabil Tafik grimpa comme une fusée quand il entendit frapper à sa porte. Il glissa silencieusement jusqu'au battant et demanda :

— Qui est-ce ?

— Moi.

La voix de Lydia.

Il entrouvrit. La jeune femme souriait derrière ses lunettes, moulée dans une robe noire sous laquelle il devina une guêpière. Incorrigible. A peine dans la chambre, elle se colla à lui de tout son bassin et commença son ballet habituel, allant droit aux endroits les plus sensibles ; en plus, fait inhabituel, elle s'était arrosée d'un parfum lourd qui allait très bien avec les bas noirs et ce qu'il devinait...

— Attends, parvint-il à dire, repoussant une langue agile comme un serpent. Viens.

Il ne voulait pas rester dans cette chambre, probablement farcie de micros, et encore moins sortir. Après l'entrevue avec Talanbani, il était sans illusion, son répit était terminé. Il n'y avait donc qu'une solution qui reposait entièrement sur Lydia. La jeune femme le suivit docilement dans l'escalier. La salle de billard du cinquième était totalement vide. Le gorille de garde, connaissant Nabil, le laissa entrer avec la jeune femme. Ici, il n'y avait pas de micros...

Nabil Tafik alla jusqu'au bout de la salle en L, dans un endroit invisible de la porte.

— J'ai besoin que tu me rendes un grand service, annonça-t-il.

– Tout ce que tu veux, mon amour, roucoula Lydia, déjà en train de glisser de longs ongles sous sa chemise.

Son bassin dansait une gigue lente contre lui. Dur de se concentrer, dans ces conditions. En plus, il craignait d'être surpris et surveillait la porte.

– Il faut que tu ailles au *Kempinski Hotel*, dit le Syrien.

Les yeux de la concertiste brillèrent.

– Pour te retrouver ?

– Non. Mais c'est très sérieux, tu sais ; je te l'ai dit, j'ai des problèmes graves. On veut me tuer. La seule personne qui peut me sauver se trouve au *Kempinski*. Il faut que tu la contactes.

– Qui est-ce ? Comment s'appelle-t-il ?

– Je ne sais pas son nom. Seulement le numéro de sa chambre : 430. C'est un homme blond, grand, avec des yeux dorés. Il parle allemand.

– Mmum... fit Lydia, mutine. Tu me mets l'eau à la bouche.

Elle était en train d'extraire de son pantalon son membre gonflé et de le manuéliser avec soin. Nabil Tafik faillit défaillir. Cette salope lui vidait le cerveau ! Et pourtant, il devait se concentrer. Sa vie était en jeu.

– Tu vas lui dire que je suis prêt à collaborer avec lui, dit-il. A ses conditions. Mais il faut qu'il vienne me chercher ici demain matin, le plus tôt possible. Dis-lui aussi que les autres m'ont retrouvé.

Lydia écoutait, toujours absorbée par la même occupation, et pensant visiblement à autre chose, en guignant le billard voisin.

– Je n'ai jamais fait l'amour sur un billard, dit-elle d'une voix tout excitée.

Nabil l'aurait tuée.

– Vas-y tout de suite ! intima-t-il. Tu ne te rends pas compte...

– Quand tu m'auras baisée, trancha-t-elle. J'ai envie de ta queue dans mon ventre.

Joignant le geste à la parole, elle recula, se hissa sur le billard le plus proche et s'allongea dessus, à plat dos, les talons de ses escarpins accrochés au rebord, impudique comme une guenon. Nabil Tafik bandait comme un cerf. Et de toute façon, il était obligé d'en passer par là. Il s'approcha, releva encore les jambes et s'enfonça dans Lydia d'un seul élan. La jeune femme, ravie, roucoula de bonheur et se laissa pilonner.

Ce fut vite fait. Dans cette atmosphère bizarre, elle explosa de plaisir en même temps que son amant, qui se vida en elle, oubliant provisoirement tous ses problèmes.

Apaisée, elle reprit contact avec le sol, et embrassa fougueusement Nabil.

— J'y vais, dit-elle. Comment je vais te prévenir ? Tu as un téléphone ?

— Ne me préviens pas. Tout ce qu'il faut, c'est qu'il soit là demain matin... Sinon tu risques de ne jamais me revoir.

*
**

A plusieurs reprises, Malko avait vérifié qu'il n'était pas suivi. Ce calme ne lui disait rien. Kreutzbergstrasse était située dans la partie « convenable » du quartier, bordée de vieux immeubles 1900 ou de leurs copies récentes. Lui et Elko étaient armés. Aucune nouvelle d'Otto Lehr. Il n'avait même pas appelé la CIA. Malko avait eu une courte communication avec Hildegarde Dietrich qui l'avait encore remercié. Mais elle ne pouvait plus l'aider en rien, hélas. La mort de l'officier du MFS était passée complètement inaperçue.

— C'est là, annonça Elko Krisantem.

L'*Osteria Uno* était un bistrot italien tout près d'un parc, plutôt sympa. Ils se garèrent devant, y entrèrent et découvrirent un grand comptoir bruyant avec des filles style mannequin, des couples, la main dans la main, d'accortes serveuses et trois musiciens dans un coin. Un en-

droit « in ». On les plaça près de la porte, d'où ils pouvaient observer le spectacle. Des gens entraient et sortaient sans arrêt. Visiblement des habitués. L'atmosphère
était plutôt bruyante, la cuisine se révéla médiocre... En
une heure, ils eurent fini.

Seul l'espresso était délicieux ! Décidément, il n'y
avait que les Italiens pour faire du café.

— Vous ne vous êtes pas trompé ? demanda Malko.

Ce n'était pas le genre d'endroit où on s'attendait à
trouver une pute kurde. C'était plutôt intellectuel, alternatif ou cover-girl... Et loin du quartier turc.

— Je suis sûr, insista Elko Krisantem.

— Bon, on attend jusqu'à 9 h 30, décida Malko, ensuite
nous irons à Oranienstrasse.

Il tourna la tête, car la porte venait de s'ouvrir. Ce
n'était pas Gulé, mais un Turc au crâne rasé, aussi large
que haut, un bouquet de roses à la main. On s'attendait
plutôt à le voir avec un poignard. Un sourire mielleux
aux lèvres, il commença à faire le tour des tables, proposant ses fleurs à tous les couples, avec un sourire servile.

Puis il redisparut comme il était venu... Alerté, Malko
demanda à la serveuse :

— C'est normal ?

Elle éclata de rire.

— Oh oui, ils viennent tous les soirs. Parfois ils sont
plusieurs. Ils ont chassé les autres marchands de fleurs
en les terrorisant.

Décidément, Berlin était une drôle de ville... Mais Gulé
n'était toujours pas là.

*
**

Lydia, furieuse, venait de se faire draguer par un industriel de Munich qui l'avait prise pour une pute. Installée dans un fauteuil en face des ascenseurs, elle guettait l'homme décrit par son amant. La suite 430 ne

répondait pas. Impossible de prendre l'ascenseur, il fonctionnait avec la carte magnétique de la chambre. Jusqu'ici, elle n'avait rien vu qui ressemblât à un blond aux yeux dorés.

Elle était arrivée à 9 heures, après une répétition, et par le S-Bahn, car elle ne prenait jamais de taxis, trop chers pour elle. Elle resterait jusqu'à minuit. Brutalement, elle découvrait un aspect inconnu de la vie de son amant. Jusque-là, elle ne s'était intéressée qu'à son sexe. Mais il avait aussi une vie professionnelle, dont il ne lui avait jamais parlé. Elle avait même oublié les grosses enveloppes jaunes enfouies au fond d'un de ses placards. Deux choses comptaient dans sa vie : la musique et le sexe infatigable de son amant arabe. Pour lui, elle avait commencé à faire de la gymnastique, afin d'avoir des fesses plus fermes, lorsqu'il la sodomisait. Pendant des années, elle avait eu un rêve favori : sur un bateau de pirates, elle se faisait sodomiser sauvagement par tout l'équipage. Impossible de remonter à l'origine de ce rêve... Maintenant, il était devenu réalité.

Excitée par l'idée de se faire défoncer, elle ne vit un homme que de dos et se précipita dans l'ascenseur à sa suite. Lorsqu'il se retourna, elle mesura son erreur ; d'un ton égrillard, il demanda :

– A quel étage allez-vous, *Fräulein* ?
– Je descends, dit sèchement Lydia.

Elle avait horreur de se faire draguer par des inconnus, même si elle ne portait jamais de culotte.

*
**

Malko en était à son troisième café lorsqu'un nouveau marchand de roses pénétra dans le restaurant, tout aussi patibulaire que le premier. Il fila vers la seconde salle, disparaissant à leur vue.

Deux minutes plus tard, un nouveau venu ouvrit la porte et fonça vers le distributeur automatique de cigarettes, laissant le battant ouvert derrière lui. Malko aperçut alors un troisième Turc, le visage pas rasé, l'air mauvais, qui s'approchait du restaurant. Lui aussi tenait une énorme gerbe de roses à la main.

Le pouls de Malko s'accéléra brutalement ; son sixième sens l'avertissait d'un danger. Quelque chose d'anormal se préparait. Il tourna la tête vers l'intérieur du restaurant. Le premier marchand de roses essayait de vendre une fleur à un jeune couple attablé près du bar. Mais son attitude était bizarre. Le bouquet dans la main gauche, il discutait mollement, sans regarder ses interlocuteurs, le regard fixé sur la table de Malko. Et d'après son expression, il n'avait pas envie de lui coller ses roses.

– Elko, attention ! souffla Malko.

Juste à ce moment, le troisième marchand de fleurs entra dans le restaurant. A peine la porte franchie, il laissa tomber à terre le gros bouquet rouge, découvrant un pistolet-mitrailleur Skorpio.

CHAPITRE XVII

Tout se passa très vite. Le Turc qui proposait des roses dans la seconde salle lança une interjection au nouvel
arrivant, son bras tendu désignant la table où se trouvaient
Malko et Krisantem. Lâchant lui aussi son bouquet, il
arracha de sa ceinture un pistolet.

Malko avait déjà son pistolet extra-plat au poing. Il
s'attaqua d'abord à son adversaire le plus dangereux :
l'homme au Skorpio. Ce dernier reçut trois projectiles
dans la poitrine, avant d'avoir eu le temps d'appuyer sur
la détente de son arme. Il réussit néanmoins à lâcher une
rafale qui balaya le bar, brisant des bouteilles, frappant
la barmaid en pleine tête et un client dans le dos. Déjà,
l'assassin s'effondrait le long de la porte. Elko Krisantem
s'était dressé, brandissant son vieil Astra. Lui et le premier Kurde tirèrent en même temps.

Il avait plus de métier... Son projectile frappa le Kurde
au cou, lui déchirant une carotide. L'homme, lâchant son
pistolet, n'eut qu'un souci immédiat : arrêter le jet de
sang qui jaillissait de sa gorge, le vidant comme un cochon égorgé. Le flot rouge inonda le couple assis à la
table. La femme se dressa en hurlant, le visage inondé.
Les clients hurlaient, se sauvaient dans tous les sens. Les
deux mains plaquées contre son cou, tentant en vain d'arrêter l'hémorragie, le regard déjà vitreux, le Kurde parvint

à faire quelques pas avant de tomber à genoux devant le comptoir.

D'un coup le silence retomba. L'âcre odeur de la cordite avait remplacé les effluves de cuisine. Profitant du remue-ménage, Malko et Elko Krisantem s'éclipsèrent. Personne ne se préoccupa de leur disparition...

Ils se retrouvèrent dans Kreutzbergstrasse, mêlés à d'autres clients du restaurant, et rejoignirent leur voiture. S'ils attendaient la police, il faudrait fournir trop d'explications, et sans la protection d'Otto Lehr, cela pouvait très mal se passer... Ils étaient à peine au bout de Kreutzbergstrasse qu'ils croisèrent une voiture blanc et vert, gyrophare allumé, qui fonçait à toute vitesse...

– Inutile d'aller à Oranienstrasse, conclut Malko.

Ou Gulé était morte, ou elle avait été « retournée ». Dans les deux cas, il ne fallait plus compter sur elle... Malko était partagé entre le soulagement d'avoir, une fois de plus, échappé à la mort, et le découragement. La dernière piste permettant de retrouver Nabil Tafik venait de se terminer en impasse.

Au cœur de Bülowstrasse, il s'arrêta devant une cabine jaune et appela Fitzroy Mac Coy.

– Regardez les infos à la télé, conseilla-t-il. Cela va vous intéresser.

L'Américain étant sûrement sur écoute, il ne pouvait pas en dire plus. Il se sentait dans un état bizarre, comme chaque fois qu'il avait échappé à la mort. Cette attaque brutale était le fait des Kurdes du PKK. Ce n'était pas la première fois qu'ils rafalaient un restaurant. Sans l'inconnu venu acheter des cigarettes, Malko n'aurait pas disposé des quelques secondes qui lui avaient sauvé la vie.

Il se demanda ce que cela faisait de recevoir une balle dans la tête... Probablement rien. Un grand choc et puis le vide. L'éternité. Il pensa à son château de Liezen et à Alexandra. Un jour, il n'aurait pas la chance, pas le réflexe, ou les autres seraient meilleurs. Et on parlerait de

lui au passé. Il n'arrivait pas à s'habituer à cette idée. En
ce moment, il éprouvait une féroce envie de faire l'amour
au téléphone avec Alexandra et il se dit qu'il allait l'appeler à Liezen.

Laissant Elko garer la Mercedes, il pénétra dans le hall
pratiquement désert du *Kempinski*, sur ses gardes. Il y
avait peu de chance que les Kurdes aient prévu de l'attendre là aussi, mais il valait mieux être prudent. Dans
le hall pratiquement vide, il remarqua immédiatement une
femme installée dans un fauteuil, entre le concierge et les
ascenseurs.

S'approchant, il put la détailler. Son visage plutôt sévère et ses lunettes contrastaient avec sa tenue sexy. Une
robe noire en cloqué, très moulante, d'où émergeaient des
jambes gainées de noir, terminées par des escarpins.

Son regard s'était fixé sur Malko et ne le lâchait plus.
Il passa devant elle et appuya sur le bouton de l'ascenseur. Quand la cabine arriva, à peine avait-il ouvert la
porte que l'inconnue fut debout à côté de lui...

Bizarre. Il s'effaça pour la laisser passer, remarquant
au passage sa croupe callipyge, et les coutures de ses bas.
Il se retourna et croisa de nouveau un regard intense posé
sur lui.

– A quel étage allez-vous ? demanda-t-il.

– Quatrième.

Comme lui. Troublé, il appuya sur le bouton. Cette
inconnue ne ressemblait guère aux matrones qui fréquen-
taient le *Kempinski*. Que faisait-elle seule dans le hall à
cette heure tardive ? Son parfum avait envahi toute la
cabine, effaçant l'odeur de la cordite dont étaient encore
imprégnées ses narines.

Au quatrième, il la laissa le précéder. A peine sortie,
elle s'arrêta, comme si elle attendait quelque chose.
Malko dut passer devant elle, mal à l'aise. Après ce qui
s'était passé ce soir, il n'aimait pas la sentir dans son
dos.

Presque arrivé à sa porte, il se retourna. Elle était à

quelques mètres de lui. C'est au moment où il glissait la carte magnétique dans la fente, pour ouvrir, qu'elle parla enfin :

— Je pense que c'est vous que j'attendais, dit-elle d'une voix douce.

— Moi, dit Malko, surpris. Pourquoi ?

— Ceci est bien la suite 430 ?

— Oui.

— Vous y logez ?

— Oui.

— Vous connaissez Nabil Tafik ?

Il eut l'impression de recevoir un coup de poing dans l'estomac. Le vague désir qu'il éprouvait pour cette inconnue à la conduite étrange s'effaça, laissant place à une excitation tout intellectuelle celle-là.

— Qui êtes-vous ? demanda-t-il.

— Une amie de Nabil. J'ai un message pour vous. De sa part.

— Mais comment m'avez-vous reconnu ?

— Nabil m'a dit à quoi vous ressembliez. Et aussi que vous étiez dans la suite 430. J'ai attendu dans le hall depuis 9 heures. Je n'avais pas pu venir avant.

— *Mein Gott*, s'exclama Malko. Entrez vite.

Le téléphone sonnait déjà. Il décrocha, sitôt la porte refermée. C'était Fitzroy Mac Coy.

— Il y a eu quatre morts, annonça le chef de station de la CIA. Deux étaient des *hit-men* (1) du PKK, déjà soupçonnés pour d'autres meurtres, dont un recherché par la police turque. Les deux autres, des Allemands. La barmaid et un client. Cela va faire du bruit. Les skinheads vont se déchaîner contre les Turcs. Vous avez eu de la chance.

— Je sais, dit Malko. J'ai peut-être du nouveau, je vous rappelle.

L'inconnue attendait, installée dans un fauteuil, après

(1) Tueurs.

avoir allumé une Lucky Strike. Elle semblait s'amuser beaucoup, les jambes croisées, un vague sourire aux lèvres.

– Vous savez où se trouve Nabil Tafik ? demanda-t-il.

Son sourire s'élargit.

– Bien sûr.

– Pouvez-vous m'amener jusqu'à lui ?

– C'est pour ça que je suis ici, confirma-t-elle.

– Alors, allons-y.

C'était trop beau. Lydia Voigt doucha son enthousiasme.

– Pas maintenant. Il faut attendre demain matin.

– Mais pourquoi ? s'insurgea Malko.

– Je ne sais pas vraiment, avoua-t-elle, c'est ce qu'il m'a dit. J'ai deux messages à vous transmettre : il est prêt à collaborer avec vous et « les autres l'ont retrouvé ». Mais il ne craint rien jusqu'à demain matin.

– Mais où est-il ?

Cette fois, elle le lui dit, lui expliquant aussi ses liens avec le Syrien et leurs dernières rencontres. Cela confirmait ce que Malko savait déjà. L'intuition d'Otto Lehr était bonne. Nabil Tafik se cachait bien chez les Kurdes. Dans le QG de Djamal Talanbani, il ne risquait pas grand-chose. N'empêche que la nuit allait être longue... Mais il avait certaines dispositions à prendre.

– Je suis obligé de ressortir, dit-il. Allons-y.

– Je reste ici, répliqua Lydia Voigt d'une voix aussi douce que déterminée. Je veux aller avec vous, demain matin.

– Impossible. C'est trop dangereux.

– Si. Je veux voir Nabil.

– Bien, fit Malko qui n'avait pas envie de discuter. Dans ce cas, attendez-moi ici.

– Vous n'allez pas là-bas ? Il ne faut pas !

– Non, je vais téléphoner.

– Mais il y a un téléphone ici, remarqua-t-elle.

Visiblement, elle vivait sur une autre planète... Malko n'insista pas.

– Je vous expliquerai.

Il sortit et passa d'abord par la chambre de Krisantem, lui demandant de veiller dans le couloir et, le cas échéant, d'empêcher Lydia Voigt de partir, par tous les moyens. Ensuite, sortant du *Kempinski*, il gagna une cabine téléphonique sur le Kurfürstendamm et appela Fitzroy Mac Coy.

– Sortez de votre lit, intima Malko, et rappelez-moi au 288.54.38. C'est une cabine.

L'Américain ne discuta pas. Dix minutes plus tard, le téléphone de la cabine sonna. Une pute en short rouge tournait autour de la cabine comme un vautour. Malko mit le chef de station de la CIA au courant du dernier rebondissement, et conclut :

– Si, pour une fois, Dieu est avec nous, je récupère Nabil Tafik demain matin. Vous voulez toujours que je l'emmène à Liezen ?

– Non, dit Fitzroy Mac Coy. Il est trop *hot*. Je n'ai pas envie d'avoir à vous rembourser un château. Amenez-le d'abord chez moi, ici à Dahlem. On l'exfiltrera sur notre base de Francfort par avion, et de là, ensuite, sur la Ferme.

Là où les défecteurs étaient pressés comme des citrons avant d'être rendus à la vie normale, avec une nouvelle identité et un peu ou beaucoup d'argent.

– Ça va vous coûter plus cher qu'un vieux château, releva Malko. Vous étiez bien d'accord pour dix millions de dollars...

– Maintenant que je sais qu'ils allaient enrichir cette canaille d'Otto Lehr... Mais même si nous devons les donner à Nabil Tafik, le *State Department* se démerdera. Ils n'auront qu'à envoyer moins de fric en Somalie ou au Rwanda. Mais je pense qu'actuellement, M. Tafik n'est pas en position de discuter *hard*.

Sa belle nature reprenait vite le dessus. Malko n'insista pas et regagna le *Kempinski*.

Elko Krisantem veillait dans le couloir silencieux. Rien n'avait bougé. Dès 6 heures du matin, ils seraient à Oranienstrasse. Malko pénétra dans sa chambre. La lumière était toujours allumée mais Lydia Voigt dormait, allongée sur le lit toute habillée, ses lunettes sur la table de nuit. Elle se réveilla en entendant Malko. Celui-ci ôta sa veste et posa son pistolet extra-plat à côté des lunettes. Lydia Voigt tendit la main vers l'arme.

– C'est un vrai ?

Malko faillit éclater de rire et le lui tendit pour qu'elle le soupèse... La jeune femme le garda longtemps entre ses doigts, murmurant en le lui rendant :

– C'est la première fois que je suis mêlée à une chose comme ça. J'ai l'impression de rêver.

– Hélas ! ce serait plutôt un cauchemar, corrigea Malko. Maintenant, il faut nous reposer.

Il s'allongea à son tour sur le lit, et ferma les yeux, sans parvenir à trouver le sommeil. Le bruit des coups de feu retentissait encore dans ses oreilles.

Il ressentait encore la terrifiante poussée d'adrénaline, à faire exploser ses artères, devant la Mort. La peur viscérale pendant quelques fractions de seconde. Qui s'évanouissait et le laissait avec la rage de vivre.

Il rouvrit les yeux, sentant un regard posé sur lui. Lydia Voigt, la jambe droite repliée, avait fait remonter sa robe très haut sur sa cuisse, dégageant le haut d'un bas. Elle le regardait avec une expression trouble. Une brutale flambée de désir embrasa Malko. Le regard de Lydia Voigt était plongé dans le sien, elle semblait hypnotisée.

– Vous avez des yeux étonnants, dit-elle d'une voix absente. Comme de l'or.

Il posa la main sur le bas, sentit sous ses doigts la peau nue, au-delà du nylon. Le sang battait follement à ses tempes. La mort s'éloignait. Il remonta encore, trouva un sexe nu, s'en empara. Lydia gémit, se coula contre lui, s'activa, le souffle court. Puis sa bouche plongea sur lui, chaude, habile, docile. Elle le fit grandir en un rien de temps, plongeant ensuite la tige rigide jusqu'au fond de sa gorge. C'était si bon que Malko, lui enserrant la tête entre ses deux mains, la guida pour mieux violer sa bouche. Lydia Voigt faisait de son mieux pour le prendre en entier.

Sentant qu'elle allait le faire jouir, il se déroba et l'allongea sur le dos, sans même ôter sa robe. Il s'agenouilla au-dessus de son visage et d'un seul coup, quand il sentit la sève monter de ses reins, poussa de toutes ses forces. Comme enfoui dans un sexe, il sentit qu'il heurtait la luette de la jeune femme, avant d'exploser dans sa bouche.

Lydia Voigt le but jusqu'à la dernière goutte, sans manifester la moindre frustration. D'un coup, il se sentit merveilleusement calme, apaisé. La jeune femme avait repris sa position initiale. A cela près que sa main droite était enfouie entre ses cuisses et qu'elle avait les yeux clos. Quelques minutes plus tard, son bassin fut agité d'une violente secousse, elle émit un cri léger et sa main demeura immobile, collée à son ventre.

*
**

Il faisait beau, un ciel immaculé, balayé par le vent d'est, et une chaleur déjà lourde. Les rues de Berlin étaient animées. Les Allemands se couchaient avec les poules et se levaient tôt. Malko conduisait, Lydia Voigt à ses côtés. Elko Krisantem se trouvait à l'arrière. En arrivant à Kottbussertor, Malko s'arrêta en face de la station du S-Bahn.

– Lydia, dit-il, il ne faut pas que vous veniez. C'est trop dangereux. Nous risquons de ne pas être les seuls à attendre votre ami.

Son ton impressionna visiblement Lydia Voigt.

– Qu'allez-vous faire de lui ? demanda-t-elle.

– L'emmener en sécurité, chez le chef de poste de la CIA à Berlin.

– Vous me promettez de lui dire de me téléphoner dès qu'il sera là-bas ?

– Je vous le jure, affirma Malko.

A regret, Lydia Voigt descendit de la voiture et s'éloigna vers le S-Bahn, incongrue à cette heure matinale dans sa tenue de gala. Malko redémarra et cinq minutes plus tard, s'arrêta devant le bâtiment, au coin d'Oranienstrasse et d'Oranienplatz. Juste en face du café *Alibi*. Malko examina l'immeuble. Il mourait d'envie d'y pénétrer, mais il était sûrement infesté d'hommes du PKK. A quoi bon provoquer une guerre inutile, puisque Nabil Tafik allait sortir de son plein gré ? Après tant de péripéties...

CHAPITRE XVIII

Nabil Tafik n'avait pas beaucoup dormi. Il savait pouvoir compter à cent pour cent sur Lydia Voigt, mais ignorait si elle avait pu retrouver l'équipe du Mossad venue le récupérer à Berlin. Si elle avait échoué, il ne pouvait plus compter que sur lui-même. Maintenant, la sortie de l'Allemagne semblait un objectif bien lointain. Il fallait d'abord fuir le quartier turc, sans se faire abattre.

Les quelques centaines de mètres le séparant du S-Bahn seraient décisifs. Sa décision était prise. Si personne du Mossad ne l'attendait, il tenterait de se réfugier au BND, en demandant l'asile politique. Les Américains l'apprendraient certainement et le récupéreraient. Seulement, il fallait vivre jusque-là. Il aurait donné tout son argent pour un gilet pare-balles et un pistolet-mitrailleur... Il ôta le chargeur de son Makarov et examina les cartouches une à une, cherchant un trucage éventuel. Il se méfiait de Talanbani. Il ne trouva rien et les remit en place. Il fit ensuite monter une balle dans le canon. Sa chemise était collée à son torse par la transpiration.

Il abandonnait sur place les quelques affaires achetées pour survivre. De toute façon, il n'en aurait plus besoin. De la fenêtre de sa chambre, il ne pouvait apercevoir Oranienstrasse, donc il était dans le noir. Après avoir glissé son arme dans sa ceinture, il ouvrit la porte de sa chambre. Le couloir était désert. Il hésita devant l'ascenseur. Le prendre ou pas ? Il opta pour le large escalier, et descendit sans faire de bruit. A cette heure matinale, l'immeuble était pratiquement vide, mais il entendait des voix au rez-de-chaussée : le bâtiment était gardé jour et nuit par les hommes de Talanbani. Machinalement, il se mit à compter les marches : vingt-quatre par étage. Une vraie descente vers l'enfer. Il avait de plus en plus chaud. Il pensa à sa famille, se disant qu'il ne la reverrait jamais.

Sauf si le Mossad était là, en bas.

C'était un comble : lui qui avait manipulé durant des années des terroristes luttant contre les Américains et les juifs, il risquait d'être sauvé par eux ! Etonnant retour des choses. Il fallait qu'ils en veuillent vraiment à Hafez el-Hassad.

Margot Zimmerman fixa une voiture arrêtée devant la sienne et reconnut Malko. Elle jura entre ses dents et se tourna vers son compagnon.

– Il faut aller le chercher. *Sofort*.

– A l'intérieur ?

– *Jawohl*.

C'était sans réplique.

Elle vérifia le laser de son automatique et Adolf Weimar ôta le cran de sûreté de son pistolet-mitrailleur SZ, qu'il glissa dans un sac de toile. Ils sortirent en même temps et traversèrent le trottoir en quelques secondes, s'engouffrant aussitôt dans l'immeuble. Trois moustachus étaient en train de bavarder dans le hall. Ils arrêtèrent leur conversation pour examiner les deux arrivants.

Margot leur adressa un sourire enchanteur et passa devant eux. Elle ne voyait qu'une chose : la porte de l'ascenseur. Elle l'ouvrit d'un geste décidé, au moment où un des Kurdes interpellait le couple.

– *He, wohin gehen sie ?* (1)

Adolf Weimar s'engouffra dans la cabine.

– Voir un ami, cria Margot Zimmerman juste avant de refermer la porte.

Elle appuya sur le bouton du sixième et entendit à l'extérieur des exclamations, un brouhaha, des pas. La porte de l'ascenseur fut violemment secouée. L'appareil tardait à se mettre en route...

Tout à coup, son instinct la fit se jeter à terre. Elle cria :

– Adolf, *achtung* !

La rafale claqua une fraction de seconde plus tard, tirée à travers la porte. La glace dépolie vola en éclats. Plusieurs projectiles s'écrasèrent contre la paroi du fond, au moment où la cabine s'ébranlait. Elle entendit le cri sourd d'Adolf Weimar. Les derniers coups de feu se perdirent, tirés trop bas. Au jugé, Margot tira deux coups avec son Glock.

– *Schnell !* Je suis touché !

Adolf Weimar était appuyé à la paroi du fond, blanc comme un linge. Il laissa son sac tomber à terre et crispa ses deux mains sur son ventre. Du sang ruisselait entre ses doigts, imprégnant son pantalon. Il glissa le long de la paroi, y laissant une traînée sanglante.

Margot s'accroupit près de lui, examinant ses yeux. C'est aux yeux qu'on voit ceux qui vont mourir. Adolf Weimar tourna la tête vers elle.

– Putain, Margot, aide-moi ! Je vais crever. Emmène-moi à l'hôpital. Vite, je me vide. J'ai mal ! J'ai mal !

Il haletait, crachait ses supplications comme des injures, crispait ses mains sur sa ceinture comme pour retenir sa vie.

Margot Zimmerman écarta sa chemise avec précaution et aperçut deux petits trous bien nets par lesquels le sang s'échappait à gros bouillons. C'était vrai, il était en train

(1) Où allez-vous ?

de se vider. Même à l'hôpital, on ne le sauverait pas. Et il n'était pas question de l'y transporter. Ce serait déjà beau si elle s'échappait vivante de cet immeuble... Ce n'était pas la première fois qu'elle se trouvait dans une situation critique, mais là, elle n'avait pas des civils désarmés en face d'elle, mais des tueurs sauvages.

Jadis ses copains.

L'ascenseur montait avec une lenteur désespérante. Plus vite pourtant que les hommes lancés à sa poursuite.

– *Alles gut !* dit-elle à Adolf Weimar. Je vais m'expliquer avec eux. C'est un malentendu. On va te soigner. Reste là.

Comme s'il pouvait bouger !

Les coups de feu s'entendirent à peine dans Oranienstrasse. Malko ouvrit d'un coup d'épaule la portière de sa Mercedes.

– *Himmel !* Il faut y aller.

C'était le pire cas de figure imaginable. Qui tirait sur qui ? A l'intérieur, ils allaient se heurter aux Kurdes et aux terroristes. Mais ils ne pouvaient pas laisser massacrer Nabil Tafik.

Ils traversèrent la rue en courant, se ruant dans l'immeuble où avaient disparu les deux terroristes. Pistolet au poing, la lourde porte sitôt franchie, ils s'arrêtèrent net.

Personne ! Le hall était vide, le sol jonché de débris de verre, en face de l'ascenseur. Puis le bruit d'une cavalcade dans les escaliers leur parvint. Cela venait d'en haut.

– Allons-y, dit Malko.

*
**

Tassé en boule, Adolf Weimar regardait son sang ta-
cher le plancher sale de la cabine. Margot avait fait son
choix : aller jusqu'au sixième, abattre Nabil Tafik et tenter de sortir en force de l'immeuble. Mission accomplie.
Peut-être pourrait-elle se retrancher dans une chambre et
parlementer ? Les Kurdes du PKK n'étaient pas ses adversaires. Ils avaient peut-être même été entraînés dans
le même camp palestinien qu'elle.

Elle respira profondément. Encore quelques secondes.
L'ascenseur s'arrêta avec une secousse. Au sixième. Margot jaillit sur le palier et se pencha immédiatement sur
la rampe. Ils étaient entre le troisième et le quatrième.
Son étage était désert. Elle se retourna. Adolf Weimar ne
s'était même pas aperçu de l'arrêt de la cabine. Elle tendit
le bras, actionna son laser, posa le rayon sur son oreille
droite et appuya sur la détente. Une seule fois. C'était
prévu dans leur entraînement. On n'abandonne pas un
camarade gravement blessé, susceptible de faire à la police des révélations dommageables. Or Adolf Weimar savait beaucoup de choses... Sa tête fut projetée contre la
paroi métallique et retomba sur sa poitrine.

Margot Zimmerman courait déjà dans le couloir. Elle
ne disposait que de quelques secondes. Elle ouvrit à la
volée trois portes, sans rien trouver. La quatrième était
ouverte. Une valise posée sur une table, un journal arabe
sur le lit : *Al Watan Al Arabi*.

– *Schwein !* gronda Margot.

Ils avaient dû se croiser ! Maintenant, elle était piégée
et Nabil Tafik devait être sous la protection du Mossad...
La fureur lui donna des ailes. Froide comme un glaçon,
elle courut s'embusquer au coin du palier. Elle entendait
les vociférations de ses adversaires. L'heure n'était plus
à la palabre. Une tête rasée apparut au niveau du palier.

Le Kurde ne vit même pas le rayon laser se poser sur son crâne.

Margot Zimmerman tira comme à l'entraînement, la respiration bloquée, et lui fit éclater la tête avec sa balle blindée, fendue en quatre. Le suivant arrivait déjà. Celui-là eut droit à un projectile en pleine poitrine. L'Allemande demeura immobile, tous ses muscles noués. Apparemment le troisième Kurde l'attendait en bas. Elle se lança en avant.

C'était une erreur. Un type en blouson lâcha trois coups de pistolet. Margot n'eut le temps de riposter qu'une seule fois avec le Glock. Son projectile entra dans l'œil gauche et ressortit par la nuque, emportant un bon morceau de cerveau. Mais, brutalement, elle perdit l'équilibre, prise d'un vertige. Une douleur aiguë lui transperça la poitrine tandis qu'une mousse rosâtre perlait à ses lèvres et qu'elle sentait un goût de sang dans sa bouche.

La fusillade avait éclaté dans les étages au moment où Malko se lançait dans l'escalier. Il n'eut pas le temps d'aller loin. Un homme apparut, entre le premier et le rez-de-chaussée, sautant les marches quatre à quatre, hagard, un pistolet à la main. En apercevant Malko et Krisantem, il brandit son arme et tira dans leur direction. La balle s'enfonça dans les peintures psychédéliques, beaucoup trop haut heureusement.

– Ne tirez pas, Tafik ! hurla Malko, nous venons vous chercher.

Il n'eut pas besoin d'en dire plus. Nabil Tafik l'avait reconnu. Les yeux hors de la tête, les cheveux ébouriffés, l'air affolé, il ressemblait à un lapin poursuivi par une meute de chiens. Glissant son pistolet dans sa ceinture, il s'accrocha à Malko en bredouillant :

– *Schnell ! Schnell !* Ils sont en haut, ils me cherchent.

*
**

Margot Zimmerman se sentait bizarre, très chaude et très faible. Elle baissa les yeux et vit la tache de sang qui s'étendait sur son chemisier. C'était la première fois qu'elle était touchée gravement. Elle fit encore quelques pas et trébucha, roulant sur les marches, se faisant très mal aux reins. Sa vision se brouillait, elle avait le souffle court. Elle cracha du sang.

S'agrippant au mur, elle continua sa descente, en se disant qu'elle n'arriverait jamais en bas. Il lui fallut des efforts surhumains pour atteindre le palier du quatrième. Appuyée à la porte, elle appela l'ascenseur et s'engouffra dans la cabine. C'était quitte ou double. Si on l'attendait en bas, c'était fini, sinon, elle avait une chance de s'en sortir. Elle jeta à peine un coup d'œil au cadavre d'Adolf Weimar, recroquevillé sur le plancher.

*
**

Malko poussa Nabil Tafik devant lui, tandis que Krisantem couvrait leur sortie. Ils s'arrêtèrent net. Plusieurs moustachus entouraient leur voiture. Un peu plus loin, Malko aperçut une Rolls Silver Shadow bleu nuit, garée le long du trottoir. Djamal Talanbani. C'étaient ses hommes qui, pour une raison inconnue, encerclaient la voiture de Malko. Celui-ci n'hésita pas une seconde.

— Venez ! lança-t-il à Tafik.

Les trois hommes partirent en courant sur le trottoir. Arrivé à la hauteur de la Rolls, Malko ouvrit brusquement la portière arrière. Djamal Talanbani était en train de fumer un cigare. Il ouvrit la bouche pour protester, le chauffeur se retourna, mais Malko s'était déjà glissé à l'intérieur et appuyait son pistolet contre le flanc du responsable du PKK. Ce dernier comprit parfaitement et ne bougea pas.

– Elko, dites-lui que si ses hommes tirent un seul coup de feu, je lui vide mon chargeur dans le ventre, avertit Malko.

Krisantem traduisit en turc. Talanbani lança un ordre bref à son chauffeur qui resta les mains sur son volant. Au loin, ses hommes regardaient la scène avec surprise... Le Kurde lança à Malko, en mauvais allemand :

– Qui êtes-vous ? Que voulez-vous ?

– Un simple *lift*, fit Malko. Dites à votre chauffeur de faire ce que dira mon ami. Elko, nous allons chez Mac Coy.

Krisantem transmit l'ordre au chauffeur, auprès de qui il s'était installé. Nabil Tafik, assis à côté de Malko, un peu serré, n'osait pas regarder le gros Kurde. Ce dernier lui jeta un regard de mépris.

– C'est ainsi que tu me récompenses ! lui lança-t-il en arabe. Dieu te punira.

– Moi, je n'ai rien fait, protesta d'une voix geignarde le Syrien. Je m'en allais tranquillement quand on a voulu me tuer ! Et puis ils sont arrivés, ajouta-t-il en désignant Malko et Elko Krisantem.

La Rolls avait tourné autour de Oranienplatz et filait maintenant le long de Tempelhofer Ufer. Il y avait bien quarante-cinq minutes de route. Tout Berlin à traverser...

*
**

Il n'y avait personne dans le hall. Margot Zimmerman cracha encore du sang puis tituba jusqu'à la porte de la rue. Nabil Tafik devait être loin.

Elle émergea de l'immeuble, au bord de la syncope. Elle avait l'impression que son torse se ratatinait et avait de plus en plus de mal à respirer. Chaque inspiration lui arrachait un gémissement. Elle savait confusément qu'elle allait mourir. Oranienstrasse était vide.

Bien entendu, Nabil Tafik avait disparu. Elle s'appuya au mur pour ne pas tomber. Impossible d'aller dans un hôpital. On la repérerait aussitôt et elle irait en prison pour de longues années. Sa voiture, pourtant garée à quelques mètres, lui sembla très loin. Elle se demanda si elle allait parvenir à l'atteindre.

*
**

— A propos, dit Malko, tourné vers Djamal Talanbani, qui a averti ces terroristes de la présence ici de M. Tafik ?

— Je ne connais pas de terroristes, lança Talanbani. C'est vous qui me kidnappez, en ce moment ; je me plaindrai à la police...

— Bien sûr, fit Malko et vous pourrez aussi leur parler de Gulé...

A l'éclair dans les yeux du Kurde, il comprit qu'il avait frappé juste. Certaines choses lui échappaient encore, mais il comprenait mieux. Talanbani avait changé de camp *in extremis*...

*
**

Au moment où elle faisait quelques pas dans la direction de sa voiture, une grosse voiture s'arrêta au bord du trottoir. Une Mercedes 560 noire, avec des glaces si teintées qu'elles se confondaient avec la carrosserie. Un homme en descendit — elle ne l'avait jamais vu — et se dirigea vers elle. Margot Zimmerman distingua vaguement un visage plat, des épaules très larges. Il la saisit par le coude, l'emmena jusqu'à sa voiture, ouvrit la portière et l'aida à s'asseoir. Tandis qu'il faisait le tour pour reprendre le volant, la terroriste chercha désespérément dans sa mémoire qui pouvait être cet inconnu qui surgissait à point nommé pour la sauver.

*
**

Nabil Tafik se retournait sans cesse, visiblement terrorisé.

– N'ayez pas peur, affirma Malko, vous êtes dorénavant sous la protection de la CIA.

Nabil Tafik marqua le coup.

– Comment, vous n'êtes pas du Mossad ?

– Non. Cela vous pose un problème ?

– Oh, non ! fit le Syrien, visiblement soulagé.

La Rolls, au pas, se traînait sur le Ku'Damm. Tant qu'ils n'auraient pas rattrapé l'autoroute urbaine descendant sur Potsdam, ils perdraient un temps fou.

Malko se retourna. Personne ne les avait suivis depuis Kreutzberg.

*
**

Margot Zimmerman se sentait tellement bien, assise dans le siège moelleux, que cela lui vidait le cerveau. La quinte de toux lui arracha les poumons et elle s'aperçut à sa grande honte qu'elle avait projeté de la mousse sanglante sur les beaux sièges de cuir.

L'homme la regardait, en apparence indifférent. Il ne pouvait pas ignorer le gros pistolet noir glissé dans la ceinture, les traits cireux, le sang sur la poitrine. Pourtant, il ne paraissait pas étonné. Enfin il parla :

– Vous cherchez un certain Nabil Tafik, n'est-ce pas ?

Elle avait renoncé à être surprise ; trop épuisée pour parler, elle hocha la tête affirmativement. L'homme la fixa d'un œil critique.

– Vous êtes encore en état de vous servir de votre arme ?

– *Ja*, murmura-t-elle.

– Je pense que nous pouvons le retrouver, si nous allons assez vite, dit l'inconnu.

Prise d'un vertige, Margot Zimmerman ferma les yeux. La voiture était si douce qu'elle la sentit à peine décoller du trottoir.

CHAPITRE XIX

Après la circulation démente de Berlin Mitte, le calme provincial de Dahlem était reposant. Truffé de maisons coquettes, ce quartier du sud-ouest de Berlin avait toujours été très résidentiel, et plus encore depuis que les Américains s'y étaient installés. Sur les coussins de la Rolls de Djamal Talanbani, Malko commençait à se détendre. Enfin, il avait réussi cette mission commencée si tragiquement. Il revit en un flash les deux policiers du *Verfassungsschutz* abattus dans le bar du *Kempinski*, à quelques mètres de lui.

Comment Margot Zimmerman avait-elle retrouvé la piste de Nabil Tafik ? Il ne le saurait probablement jamais, mais elle avait échoué de peu. Dans quelques minutes, il faudrait une armée pour s'attaquer au Syrien. Djamal Talanbani, dans son coin, fumait son cigare, sans un mot. Cuvant sa fureur.

Malko aperçut la voie calme où demeurait le chef de station de la CIA et dit à Elko :

– Qu'il tourne à droite.

Le chauffeur obéit. Trente mètres plus loin se trouvait le portail blanc de Fitzroy Mac Coy.

– Arrêtez-vous là, ordonna Malko.

La Rolls stoppa en face de la propriété. Malko se tourna vers Djamal Talanbani.

– Vous pouvez retourner à Kreutzberg. Je pense que,

dans votre intérêt, il ne faudra pas parler à vos amis syriens de l'aide, involontaire, que vous nous avez apportée.
Ils risqueraient de vous en vouloir.

Furibond, le gros Kurde ne répondit pas. Elko Krisantem descendit le premier et ouvrit la portière arrière. Nabil
Tafik mit pied à terre, suivi de Malko. A peine ce dernier
avait-il refermé la portière que Djamal Talanbani lança
un véritable rugissement à son chauffeur.

La Silver Shadow démarra comme une Ferrari, laissant
la moitié de ses pneus sur l'asphalte de la paisible allée.
Elle tourna ensuite sur les chapeaux de roues afin de
rejoindre Clayallee. Visiblement, le courant n'était pas
passé entre le chef du PKK et Malko. Pourtant, jadis, ce
dernier avait connu des amis kurdes de qualité (1)...

L'air était tiède, le calme absolu.

— Allons-y, dit Malko, en s'avançant vers le portail
blanc.

Il l'avait presque atteint lorsqu'il entendit un cri derrière lui. Il se retourna, l'estomac noué.

Nabil Tafik était immobile au milieu de la chaussée,
fixant un des arbres bordant l'allée. Appuyée à cet arbre,
il y avait une femme. Elle tenait à deux mains un pistolet
aux lignes anguleuses d'où jaillissait un rayon lumineux
rougeâtre dont l'extrémité aboutissait sur la poitrine de
Nabil Tafik. Une seule détonation claqua. Nabil Tafik
tituba, porta la main à sa poitrine. Il esquissa le geste de
saisir son propre pistolet glissé dans sa ceinture, mais
n'en eut pas la force.

Malko et Krisantem avaient saisi leurs armes et tiraient
sur la tueuse avec la rage du désespoir. Le corps de
Margot Zimmerman, secoué par les impacts, glissa lentement le long de l'arbre auquel elle était appuyée et elle
bascula sur le côté, sans lâcher son pistolet d'où jaillissait
toujours le rayon laser.

Fitzroy Mac Coy surgit comme un fou quelques ins-

(1) Voir SAS n° 14 : *Les Pendus de Bagdad*.

tants plus tard, un Beretta 92 au poing, et courut jusqu'à Nabil Tafik allongé sur la chaussée. Malko avait déjà collé son oreille contre la bouche du Syrien.

– Il vit encore ! dit-il. Vite, il faut le transporter à l'hôpital.

A trois, ils le soulevèrent et l'emmenèrent à l'intérieur de la villa, où ils l'étendirent sur le canapé du bureau de l'Américain. Celui-ci décrocha son téléphone et commença à composer le numéro des urgences.

– Arrêtez, lança Malko, c'est inutile.

Le Syrien, après un léger sursaut, ne respirait plus, foudroyé par une hémorragie interne massive !

Malko regarda ses traits calmes, partagé entre la fureur et un immense dépit. Tout ce mal pour rien ! Mais comment Margot Zimmerman avait-elle pu savoir où ils se rendaient ?

Le chef de station de la CIA reposa son téléphone, et se laissa tomber dans son fauteuil, les traits défaits.

– *God damn it !* explosa-t-il. Si je vous avais attendus dehors, j'aurais vu cette salope.

– J'aurais dû la voir aussi, objecta Malko. Ce n'est la faute de personne. Le destin.

Ils contemplèrent quelques instants en silence la dépouille de Nabil Tafik. Mort, il semblait encore plus petit. Jamais il ne témoignerait pour la CIA. Quant à ses documents, ils risquaient d'être perdus pour tout le monde. En tout cas, pour les Américains. Bouleversé, Malko continuait à se demander comment Margot Zimmerman les avait retrouvés.

D'un geste las, l'Américain prit sa veste et la jeta sur le visage du mort.

– Ce type nous aura fait chier jusqu'à la dernière seconde, conclut-il. Quand je pense aux efforts qu'on a faits pour le récupérer ! Et en plus, il était d'accord ! *Fucking bullshit.*

Malko n'eut même pas envie de répondre. C'était la

Berezina. Tous ces morts pour rien, ces efforts gâchés. Carlos continuerait à dormir sur ses deux oreilles.

On frappa à la porte. Une secrétaire entrouvrit le battant et annonça :

— Une voiture de police est dehors, *sir*. Ils demandent à vous voir. Je peux les faire entrer ?

— Bien sûr, May, répondit l'Américain. On va leur demander de nous débarrasser de Tafik. Je ne vais pas garder cela dans mon bureau.

Au moment où la secrétaire refermait la porte, Malko eut une illumination. Le moyen, peut-être, de sauver sa mission.

— Attendez ! lança-t-il.

*
**

Le sergent de la police de Dahlem, boudiné dans sa veste blanche, regardait avec respect Fitzroy Mac Coy, qu'il savait être un des hauts responsables des services spéciaux américains. Après la découverte du corps de Margot Zimmerman, il avait téléphoné à la Kripo qui lui avait enjoint de se contenter d'un interrogatoire de routine. Le BND était prévenu et prendrait la suite.

Dehors, un périmètre de sécurité isolait le cadavre de Margot Zimmerman, sous la garde de plusieurs policiers. Le sergent s'assit dans le salon et demanda :

— Que s'est-il passé exactement, *Herr* Mac Coy ?

— C'est une affaire très particulière, répondit l'Américain. Nous menions une opération clandestine depuis des semaines pour récupérer un défecteur syrien qui se cachait dans *Kleine Ankara*. En collaboration avec le *Verfassungsschutz*, bien entendu. Ce matin, nous avons pu localiser cet homme, un certain Nabil Tafik, officier de renseignement syrien, dans le quartier de Kreutzberg.

« Malheureusement, au moment où nous allions partir avec lui, il a été attaqué par deux terroristes encore non identifiés, dont la femme qui se trouve dehors. Il y a eu échange de coups de feu et grâce à la collaboration d'un citoyen kurde, M. Djamal Talanbani, très connu de la communauté kurde, qui nous a permis d'utiliser sa voiture, nous avons pu ramener M. Tafik sain et sauf jusqu'ici. Cette femme nous a poursuivis et au moment où nous rentrions, a de nouveau tenté de le tuer. Nous avons dû riposter, la blessant sérieusement. J'ignore son état.

– Elle est morte, fit simplement le policier.

Fitzroy Mac Coy hocha la tête avec tristesse.

– C'est très triste. Heureusement, M. Tafik se trouve maintenant en sécurité chez moi. Il m'a demandé l'asile politique et je ne doute pas que le *State Department* le lui accorde.

Le policier allemand notait comme un fou. Jamais il n'avait entendu une histoire pareille.

– Pourrais-je avoir le témoignage de M. Tafik ? demanda-t-il.

L'Américain lui adressa un sourire glacial.

– Pas pour le moment, je le crains. M. Tafik a été très choqué. Il se repose, mais je lui ferai part de votre requête.

Le policier n'osa pas insister, sachant très bien que le BND ou le *Verfassungsschutz* allait s'occuper de cette affaire qui sentait le soufre... Fitzroy Mac Coy le raccompagna poliment à la porte avant de rejoindre Malko dans son bureau. Il se laissa tomber dans un fauteuil et alluma aussitôt une Lucky Strike. La fumée sembla apaiser un peu ses nerfs tendus comme une corde à violon. Il se tourna anxieusement vers Malko.

– *For Christ' Sake*, je commence à croire que ça peut marcher ! Si c'est le cas, on va remplacer les tuiles de votre fichu château par des feuilles d'or ! Ce sera le plus beau coup de ma carrière.

Malko sourit modestement.

– Cela *devrait* marcher, souligna-t-il. A condition que nous fassions très vite. Nabil Tafik ne va pas se conserver indéfiniment. D'abord, il faut le mettre en position assise, ensuite, il sera trop tard.

– Pourquoi ?

– La rigidité cadavérique, expliqua Malko. Nous avons deux heures environ pour agir.

Pour l'instant, le Syrien se trouvait dans la cave de la villa, enveloppé dans une bâche en plastique. Physiquement, il n'était pas abîmé, à part le trou dans sa poitrine. Il suffisait de changer sa chemise pour en faire un vivant très convenable. A condition qu'on ne lui demande pas de parler...

– Personne ne va se douter de ce truc ? interrogea l'Américain.

Comme tous ses corréligionnaires, il était un peu perdu dès qu'il s'agissait de faire un truc *vraiment* vicieux. Les Israéliens étaient meilleurs à ce sport...

– Résumons, dit Malko. Qui sait que Nabil Tafik est *mort* ? Personne. A part votre secrétaire. Etes-vous sûr d'elle ?

– Comme de moi-même ! C'est une tombe.

– Parfait, conclut Malko. Plusieurs personnes ont vu Nabil Tafik vivant, ce matin même. Ceux qui le protégeaient, des Kurdes. Djamal Talanbani, en dernier. Même Margot Zimmerman, si elle avait vécu, n'aurait pas pu affirmer qu'elle l'avait tué. Il s'agit donc de le montrer. De préférence à la presse. De façon à ce que le message arrive jusqu'aux Syriens.

– A la presse ! sursauta l'Américain horrifié. Mais il est mort ! Ils vont s'en rendre compte immédiatement.

– Je n'ai pas parlé de conférence de presse, corrigea Malko. Mais réfléchissez. Que feriez-vous s'il était vivant ?

– On l'exfiltrerait dare-dare.

– Comment ?

– D'ici en voiture, puis en avion à partir de Tempelhof jusqu'à Francfort. Ensuite, il n'y a plus de problème...

– Bien, approuva Malko. C'est ce que nous allons

faire. Nous allons installer Nabil Tafik dans votre voiture. Grâce à la ceinture de sécurité et à la rigidité cadavérique, il tiendra en place. Bien entendu, les photographes et les cameramen le prendront au passage. Vous avez déjà vu ce genre de cliché, on reconnaît à peine les gens. Mais cela suffira. Nous assurerons une protection rapprochée puissante, comme nous l'aurions fait s'il était vivant ; on fera tout le cirque. La voiture qui se met en travers de la route pour empêcher les poursuites, les bousculades avec les photographes. Par la suite, vous ferez une déclaration pour vous excuser auprès de la presse, disant que la vie de Nabil Tafik était menacée par les services spéciaux syriens.

– Et à l'aéroport ? objecta Mac Coy. Il ne va pas monter tout seul l'échelle de l'avion...

– Il suffit que l'appareil soit stationné assez loin, hors de portée des photographes. On le portera jusque dans l'appareil. Après, il n'y aura plus qu'à l'enterrer à la Ferme.

– Il va me falloir des autorisations pour faire entrer un cadavre aux Etats-Unis... remarqua Mac Coy.

Malko faillit exploser.

– *Bullshit !* Vous ne demandez rien à personne. Ce coup ne peut marcher que s'il n'y a aucune fuite... Si dans un avion de la *Company* vous n'arrivez pas à transporter un cadavre, vous feriez mieux de changer de métier...

L'Américain n'insista pas.

– Autre point, continua Malko. La clé de tout. Il faut que la presse de ce soir parle de l'événement. Avez-vous un relais sûr ? Qui puisse faire sortir l'histoire en l'attribuant à une fuite venant du BND ?

– Oui, répondit Mac Coy, cette fois sans hésitation.

– Parfait, approuva Malko. Voilà donc notre timing. Vous alertez la presse de façon à ce que les photographes soient en position devant votre portail à partir de ce soir. Entre-temps, vous faites venir de Francfort des « baby-sitters » bien spectaculaires qui prendront position dès leur arrivée dans le jardin et dans la rue. Tous les volets doivent être fermés. Nous craignons un attentat. Faites venir un avion de la *Company* d'où vous voudrez, à condition qu'il ait un équipage assermenté de la *Company*. Aucun étranger dans le coup. On le fait stationner à Tempelhof avec une protection de Marines en civil. Demain matin, on part d'ici avec votre voiture personnelle et deux voitures d'escorte. Des « baby-sitters » partout, armés jusqu'aux dents. Direction Tempelhof...

— Et les documents de Nabil Tafik ?

Malko hocha la tête.

— Je crois qu'on peut en faire notre deuil. Mais souvenez-vous qu'il s'agit d'un coup de bluff. Si Hafez el-Assad est persuadé que Nabil Tafik est entre nos mains, *vivant*, et prêt à se mettre à table, avec ses documents, vous obtiendrez de lui qu'il largue Carlos.

— Et Otto Lehr ?

Malko n'avait pas oublié l'Allemand.

— D'abord, remerciez-le !

— De quoi ?

— C'est lui qui, le premier, nous a fait penser à la piste du PKK. Vous êtes content, euphorique, même. Vous avez enfin récupéré votre Syrien. Mais vous allez faire mieux : le récompenser financièrement. Qu'était-il prévu pour lui en cas de succès ?

— Un million de dollars.

— Depuis les révélations de Hildegarde Dietrich, je suis à peu près certain que les dix millions de dollars qui devaient être transmis à Tafik par l'intermédiaire d'Otto Lehr étaient en réalité destinés à ce dernier. Faisons comme si nous ne soupçonnions rien. Donnez-lui son million de dollars.

Fitzroy Mac Coy faisait carrément la gueule.

— Vous croyez que c'est utile ?

— Indispensable, trancha Malko. Il ne faut rien négliger. En plus, racontez-lui comment nous avons récupéré

Tafik. Expliquez-lui qu'il nous a contactés directement par une de ses amies. Comment nous sommes venus le chercher. La présence de Margot Zimmerman et de son complice. Comment nous l'avons retrouvée, elle, devant votre maison. Comment nous avons eu le temps de l'abattre. Si, avec tous ces détails, il n'est pas persuadé que Nabil Tafik est en notre possession, c'est à désespérer. Le million de dollars achèvera de dissiper ses doutes, s'il en a.

Fitzroy Mac Coy n'eut pas le temps de répondre à cette argumentation imparable. Le téléphone sonnait. L'Américain répondit, restant au bout du fil plusieurs minutes.

— C'était la Kripo, annonça-t-il. Ils ont découvert quatre cadavres dans l'immeuble d'Oranienstrasse. Trois Kurdes, dont un recherché par la police turque, un certain Tansu Celler, et un Allemand qui avait un passeport au nom d'Adolf Weimar. Le compagnon de Margot Zimmerman. La Ford Escort conduite par lui se trouvait toujours dans la rue.

— C'est bizarre, remarqua Malko. Comment est-elle arrivée jusqu'ici ?

— C'est la question que m'a posée le policier tout à l'heure, confirma l'Américain. Ils n'ont retrouvé aucun véhicule n'appartenant pas aux gens du quartier. Elle n'a quand même pas pris un taxi.

— Cela n'a plus qu'une importance académique, remarqua Malko. Je vais retourner au *Kempinski* avec Elko. Prenez toutes les dispositions nécessaires. Nous ferons le point en fin de journée.

Malko venait de terminer son breakfast quand le téléphone sonna dans sa suite. Une voix de femme, timide et douce, qu'il reconnut immédiatement.

— C'est Lydia Voigt, annonça la jeune concertiste, je

voulais prendre des nouvelles de Nabil. Est-ce que tout
s'est bien passé ?

Malko avait oublié la maîtresse de Nabil Tafik dans
ses calculs. Cela pouvait être le grain de sable qui grip-
perait sa belle mécanique... Il réfléchit rapidement, cal-
culant ce qu'elle allait apprendre par la presse. La moindre gaffe lui mettrait la puce à l'oreille. Et, avec une
femme amoureuse, on ne pouvait pas savoir comment elle
réagirait. La manip qu'il avait imaginée ne souffrait aucune faille.

— Cela s'est passé relativement bien. Il y a eu un
accrochage sérieux avec ceux qui cherchaient à éliminer
Nabil Tafik. Vous lirez cela dans les journaux. Heureusement que nous étions là. Mais il est sain et sauf, en
sûreté.

— Je peux lui parler ?

Malko marqua une hésitation.

— Bien entendu, il n'est pas ici, précisa-t-il. Nous
l'avons mis à l'abri car nous craignons pour sa vie. Maintenant, il est sous la protection de la *Central Intelligence
Agency* et plus rien ne peut lui arriver...

C'était bien la seule vérité de sa tirade.

— Il pourrait m'appeler ?

— Je vais lui transmettre le message, mais je ne garan-
tis rien. Il est déjà en plein « débriefing »... Mais il vous
appellera sûrement très vite.

— Que va-t-il faire ?

— Quitter Berlin. Mais où qu'il soit, il pourra donner
de ses nouvelles. En ce moment, c'est un peu la pagaille.

— Je comprends, admit Lydia Voigt. Je vais vous donner mon téléphone, pour que vous puissiez me donner
des nouvelles. C'est le 6489002. Il y a un répondeur.
J'espère qu'il pourra m'appeler, ajouta-t-elle timidement.

— J'en suis sûr.

Il raccrocha, avec un mélange de soulagement et de
honte. Lydia Voigt n'était mue que par ses sentiments et

il lui mentait comme un arracheur de dents. Ce métier n'était pas toujours facile...

*
**

Midi. C'était l'heure des infos sur ARD. Malko mit le canal 1. Un présentateur, micro au poing, en face de l'immeuble d'Oranienstrasse, montrait aux téléspectateurs la Ford Escort des terroristes. Malko écoutait son récit d'une oreille distraite lorsque le reporter se tourna pour interviewer un Turc. Le nom de ce dernier apparut en incrustation à l'écran : Cetin Gorgu, serveur au café *Alibi*. Il raconta comment, à l'aube, il avait vu une femme couverte de sang, une arme à la main, monter dans une grosse Mercedes noire qui s'était éloignée immédiatement. Il n'avait pas pensé à relever son numéro d'immatriculation.

Malko n'en croyait pas ses oreilles. Otto Lehr était-il celui qui avait emmené Margot Zimmerman jusqu'à Dahlem ? Pourquoi ? Comment se trouvait-il là ? Il avait dû arriver après le départ de Malko, dans la Rolls de Djamal Talanbani.

Voilà comment Margot Zimmerman s'était retrouvée à pied d'œuvre. Malko ne voyait qu'une explication : Otto Lehr, sachant qu'il avait perdu les dix millions de dollars, avait voulu se venger de Malko, de l'humiliation subie devant Hildegarde Dietrich.

Cela valait la peine d'être vérifié. Il ferma la télé et alla reprendre sa voiture, qu'Elko Krisantem avait récupérée dans Oranienstrasse. Direction, le *Verfassungsschutz*.

*
**

La grosse Mercedes noire 560 d'Otto Lehr était garée dans la cour de l'immeuble du *Verfassungsschutz*, à côté d'autres véhicules. Malko s'en approcha. A cause des glaces noires, impossible de distinguer l'intérieur. C'est en se penchant sur le pare-brise qu'il aperçut les taches très visibles qui maculaient le cuir gris clair... Il y en avait sur le siège et l'accoudoir. Une voix derrière lui le fit sursauter.

– Vous cherchez *Herr* Lehr ?

Il se retourna ; c'était le chauffeur d'Otto Lehr. Il souriait.

– J'admirais sa voiture, dit Malko.

– *Ach !* C'est mieux qu'une Rolls, se rengorgea le chauffeur. *Herr* Lehr en est très satisfait. Sauf aujourd'hui, il a eu un petit problème mécanique et il ne s'en sert pas. Il est parti dans une autre voiture.

– Je repasserai, promit Malko, il n'y avait rien d'important.

Perturbé, il regagna sa voiture. C'était bien Otto Lehr qui avait aidé Margot Zimmerman. Restait une question cruciale. Avait-il assisté au meurtre ? Savait-il que Nabil Tafik était mort ou grièvement blessé ?

Tout le plan de Malko dépendait de la réponse à cette question.

CHAPITRE XX

Malko conduisit comme un automate jusqu'à la villa de Fitzroy Mac Coy, se creusant le cerveau pour reconstituer mentalement son arrivée. La Mercedes d'Otto Lehr n'était pas là. Mais l'Allemand pouvait s'être dissimulé quelque part, comme Margot Zimmerman. Peu probable mais pas impossible.

Après avoir entendu le récit de Malko, le chef de poste de la CIA entra dans une fureur noire.

— Je vais appeler mes homologues du BND, proposa-t-il. Depuis le temps qu'ils cherchent à coincer Otto Lehr ! Aider une terroriste comme Margot Zimmerman, c'est dix ans de prison ! On retrouvera les taches de son sang dans sa voiture. Il y a le témoin que vous avez vu à la télévision...

Il fulminait ! Malko le calma.

— Et s'il parle ? S'il révèle que Nabil Tafik est mort ? Tout notre plan tombe à l'eau...

Fitzroy Mac Coy se calma d'un coup. Il prit le temps d'allumer une Lucky et de souffler longuement la fumée, avant de demander à Malko d'une voix faussement calme :

— Alors, vous voyez une solution ?

Malko le fixa bien en face.

— La même que vous.

Un ange passa, drapé dans un suaire. Cela risquait

d'être le retournement le plus sanglant de l'histoire du Renseignement... Et le plus tordu, aussi.

L'Américain tira encore un peu sur sa cigarette et laissa tomber :

— Vous réalisez ce que vous proposez ?

Malko lui adressa un sourire froid.

— Je n'ai rien proposé. Nous sommes arrivés aux mêmes conclusions. Pour une sécurité totale de notre opération, Otto Lehr devrait être neutralisé.

L'Américain demeura de marbre, plus « J.R. » que jamais.

— Cela ne m'empêchera pas de dormir. C'est un pourri et un salaud. Il m'a mené en bateau. J'ignore son rôle dans la disparition de Gulé mais il n'est pas impossible qu'il y soit mêlé.

— Je ne le pleurerai pas non plus, conclut Malko.

— Vous êtes prêt à lui en mettre deux dans la tête ? demanda brutalement l'Américain.

C'était la minute de vérité. Tout le monde à la CIA savait que Son Altesse Sérénissime le prince Malko Linge n'était pas un tueur, qu'il avait une éthique et qu'il haïssait la violence. Mais il y a des combats justes. Ce n'était pas la première fois que Malko se trouvait confronté à ce genre de dilemme. A Beyrouth, déjà, il s'était glissé dans la peau d'un justicier pour liquider les assassins de William Buckley (1). Il savait que Fitzroy Mac Coy ne lèverait pas le petit doigt pour mettre sa suggestion à exécution. C'était un fonctionnaire d'une grande agence de renseignements, un point c'est tout. En ce qui le concernait, il ne voulait pas se salir les mains.

Il acheva sa Lucky Strike et adressa un sourire plein d'innocence à Malko.

— Je ne veux vous influencer en aucune façon. Même si nous échouons, il n'y aura rien à vous reprocher. Nous n'avons jamais eu cette conversation. Faites ce que vous

(1) Voir SAS n° 112 : *Vengeance à Beyrouth*.

sentez. Dans la mesure du possible, la *Company* vous
couvrira, vous connaissez l'enjeu de cette histoire.

« Dans la mesure du possible... » Elle n'irait pas le
chercher à Moabit. Malko se retrouvait face à lui-même.
Il n'insista pas, et quitta le bureau du chef de la CIA.
Sans illusions. Il n'avait que peu de temps pour prendre
une décision. Même si Otto Lehr savait que Nabil Tafik
était mort et avait l'intention d'en informer les Syriens,
il n'avait pas encore eu le temps de prendre contact avec
eux. Cela demandait un peu de temps.

Depuis deux heures, Malko tournait et retournait dans
sa tête son dilemme : comment découvrir si Otto Lehr
savait ou non ? Sans résultat. C'était comme un parachute
qui s'ouvre ou pas. On ne s'en aperçoit que trop tard. Si
son chauffeur lui avait parlé de la visite de Malko, il était
alerté.

Sans savoir encore ce qu'il fallait faire, Malko reprit
sa voiture et se dirigea vers le siège du *Verfassungsschutz*.
Il était plus de 4 heures. D'un coup d'œil, il vérifia que
la Mercedes noire n'était plus dans la cour. Il remonta
alors vers le centre. Arrivé à Tempelhofer Ufer, il aperçut immédiatement la grosse voiture noire garée sur le
quai, en face de l'immeuble où habitait Otto Lehr.

Il se gara derrière, incapable de prendre une décision.
Sur le papier, c'était facile. Monter, sonner, et tirer.
Comme les Israéliens. Deux fois deux balles. Avec son
pistolet extra-plat muni d'un silencieux, les voisins n'en-
tendraient rien.

Mais il n'arrivait pas à sortir de sa voiture. Tuer de
sang-froid lui avait toujours fait horreur. Il disposait d'un
petit répit. Pour communiquer avec les Syriens, Otto Lehr
n'utiliserait sûrement pas son téléphone personnel, écouté
par le BKA, le BND, et peut-être même son propre service...

La chaleur était écrasante. Malko avait l'impression d'être une mouche morte. Il regarda l'immeuble, priant Dieu de lui indiquer la marche à suivre.

*
**

Otto Lehr se servit un grand verre de cognac et fit longuement tourner le liquide en le regardant, avant de le goûter.

Dans cet appartement sous les toits, il régnait une chaleur de bête, mais il ne la sentait pas, plongé dans sa réflexion. Pour une fois, il ne s'était pas laissé guider par l'appât du gain en portant secours à Margot Zimmerman. Il n'éprouvait de sympathie ni pour elle, ni pour ses amis, ni pour sa cause. Et pas plus pour les Kurdes du PKK ou pour Nabil Tafik. A ses yeux, tous n'étaient que des insectes qu'on pouvait écraser sans le moindre état d'âme. Il avait agi par vengeance pure, afin d'effacer l'humiliation d'avoir été découvert par la CIA.

Au départ, il avait simplement voulu assister à la liquidation de Nabil Tafik et à la déconfiture de la CIA. Les choses ne s'étaient pas passées comme il l'avait espéré, à cause de ce Malko Linge qui avait déjoué ses plans ; et aussi, un peu, grâce à la chance. Un réflexe spontané lui avait fait emmener Margot Zimmerman, pour la transporter là où elle pouvait encore nuire.

De la méchanceté pure. Hélas ! il n'avait pas réfléchi aux conséquences de son acte. C'était venu plus tard, en plusieurs fois. D'abord, lorsqu'il avait découvert les taches de sang. Son chauffeur était trop discret pour poser des questions, mais elles étaient là. Impossible de les faire disparaître...

Ensuite, il y avait eu le reportage à la télé. Otto Lehr avait eu un choc en écoutant le témoignage du serveur du café *Alibi*. Bien sûr, celui-ci disait ne pas avoir relevé le numéro de sa voiture. Mais c'était peut-être une déclaration dictée par la Kripo, afin de ne pas alerter le propriétaire de la Mercedes, c'est-à-dire lui. Il n'y avait que quelques dizaines de véhicules de ce type à Berlin, et il connaissait les méthodes de la Kripo et du BKA. Ils remueraient ciel et terre pour retrouver ce véhicule, et ils y arriveraient...

Le dernier clou dans son cercueil avait été la visite de l'agent de la CIA au *Verfassungsschutz* et l'intérêt qu'il avait porté à sa Mercedes. Ce qui signifiait que lui l'avait identifié. La suite était, hélas ! prévisible.

La *Central Intelligence Agency* n'admettrait pas sa trahison. Le BND le haïssait, à cause de ses méthodes peu orthodoxes, de son goût pour la bonne vie et l'argent. Cette fois, ils auraient sa peau.

Cela signifiait qu'il se retrouverait, à cinquante-deux ans, à Moabit. Pour plusieurs années. Bien sûr, il pouvait fuir à l'étranger, il avait assez d'argent pour cela. Les Libyens, les Syriens paieraient de l'or pour un homme possédant ses connaissances. Mais il ne se voyait pas installé dans un pays islamique, avec des femmes voilées et pas d'alcool. Il était trop vieux. Et il ne se voyait pas davantage fuir dans un pays du tiers-monde en train de s'élever péniblement au-dessus du seuil de la misère absolue...

Il but à petites gorgées son cognac, assis face à la fenêtre. Comme beaucoup de vieux immeubles allemands, le sien était construit en U, un peu comme une caserne, et sa vue plongeait dans les appartements d'en face donnant sur la cour.

Le téléphone sonna mais il ne répondit pas. Ça ne l'intéressait plus. Lorsque son verre fut vide, il le reposa et ouvrit sa serviette. Le revolver nickelé, un Colt 357 Magnum, tout neuf, cadeau d'un Américain, lui parut terriblement lourd. Il ne s'y connaissait pas beaucoup en armes de poing, bien qu'il soit chasseur. Il fit basculer le barillet et aperçut les étuis brillants des cartouches, leur museau gris et rond. Le claquement de la fermeture lui sembla sympathique... Il hésita quelques secondes, puis reposa l'arme, prit son stylo et écrivit en lettres majuscules sur une feuille de papier placée devant lui : *Le Renseignement est un métier de Seigneurs. Bismarck.*

Puis, il reprit l'arme, se cala dans son fauteuil, comme chez le dentiste, leva les yeux vers le plafond, posa l'extrémité de l'arme sous son menton, en prenant bien soin de maintenir le canon vertical et appuya sur la détente d'une main ferme.

*
**

De sa voiture, Malko perçut une détonation étouffée. Il sursauta : cela venait de l'immeuble d'Otto Lehr. Il se précipita dans l'ascenseur et appuya sur le bouton du cinquième. Lorsqu'il arriva, il trouva le palier désert. La porte de l'appartement d'Otto Lehr était fermée. Il y colla son oreille sans rien entendre. Des voix excitées retentissaient dans d'autres appartements donnant sur la cour. Par la fenêtre du palier, il aperçut des gens aux fenêtres, qui montraient l'appartement du chef du *Verfassungsschutz*... Il essaya en vain d'entrer et redescendit, gagnant la cour. Des tas de gens étaient à leurs fenêtres. Il demanda à une femme du rez-de-chaussée :

– Qu'est-ce qui se passe ?

– Il paraît qu'un locataire du cinquième s'est suicidé, annonça-t-elle. Des gens l'ont vu, d'en face. Il s'est tiré une balle. On a appelé la police.

Elle n'avait pas fini de parler que la sirène d'une voiture de police se fit entendre. Quelques instants plus tard, des policiers en vert et blanc se ruèrent dans l'immeuble. Malko attendit un peu, puis reprit l'ascenseur.

La porte de l'appartement d'Otto Lehr était ouverte. Plusieurs policiers s'affairaient dans la pièce. Malko entra, aussitôt intercepté par un policier qui aboya :

– Qu'est-ce que vous voulez ?

– Je suis un ami d'Otto Lehr, dit Malko, j'avais rendez-vous avec lui.

– Il est mort, dit le policier. Apparemment, il s'est suicidé.

Par-dessus son épaule, Malko aperçut ce qui restait de la tête d'Otto Lehr. Il y avait du sang et des éclats de cervelle partout et l'odeur âcre de la cordite piquait les narines. Malko redescendit, songeur. Il ne saurait jamais le rôle exact de l'Allemand, mais maintenant, cela n'avait plus d'importance.

*
**

Une grappe de photographes faisaient le pied de grue devant le portail blanc de la villa du chef de station de la CIA à Berlin. Tout avait fonctionné comme prévu grâce à ses relais dans la presse. Les médias allemands ne parlaient plus que de l'affaire Tafik et les cameramen de ARD, ZDF, RTL, CNN avaient passé la nuit devant la maison de Fitzroy Mac Coy. Une douzaine de Marines en civil, importés de Francfort, montaient la garde devant, écartant les badauds...

L'histoire du retournement de Nabil Tafik et des terroristes lancés à ses trousses occupait toutes les « unes » des quotidiens allemands. Le *Bild Zeitung* avait même une photo du Syrien, prise de loin, pas très bonne.

A 9 heures, il y eut une certaine animation dans la maison. Deux Mercedes arrivèrent, pleines de gardes du corps. Les Marines devinrent nerveux, cherchant à faire reculer la presse. Malko surveillait toute l'opération de l'intérieur. Il se tourna vers Fitzroy Mac Coy.

– C'est le moment.

Deux Marines ouvrirent le portail, les autres formant une muraille humaine. Des policiers allemands participaient au service d'ordre. Une première Mercedes démarra, se mettant au milieu de l'allée, puis la Buick de Fitzroy Mac Coy arriva du fond du jardin, conduite par un chauffeur, un garde du corps à ses côtés. Elle dut freiner, pour tourner après le portail. Les flashes crépitèrent, les caméras de télé ronronnèrent. Les mieux placés aperçurent deux hommes à l'arrière. Mac Coy et un homme brun, petit, portant des lunettes noires. Ils eurent le temps de filmer et de photographier avant que la voiture ne prenne de la vitesse, suivie de la seconde Mercedes. Celle-ci stoppa au coin de Clayallee, bloquant les véhicules de presse. Seuls les motards purent passer. Une demi-douzaine. C'est alors que deux autres véhicules intervinrent, les maintenant à bonne distance de la limousine...

Celle-ci, escortée par ses véhicules de protection, prit la direction de Tempelhof. Vingt minutes plus tard, elle pénétrait directement sur le tarmac gardé par la police allemande et filait vers un appareil garé à l'autre bout du terrain, un Lear Jet spécialement affrété. Un cordon de plusieurs Marines en interdisait l'approche. La voiture stoppa de l'autre côté de l'avion, face à des terrains vagues. Ses occupants y montèrent.

Cinq minutes plus tard, le Jet commençait à rouler et s'éloignait vers la piste de décollage.

Malko était en train de faire ses valises, au *Kempinski*, quand le téléphone sonna. C'était la réception.

– Une personne vous demande en bas, annonça-t-on. Je vous la passe.

Il entendit la voix douce de Lydia Voigt.

– J'avais peur de ne pas vous trouver, dit-elle, j'ai vu le reportage sur le départ de Nabil à la télévision, je comprends qu'il n'ait pas eu le temps de m'appeler. J'espère qu'il va le faire.

– Sûrement, promit Malko, mal à l'aise.

– Nabil m'avait confié des documents, continua la jeune concertiste. Il paraît que c'était très important. Il n'a pas eu le temps de les reprendre, mais je pense qu'il va en avoir besoin. Vous allez le revoir ?

– Oui.

– Est-ce que je peux vous les donner ?

Malko avait l'impression de rêver. C'était trop beau pour être vrai. Inouï.

– Vous les avez ici ?

– Oui. C'est très lourd.

– Montez.

Quand la jeune femme apparut, elle portait un sac à provisions plein d'enveloppes kraft jaunes. Sept en tout, compta Malko quand elle les sortit. Toutes fermées par du Scotch. Lydia Voigt semblait avoir oublié sa brève pulsion pour Malko. Elle regarda sa montre et dit :

– J'ai une répétition, je suis pressée. Vous me promettez de lui rappeler de me téléphoner !

– Je vous le promets, fit Malko.

Elle sortit de son sac une lettre cachetée et la lui tendit.

– Vous pouvez lui donner cette lettre, en même temps.

Il la regarda. Il y avait l'empreinte rouge de sa bouche, en guise de sceau. Il la prit et la mit dans sa poche.

– Vous pensez qu'il reviendra à Berlin ?

– Je ne crois pas, dit Malko. Il va rester en Amérique. Du moins pour le moment.

Il contemplait les sept enveloppes. Lydia sourit.

– J'y vais. Embrassez-le pour moi. J'espère que tout ira bien pour lui.

– Sûrement.

Dès qu'il fut seul, il ouvrit la première enveloppe et examina rapidement les documents. La plupart étaient en arabe, certains en allemand. Il avait devant lui l'historique des rapports entre la Syrie et le groupe Carlos. Avec cela et le fantôme de Nabil Tafik, il pourrait faire plier le tout-puissant Hafez el-Assad.

Il prit ensuite la lettre confiée par Lydia Voigt et la brûla.

Malko, installé dans sa bibliothèque en compagnie d'Alexandra, terminait une bouteille de Taittinger Comtes de Champagne rosé 1986, glacée à point. Ils avaient dîné en tête à tête et le champagne commençait à lui donner des idées... Au moment où il posait les doigts sur la cuisse d'Alexandra, le visage de Carlos apparut sur l'écran de la télévision, restée allumée sans le son.

Il n'eut que le temps de monter celui-ci. Pour apprendre que les autorités soudanaises venaient de livrer Illitch Ramirez Sanchez, dit Carlos, aux autorités judiciaires françaises. Il était arrivé au Soudan quelques semaines plus tôt, avec un passeport diplomatique irakien, expulsé de Syrie. La carrière du terroriste était terminée. Il coupa le son, pour éviter la rétrospective sur Carlos.

Ainsi, son épopée berlinoise n'avait pas été inutile. Lydia Voigt ne recevrait jamais de nouvelles de son amant, mais mettrait sa déception sur le compte de l'égoïsme masculin. Otto Lehr avait été remplacé par un haut fonctionnaire du BND, son suicide étant demeuré inexpliqué. Nabil Tafik reposait sous un faux nom dans un cimetière de Virginie...

Alexandra prit la bouteille de Comtes de Champagne déjà bien entamée et acheva de la vider dans deux coupes en cristal très légères.

En sentant les bulles picoter délicieusement sa langue, Malko se demanda si, du fond de sa cellule, Carlos savait à qui il devait la fin sans gloire de sa longue carrière.

IMPRIMÉ EN FRANCE PAR BRODARD ET TAUPIN
Usine de La Flèche (Sarthe), le 05-09-1994.
4705 B-5 - Dépôt Éditeur 3638 - 09/1994.
Édition : 01.
Dépôt légal : septembre 1994
ISBN : 2-7386-5669-2